吉林省社会科学基金项目
项目编号：2018B152

宫廷文化与唐五代词发展史

孙艳红 著

中国社会科学出版社

图书在版编目(CIP)数据

宫廷文化与唐五代词发展史/孙艳红著.—北京：中国社会科学出版社，2023.8
ISBN 978-7-5227-1900-9

Ⅰ.①宫…　Ⅱ.①孙…　Ⅲ.①词(文学)—诗词研究—中国—唐代②五代词—诗词研究　Ⅳ.①I207.23

中国国家版本馆CIP数据核字(2023)第088198号

出 版 人	赵剑英
责任编辑	郭晓鸿
特约编辑	杜若佳
责任校对	师敏革
责任印制	戴　宽

出　　版	中国社会科学出版社
社　　址	北京鼓楼西大街甲158号
邮　　编	100720
网　　址	http://www.csspw.cn
发 行 部	010-84083685
门 市 部	010-84029450
经　　销	新华书店及其他书店
印　　刷	北京明恒达印务有限公司
装　　订	廊坊市广阳区广增装订厂
版　　次	2023年8月第1版
印　　次	2023年8月第1次印刷

开　　本	710×1000　1/16
印　　张	14
插　　页	2
字　　数	169千字
定　　价	69.00元

凡购买中国社会科学出版社图书，如有质量问题请与本社营销中心联系调换
电话：010-84083683
版权所有　侵权必究

目 录

绪论 词的起源概说 …………………………………（1）

第一节 诗词同源说 …………………………………（3）

一 词源于《诗经》 …………………………………（3）

二 词源于宫体诗 …………………………………（4）

三 词源于乐府诗 …………………………………（6）

四 词源于唐代的近体诗 …………………………（7）

五 诗词同源说的近代回响 ………………………（8）

第二节 词源于燕乐说 ………………………………（11）

一 胡云翼：词源于盛唐音乐说 ……………………（13）

二 龙榆生：词源于新兴乐曲大行之后 ……………（14）

三 刘尧民：词与乐曲的拍数、拍式的长短有关 ……（15）

四 各种文学史中关于词源于燕乐的说法认同情况 ……（18）

第三节 词源于民间说 ………………………………（21）

一 胡适：词源于民间说 ……………………………（21）

二 郑振铎：词源于"里巷之音""胡夷之曲" …………（23）

三 夏承焘：词源于酒令 ……………………………（24）

四　唐圭璋：词源于劳动人民 …………………………………（25）
　　五　阴法鲁：词源于唐代民间音乐 ……………………………（26）
　第四节　关于词的起源之再思考 …………………………………（28）

第一章　初唐的宫廷文化与词体发生准备 ………………………（35）
　第一节　隋唐宫廷音乐变革与燕乐歌诗写作 ……………………（35）
　　一　隋炀帝对音乐的变革 ………………………………………（36）
　　二　唐代宫廷音乐对隋代音乐的继承与增益 …………………（38）
　　三　隋代初唐的燕乐歌诗写作 …………………………………（41）
　第二节　著辞歌舞的宫廷艳科属性与词体萌芽 …………………（44）
　　一　著辞歌舞的宫廷文化性质 …………………………………（45）
　　二　著辞歌舞的常用乐曲 ………………………………………（46）
　　三　著辞歌舞与唐声诗的关系 …………………………………（47）
　第三节　初唐诗的宫廷文化属性与词体发生准备 ………………（51）
　　一　初唐诗人的构成与初唐诗的主体内容 ……………………（53）
　　二　初唐诗的宫廷应制特点 ……………………………………（57）

第二章　盛唐的宫廷文化与词体形成 ……………………………（60）
　第一节　盛唐的宫廷歌诗是词体产生前夜 ………………………（61）
　　一　"声诗"与"歌诗"的内涵界定 ……………………………（62）
　　二　唐声诗（歌诗）与词的关系 ………………………………（64）
　　三　盛唐绝句是传唱歌诗向曲子词转型的重要环节 …………（67）
　第二节　盛唐的宫廷应制词与词体形成 …………………………（70）
　　一　唐玄宗香艳秾丽的《好时光》 ……………………………（71）
　　二　李白的宫廷应制词 …………………………………………（73）

第三节　盛唐李白是"百代词曲之祖" …………………… (86)
　　一　李白非应制词与宫廷文化的关系 ………………… (86)
　　二　李白词的词史地位 ………………………………… (91)

第三章　中唐的宫廷文化与词体过渡 ……………………… (95)
第一节　宫廷文化与王建的宫词创作 ……………………… (95)
　　一　王建创作宫词的缘由 ……………………………… (95)
　　二　王建宫词的宫廷文化书写 ………………………… (99)
　　三　王建宫词的词史意义 ……………………………… (111)
第二节　中唐宫廷之外的文人词创作 ……………………… (113)
　　一　中唐文人词创作兴盛的原因 ……………………… (113)
　　二　中唐文人词创作概况 ……………………………… (116)
第三节　中唐词词体过渡性特征的成因 …………………… (129)
　　一　从词体本身发展来看 ……………………………… (129)
　　二　从词本体特征形成来看 …………………………… (130)

第四章　晚唐西蜀的宫廷文化与词体定型 ………………… (133)
第一节　宫廷文化与温庭筠词的勃兴 ……………………… (139)
　　一　温庭筠词的宫廷应制属性 ………………………… (141)
　　二　温庭筠词的宫廷文化书写 ………………………… (143)
第二节　韦庄词的宫廷文化书写及其独创性特征 ………… (148)
　　一　韦庄由诗到词的创作转型 ………………………… (148)
　　二　宫廷文化的余脉与韦庄的艳词创作 ……………… (150)
　　三　韦庄词的独创性特征 ……………………………… (154)
第三节　花间词与词体的定型 ……………………………… (162)

    一　花间词确立了词体"艳科"的女性化品格……………（163）
    二　花间词确立了词体"小巧"的女性化风范……………（164）
    三　花间词确立了词体香软华贵的女性化词风………（165）

第五章　南唐宫廷文化与词体兴盛……………………（168）
第一节　冯延巳词的宫廷文化书写……………………（170）
    一　冯延巳词的宫廷文化书写内容………………………（171）
    二　冯延巳词宫廷文化书写的词史意义…………………（181）
第二节　李煜词的宫廷文化书写………………………（185）
    一　宫廷器物的书写………………………………………（186）
    二　宫廷宴饮生活的书写…………………………………（188）
    三　宫廷人物的书写………………………………………（190）
第三节　其他五代词的宫廷文化书写…………………（196）
    一　歌功颂德式的书写……………………………………（196）
    二　以词咏史咏物的突破…………………………………（199）

结论……………………………………………………………（201）

参考文献………………………………………………………（208）

后记……………………………………………………………（215）

绪论　词的起源概说

词是一种和音乐有密切联系的文学体裁，是一种音乐文学样式。词体产生之初，是用来配合乐曲演唱的，因此词又有"曲子""曲子词"之称，如《云谣集杂曲子》（敦煌抄本中的曲子词总集）、"诗客曲子词"（欧阳炯在《花间集序》中对其所集的作品的称谓）等词集的称谓就说明了这一点。除词集，也用"曲子"来代指词人，比如著名的花间词人和凝因创作大量曲词，在他拜相之后被人们称为"曲子相公"等。在一些词人的词集名称中也明显能够看出词与音乐之间的关联，有的称"乐章"，比如柳永的词集名为《乐章集》；有的称为"乐府"，比如苏轼的词集名为《东坡乐府》；有的称为"歌词"，比如鲖阳居士的词集称为《复雅歌词》；还有的称"歌曲"，比如姜夔的词集称为《白石道人歌曲》；等等。

中国早期文学具有诗、乐、舞一体的文化特征。诗词虽然都与音乐有关，但诗词的合乐方式不同。诗是"以乐就诗"，即先有诗，然后根据诗歌内容给诗配乐；而词大体上（自度曲除外）是"以诗就乐"，即先有乐，然后词人根据词乐曲子的长短和韵律节奏，填上词句，言合于声。纵观词的产生与发展，词的本质特点是先曲后词，因此我们把词体创作通常称为"倚声填词"。因为词是依照曲谱填写的，所以明代徐师曾在《文体明辨》中曾给词下了个定义："凡依已成曲谱作出歌词，便曰'填词'。填词行，而词之名始立。"在此基础上他还对词的形式进行了概括："调有定格，字有定数，韵有定声。"① 徐先生的论述成了我们后来衡量什么是词（诗词有别）的重要标准之一。

关于词之起源，是词学研究中无法回避的重要问题。南宋张炎在《词源》中首次提出"词源"这一概念，并以协律可歌来维护词体特质及其独立性。近现代一些词学研究家在其词学论著中，首先关注并探讨的也是词之起源问题。比如梁启勋的《词学》② 一书中有"词之起源"一章，刘永济的《词论》③ 一书中有"缘起"一章，夏承焘、吴熊和的《读词常识》④ 一书的第一章就是"词的起源与特点"，吴熊和的《唐宋词通论》⑤ 一书的第一章也是"词源"。当代学人刘尊明的《唐五代词史论稿》⑥ 对此问题更为重视，刘先生用两个章节来探讨词的起源问题，该著的第二章名为"词的起源原理及时间"，第三章名为"对词起源于民间的阐释"，仅从标题便可见出刘先生对词之起源的思考。综上可以肯定地说，词源是所有系统性的词学与词史研究中首要论列的问题。从这些论著中我们不难发现，关于词的起源，颇有影响的说法主要有民间说、燕乐说、诗词同源说等。近年又有学者提出了新观

---

① 吴丈蜀：《词学概说》，中华书局2002年版，"前言"第1页。
② 梁启勋：《词学》，北京出版社1985年影印本。
③ 刘永济：《词论》，上海古籍出版社1981年版。
④ 夏承焘、吴熊和：《读词常识》，中华书局1981年版。
⑤ 吴熊和：《唐宋词通论》，浙江古籍出版社1985年版。
⑥ 刘尊明：《唐五代词史论稿》，文化艺术出版社2000年版。

点，认为词起源于宫廷，词是宫廷音乐对于配乐诗歌要求下的产物，经文人倚声填词、合于律化之后才确立①。词起源于宫廷这一观点，对词体发生史的重新建构和宫廷文化之于词史（尤其唐五代词发展史）的重要作用，具有不可忽视的学术价值。

第一节 诗词同源说

在学界关于词的起源，持诗词同源说观点的学者比较多。此种说法源远流长，下面我们择要析之。

一 词源于《诗经》

词源于《诗经》的观点是诗词同源说的典型说法之一。代表人物首先是清初的王森，他认为自有诗就存在长短句形式，有诗的长短句形式就是词的开端。②但如果从音乐关系和格律要求上看的话，初期的诗与词没有共同之处，不过从诗歌形式发展情况来看，词虽然是诗歌不断发展的产物，但不能由此就认为词的起

---

① 学界明确提出此观点的是木斋先生，参见木斋、宋娟《略论词产生于盛唐宫廷——关于词的起源、界说和发生》，《学习与探索》2008年第5期。

② 具体参见王森与朱彝尊合编的《词综》序言，其中指出："自有诗而长短句即寓焉，《南风》之操、《五子之歌》是已。周之颂三十一篇，长短句居十八；汉《郊祀歌》十九篇，长短句居其五；至《短箫铙歌》十八篇，篇皆长短句。谓非词之源乎？迄于六代，《江南》、《采莲》诸曲，去倚声不远，其不即变为词者，四声犹未谐畅也。自古诗变为近体，而五七言绝句传于伶官乐部，长短句无所依，则不得不更为词。当开元盛日，王之涣、高适、王昌龄诗句流播旗亭，而李白菩萨蛮等词，亦被之歌曲。古诗之于乐府，近体之于词，分镳并骋，非有先后。谓诗降为词，以词为诗之余，殆非通论矣。"从中可以看出，《孔子家语》中的《南风歌》，《书经》中的《五子之歌》，《诗经》"颂"中的十八篇，汉《郊祀歌》中的五篇和汉乐府十八篇《短箫铙歌》，都是长短句的形式，因此王森认为这些诗就含有词的因素。

源与诗的起源一样。

清初的徐釚则正式提出词起源于《诗经》①。从广义上看此说是有一定道理的，《诗经》里的作品虽然是供演唱所用，但《诗经》是先有诗然后配上乐曲，而且没有固定的格调，毕竟不同于按固定乐曲填上词句的词，即不符合"倚声填词"的合乐方式。

二 词源于宫体诗

词体创作在元明两代式微，但关于词源于宫体诗的说法却在明代便有人提及。明代戏曲家汤显祖曾说："六朝风华而稍参差之，即是词也。"② 汤显祖所言意在强调，词是在六朝诗歌风流华彩风格的基础之上，稍稍改变一下词语的节奏，使之以参差不齐的句式出现，进而演变成了长短句形式，也就是后来的词了。汤氏观点主要是着眼于词的外在形式，而没有涉及词乐与词律问题，还不是完整的词的内涵。

清初的徐釚不仅提出了词起源于《诗经》的观点，还提出了词导源于梁武帝萧衍③。他的这一说法不仅是从词和梁武帝萧衍

---

① 徐釚在《词苑丛谈》中引《药园闲话》里的观点，认为《诗经》中的《殷雷》篇里有三字句和五字句，《鱼丽》篇里有二字句和四字句，《还》篇里有六字句和七字句，《江氾》篇里有重叠句式，《东山》篇里有换韵调，《行露》篇里有换头调，因此推断这些参差不齐的长短句开启了后代的词体样式。
② （明）汤显祖：《花间集》卷三，孙光宪《生查子》（暖日策花骢）评语，万历四十八年刊朱墨本。
③ 徐釚认为梁武帝萧衍的《江南弄》"此绝妙好词，已在《清平调》、《菩萨蛮》之先矣"。梁武帝的《江南弄》一共七篇，包括《江南曲》《龙笛曲》《采莲曲》《凤笙曲》《采菱曲》《游女曲》《朝云曲》，属清商曲辞。把《江南弄》当作词的起源，还有明人杨慎甚至径称之为词，说"此词绝妙。填词起于唐人，而六朝已滥觞矣"（《词品》卷一）。还有梁启超，他也说"凡属于《江南弄》之调，皆以七字三句、三字四句组织成篇。七字三句，句句押韵，三字四句，隔句押韵。……似此严格的一字一句，按谱制调，实与唐末之倚声新词无异"。

的宫体诗所表现的内容相同相近入手谈起的,还参考了其参差错落的形式来判断的。诚然,梁武帝萧衍等的诗具备了词体长短参差的形式,但仅凭表面的形式,还不能认为这些宫体诗就是严格意义上的词,因为这一说法不符合词体"倚声填词"的基本属性,只能说明词与宫体诗之间有着某种关联罢了。

明末清初的贺贻孙对词起源于宫体诗则有更为明确的观点:"梁昭明《拟古》诗云:'窥红对镜敛双眉,含愁拭泪坐相思,念人一去几多时。'竟是一半《浣溪沙》矣。至'眼语笑靥近来情,心怀心想甚分明。忆人不忍语,含恨独吞声。'又是《临江仙》换头也。然则齐梁以后,不独浸淫近体,亦已滥觞填词矣。"① 贺贻孙是结合梁昭明太子萧统的《拟古》一诗,具体分析了宫体诗与后世词的相互转换过程,为词源于宫体诗一说补充了例证。

关于词源于宫体诗一说,近现代学者也多有支持,他们在谈论到词的起源问题时也经常把词与宫体诗联系起来,比如浦江清就直言:"词最初是从宫体诗发展出来。"② 施蛰存先生在评价王国维时,也曾表达过类似的观点:"王国维云:'读《花间》、《尊前》集,令人回想徐陵《玉台新咏》。'此言甚可寻味。盖唐词之兴起,其轨迹与梁陈宫体诗固宛然一致也。"③ 等诸如此类的观点比比皆是。

词源于宫体诗一说虽然有很多支持者,但如果细究对照宫体诗的内容和形式,我们会发现这些作品从声律上要求还不完备,因为词律源于诗律,梁武帝时期诗律正在酝酿阶段,还没有正式

---

① (明)贺贻孙:《诗筏》,见郭绍虞编选《清诗话续编》第一册,上海古籍出版社1983年版,第163页。
② 浦江清:《词的讲解》,《浦江清文录》,人民文学出版社1958年版,第111页。
③ 施蛰存:《读温飞卿词札记》,《中华文史论丛》第8辑,1964年7月。

形成，又何谈符合词律呢？此外梁武帝创作的那些宫体诗，也并不是根据既定的乐曲填词的，是先有诗后谱的曲，这与后世的"倚声填词"有着本质上的区别。因此说词源于宫体诗一说还有很多需要商榷的地方。

三 词源于乐府诗

关于词与乐府之间的关系也有很多学者谈到过，比较系统的是王灼在《碧鸡漫志》中谈到的，他说：

> 古人初不定声律，因所感，发为歌，而声律从之，唐虞禅代以来是也。余波至西汉末始绝。西汉时，今所谓古乐府者渐兴，晋魏为盛。隋氏取汉以来乐器、歌章、古调并入清乐，余波至李唐始绝。唐中叶虽有古乐府，而播在声律则鲜矣；士大夫作者，不过以诗一体自名耳。盖隋以来，今之所谓曲子者渐兴，至唐稍盛，今则繁声淫奏，殆不可数。古歌变为古乐府，古乐府变为今曲子，其本一也。后世风俗益不及古，故相悬耳！而世之士大夫，亦多不知歌词之变。①

从这段记述中可以看出，王灼认为词（今曲子）乃古乐府之变，其时间最早可以追溯到隋代，是隋代依汉代以来将乐器、歌章、古调一起并入清乐而致。王灼在此特殊强调词源于古乐府，他的用意在于把词与乐府等同，从应用价值的角度来提高词体的

---

① （宋）王灼：《碧鸡漫志》卷一，《中国古典戏曲论著集成》第一册，中国戏剧出版社1959年版，第106页。

地位，并试图将词体创作和儒家的诗教传统融为一体，这对后世的词学尊体运动大有益处。清初周亮工、顾炎武等则认为词起源于乐府①。在中国文学史上，乐府诗的产生过程也是先有诗后配曲，并非纯粹意义的词体那种"倚声填词"。而且乐府诗在句数、用韵上都没有限制，更不受格律的约束，并非"调有定格，字有定数，韵有定声"，因此也不符合词体的文体特征。

四　词源于唐代的近体诗

清人宋翔凤在《乐府余论》中明确谈到了词与诗之间的关系，他说："谓之诗余者，以词起于唐人绝句。"②方成培在《香研居词麈》、朱熹在《朱子语类》中也涉及了词的起源问题。他们的观点比较一致，都认为词出于唐代的近体诗，经过增加散声、泛声与和声而形成。比如朱熹对于泛声填词则作如是说："古乐府只是诗，中间却添许多泛声。后来人怕失了那泛声，逐一添个实字，遂成长短句，今曲子便是。"③朱氏既谈到了词与乐府的关系，更是明确地强调了乐府诗是经过增加泛声才成为的"今曲子"。这种说法对后世影响很大，在《全唐诗》编撰过程中，编写组也基本持此种观点。不过这种说法只是从词的形式上考虑的，关于以曲为主、以词为辅，歌词服从乐谱这一点还没有

---

① 清初的周亮工在《书影》中引徐巨源的话："乐府变为《趋》《艳》，杂以《捉搦》《企喻》《子夜》《读曲》之属，流为诗余，流为词，词变为曲，而乐府尽亡。"这里的《趋》《艳》都是指大曲中的段落，《艳》在前，《趋》在后。《捉搦》《企喻》《子夜》《读曲》等是齐梁间的乐府曲名。清初的顾炎武在《日知录》中说："三百篇之不能不降为楚辞，楚辞之不能不降为汉魏者，势也；是则三百篇之不能不降为乐府，乐府之不能不降为词者，亦势也。"

② 唐圭璋：《词话丛编》第三册，中华书局1986年版，第2500页。

③ （宋）黎靖德：《钦定四库全书·子部1·儒家类·朱子语类》卷一四〇。

考虑到，所以此说也不能成立。

五 诗词同源说的近代回响

诗词同源说在近代词学研究中又得到了进一步的丰富与发展。比较有影响的代表人物是梁启超、任半塘、王易、吴梅等。

（一）梁启超

梁启超在《中国之美文及其历史》[①]一书中谈到了词的起源问题，他对宋人提出的词体起源说法进行了分析，比如陆游的"晚唐说"、沈括的"中唐说"、李清照的"盛唐说"等。在分析过程中，梁启超认为新体的"乐府声诗"的产生时间应该是开元天宝年间，以词入曲则开始于贞元、元和之际，但这些还不是纯粹意义的词，文学史上公认的词是在晚唐五代时期。梁启超先生对盛唐以后的新声也进行了思考与推论，他发现有些新声与后来的词调名完全相同，比如《浪淘沙》《忆江南》；还有些新声明显是后来转化成词调的，比如《浣溪沙》就应该是由《浣纱女》转化而来的。梁启超先生由这些现象又进一步推论出词之产生应该是在初盛唐之际。

梁启超先生不仅推出词体的大致产生时间，还对词体的字数、句数、用韵等形制方面的发展问题做了如下推论：

> 凡属于《江南弄》之调，皆以七字三句、三字四句组织

[①] 梁启超：《中国之美文及其历史》，最初收入 1936 年出版的《饮冰室合集》，据编者考订，其实际写作时间应为 1924 年。因此，与胡适的词源于民间说（此说见于胡适《词的起源》一文，1924 年 12 月发表于《清华学报》第 1 卷第 2 期）近乎同时。关于词源于民间说后文会详加阐释。

成篇。七字三句，句句押韵；三字四句，隔句押韵。……似此严格的一字一句，按谱制调，实与唐末之"倚声"新词无异。……凡事物之发生、成长皆以渐。一种文学之成立，中间几经蜕变，需时动百数十年，欲画一鸿沟以确指其年代，为事殆不可能。①

从这一论述中可以看出，梁启超先生承认任何一种新兴的文学体制的成立，需要有一个渐变的过程。像《江南弄》的发展过程，无论是字句还是韵律、乐调，都与唐末的"倚声"新词无异。但这只是词体产生过程中的一个发展阶段而已。就词体发生来说，汉魏六朝乐府与词之间有密切渊源关系，可以看作词体的滥觞，但并不是真正意义的词，是词体产生过程中的一个渐变环节，甚至于可以看作词体产生之前的一种预演。

（二）任半塘

任半塘先生关于词的起源问题的观点比较引人注目。他就敦煌所见资料进行整理和考辨，用二重证据法去考辨词体之起源问题。他认为："词体产生时代可以上推至齐梁之间。"② 任半塘先生较之梁启超先生则更进一步，他是从齐梁年间乐府诗具有配乐演唱的歌唱特征入手，兼及其参差不齐的长短句形式等外在特征进行判断而提出此观点的。这一观点在很大程度上说明了从齐梁年间至隋代初唐这一阶段，已经存在一种从外在形式上看和词体非常相近的作品。但这些作品我们还并不能证明就是

---

① 梁启超：《中国之美文及其历史》，《梁启超学术论著集》，华东师范大学出版社1998年版，第165—166页。

② 何晓敏：《二十世纪词源问题研究述略》，《词学》第二十辑，华东师范大学出版社2008年版，第100页。

"倚声填词"的词体,齐梁年间的乐府诗也仅仅是形式上与词体样式相同而已。

(三)王易

王易关于词的起源的观点主要见于《中国词曲史》。他提出:"语词之远源,则《三百篇》其星宿海也;以语夫近,南北朝隋唐乐府,殆龙门之凿乎。"① 这是从宏观的角度探讨词的渊源。而就其发生、发展的具体过程来看,王易则认为词体的形成与定型,未必一时并出。大抵中唐以前,词调非常简单,韵律也比较宽泛,一直发展到晚唐时期才趋近工巧,因此王易强调词体成立之顺序,凡有三例:"初齐整而后错综,一也;初独韵而后转韵,二也;初单片而后双叠,三也。这是从微观角度所作判断。……唐代词体初立,凡为词者,皆兼为诗歌乐府,故所谓词家,皆诗人也。"② 这一论断很有说服力,因为就词的本质而言,乃是诗歌的一种,词的形式、韵律均从诗体中脱胎而来。而且词家皆是诗人,这也是中国词史上的一种正常现象,尤其是词之初起之时,比如李白、张志和、刘禹锡、白居易等早期文人词之创制者,皆是著名诗人。

(四)吴梅

关于词源于乐府,吴梅在《词学通论》中做了很好的总结:"词之为学,意内言外。发始于唐,滋衍于五代,而造极于两宋。调有定格,字有定音,实为乐府之遗,故曰诗余。惟齐梁以来,乐府之音节已亡,而一时君臣,尤喜别翻新调。如梁武帝之《江南弄》、陈后主之《玉树后庭花》、沈约之《六忆诗》,已为此事

---

① 王易:《中国词曲史》,团结出版社2006年版,第54页。
② 王易:《中国词曲史》,团结出版社2006年版,第54—55页。

之滥觞。"① 吴梅先生对词体的发生发展过程进行了系统描述，而且特别强调词体特征是"调有定格，字有定音"，并据此认为词是"乐府之遗"，是"诗余"，词与乐府是一脉相承的，还列举了《江南弄》《玉树后庭花》《六忆诗》等作品来证明自己的观点。

以上种种说法，归结起来就是诗词同源。为此刘大杰《中国文学发展史》中也说："关于词的起源的理论，古人有各种各样的说法，要之，以词出于乐府与由于唐代的近体诗变化而来的两说，最为有力。"② 从文体发展来看，可以说词是诗歌中的一种，但词毕竟是一种音乐文学，乐府诗、声诗等都与词的发生有关，但又终究各自有各自相对独立的发生、发展、嬗变的过程，不能与词体混为一谈。

第二节　词源于燕乐说

词源于燕乐说是继"诗词同源"之后的又一主流说法，如果究其源头，可以追溯到后蜀词人欧阳炯的《花间集序》、南宋女词人李清照的《词论》，他们都谈到了词与乐的关系。隋代初唐的音乐变革和胡乐的进入，使唐代俗乐得以兴盛，这与词的产生和发展有着密切关系。在李清照、王灼之前，沈括的《梦溪笔谈》中就记录了隋唐乐律的变声流行情况，其中的一些观点为后来论词乐者所宗。他说：

> 五音宫、商、角为从声，徵、羽为变声，从谓律从律，

---

① 吴梅：《词学通论》，上海古籍出版社2010年版，第3页。
② 刘大杰：《中国文学发展史》下卷，百花文艺出版社1999年版，第4页。

吕从吕，变谓以律从吕，以吕从律，故从声以配君、臣、民，尊卑有定，不可相逾。变声以为事物，则或遇于君声无嫌。（六律为君声，则商角皆以律应，徵羽以吕应。六吕为君声，则商角皆以吕应，徵羽以律应）加变徵，则从变之声已渎矣。隋柱国郑译始条具七均，展转相生，为八十四调，清浊混淆，纷乱无统，竟为新声。自后又有犯声、侧声、正杀、寄杀、偏字、旁字、双字、半字之法，从变之声，无复条理矣！外国之声，前世自别为四夷乐。自唐天宝十三载始诏法曲与胡部合奏。自此乐奏全失古法，以先王之乐为雅乐，前世新声为清乐，合胡部者为宴乐。[①]

　　从上述引文可以看出，沈括比较系统地描述了五音六律的变声问题，更特别强调了隋代音乐变革在声律上的表现及其与引进胡乐的关系，为后世研究词与乐的关系奠定了基础。如胡云翼《宋词研究》、龙榆生《词体之演进》、刘尧民《词与音乐》等词学研究著作中都探讨了词与音乐的关系，还有袁行霈等编写的《中国文学史》等多种文学史均支持此种观点。燕乐与词的关系首先要追溯到我国古代音乐的发展问题。沈括在《梦溪笔谈》中记载了中国音乐经历的三个不同时代："先王之乐为雅乐，前世新声为清乐，合胡部者为宴（燕）乐。"[②] 唐宋词配合的音乐主要是燕乐。燕乐亦作宴乐，因为它主要是宴享之乐。古代朝廷宴会，按礼必须举乐。但隋唐燕乐的用途非常广泛，朝会庆典、公

---

① （宋）沈括著，胡道静校证：《梦溪笔谈校证》卷五，上海古籍出版社1987年版，第231—232页。
② （宋）沈括：《梦溪笔谈》，北京燕山出版社2007年版，第65页。

私宴集,甚至娱乐场所皆有所用,此时的燕乐已经发展成雅乐之外所有俗乐的总称。隋唐燕乐的用途扩大与胡乐引入有关,其主体部分主要是西凉乐和龟兹乐。它们非"汉乐"而为"胡乐",是唐代民族大融合在音乐上的重大成果。

词源于燕乐说的代表人物主要有胡云翼、龙榆生、刘尧民等。

一 胡云翼:词源于盛唐音乐说

胡云翼先生一直致力于词学文献的整理与研究。他在《宋词研究》一书中将词定位为音乐文学,对词的起源也进行了梳理和归纳,总结出四种说法:长短句起源说、诗余起源说、乐府起源说、音乐起源说。胡先生认为这四种说法中只有音乐起源说最符合词体的发展轨迹,因为中国文学的发展变迁不是由文学本身决定的,早在《尚书·尧典》中就有"诗言志,歌永言,声依永,律和声"的记述,说明诗(文学)与乐舞原为一体,诗(文学)与音乐的关系非常密切。胡先生由此强调说:"唐玄宗的时代,外国乐(胡乐)传到中国来,与中国古代的残乐结合,成为一种新的音乐。最初是只用音乐来配合歌辞,因为乐辞难协,后来即倚声以制辞。这种歌辞是长短句的、是协乐有韵律的——是词的起源。"[①] 从胡先生的论述中,我们发现前人一直把诗词看作一体,一直关注探讨诗与词的关系,从而产生了诗词同源说,词也因此被称为诗余、乐府等。胡先生并没有受此说法的束缚,跳出诗词之外,转换考察视角,根据词体文学的音乐特性,把词体的产生与盛唐音乐的变化联系起来,进而提出词源于盛唐音乐说。

---

① 胡云翼:《宋词研究》,巴蜀书社1989年版,第12页。

从中国音乐史上考察可知，胡乐并不是在玄宗时代传到中国的，虽然没有确切的时间，但应该是更早的时代。据木斋先生的研究可知，燕乐的盛行大致可以公元 501 年为标志。从燕乐盛行到词体出现，大约有二百年的时间，如果词起源于燕乐的话，那么到底是什么原因导致这二百多年都没有产生词体，而非得要到胡乐流行这么长时间词才产生呢？这一点颇有些耐人寻味，正常思维上也很难理得清楚，更谈不上如何有说服力了。而且最为重要的一点是唐玄宗李隆基所喜爱的法曲，不是外族传入的，而是来自中国本土的清商乐系统。

二 龙榆生：词源于新兴乐曲大行之后

龙榆生先生也是最负盛名的词学家之一，他对词源于燕乐一说也有过重要论述。他在《词体之演进》一书中就谈到了这个问题，他也是从音乐变革的角度切入的，他说："诗、乐本有相互关系；诗歌体制，往往与音乐之变革，互为推移。在古乐府中，亦有先有词而后配乐，或先有曲而后为之制词者。后者为填词之所托始。"[①]"世人未暇详考，仅见词为长短句法，遂刺取《三百篇》中之断句，以为词体之所托始，又或谬附于南朝乐府，如沈约《六忆》、梁武帝《江南弄》之类，以词为乐府之余，并为皮傅之谈，未观其通者也。一种新兴体制之进展，必有所依傍，与一定之步骤，词体之发达，必待新兴乐曲大行之后。"[②] 从龙先生

---

① 龙榆生：《词体之演进》，《龙榆生词学论文集》，上海古籍出版社 2009 年版，第 2 页。
② 龙榆生：《词体之演进》，《龙榆生词学论文集》，上海古籍出版社 2009 年版，第 28—29 页。

的这两段论述中可以看出,龙先生首先明确诗乐一体的文学现实,并由诗的发展变化与音乐变革的互相推移联系到词与乐的关系,指出先有曲而后制词的古乐府,应该就是词之始。龙先生指出中国文学史发展演变的规律,一种文体的产生,有很多相关联的因素,不能简而化之,单纯地把某种文体成熟定型之前的偶合现象看作这种文体产生的依据。诗三百篇虽然形式上与词长短不齐接近,但就此认为这是词的源头一说是不可取的;以沈约《六忆》、梁武帝《江南弄》为代表的南朝乐府虽然也具备长短不齐之形式,甚至在韵律上也平仄音律相谐,但就此说"词为乐府之余"也是"皮傅之谈",因为这和后世"倚声填词"的词还不可同日而语。龙先生特别强调"词体之发达,必待新兴乐曲大行之后",因为南朝乐府所配的乐曲,不是词体盛行之后所依傍的乐曲,六朝时的音律,也不是近体诗的音律。

龙先生在《唐五代词选注》中,进一步阐释了关于词的起源问题,认为词首先是在民间产生的,他说:"只有劳动人民和曾受压迫的知识分子,是最富于创造性的……从敦煌曲所保留的作品中,却可以看出有一部分可能出于开元间的无名作者之手。"[①]

综上,龙榆生先生不仅探讨了词与诗之间的关系,支持诗词同源说,同时还支持词源于民间一说。

三 刘尧民:词与乐曲的拍数、拍式的长短有关

刘尧民在《词与音乐》一书中从词与乐的关系角度探讨了词的起源问题,他认为:"可知长短句之产生,是因为乐曲的拍数

[①] 龙榆生:《唐五代词选注·唐五代词导论》,上海古籍出版社2006年版,第6页。

有多少，拍式有长短的缘故。譬如《桂殿秋》的头一句不能不变七言一句为三言两句，是因为这调曲子分作两拍，每一拍包含三个音数。《杨柳枝》所以每句下多有三个字，是因为这调曲子的每七言句下多加一拍，每一拍包含三个声音的缘故。以此类推，绝句之所以成为长短句，是因为音乐的拍子有长短的缘故。"① 总体来看，刘尧民先生是在探讨词与音乐之间的关系，对词体产生的原因，重点考察的是音乐技术层面的因素，比如乐曲的拍数、拍式的长短等。为了说明问题，他以南唐后主李煜的《虞美人》为例，试录原词如下：

  春花秋月何时了？往事知多少。小楼昨夜又东风，故国不堪回首月明中。

  雕栏玉砌应犹在，只是朱颜改。问君能有几多愁？恰似一江春水向东流。

刘尧民先生将这首《虞美人》词按照整齐的七言律诗的形式来排列：

  平平仄仄平平仄。春花秋月何时了？
  仄仄平平仄仄平。往事知多少小楼。
  仄仄平平平仄仄。昨夜又东风故国。
  平平仄仄仄平平。不堪回首月明中。
  平平仄仄平平仄。雕栏玉砌应犹在，
  仄仄平平仄仄平。只是朱颜改问君。

---

① 刘尧民：《词与音乐》，云南人民出版社1982年版，第89—90页。

仄仄平平平仄仄。能有几多愁恰似。

平平仄仄仄平平。一江春水向东流。①

　　从刘先生的排列来看，《虞美人》这首词特别像是七言律诗，无论字数还是句数，甚至于连韵律平仄都与律诗相谐。这说明词与律诗的关系密切，很有可能是律诗（近体诗）在入乐时"长短其句，以就曲拍"，这样一首近体诗就摇身一变成为曲词了。

　　刘尧民先生在《词与音乐》中对燕乐、胡乐、清乐的解释，成为近半个多世纪以来，对词乐解释的权威诠释。词源于燕乐，成为"词源于诗"之后的又一主流说法。这一主流说法在近现代很多词学研究者中也得到了回响。施议对先生在《词与音乐关系研究》中介绍了隋至初唐历朝君主及宫廷乐坊对燕乐的重视，并从"宫廷音乐变革—燕乐发展""燕乐发展—燕乐歌诗出现"的发展脉络论述了燕乐歌诗的产生与发展②。王昆吾先生在《隋唐五代燕乐杂言歌辞研究》中指出：隋唐燕乐的整体发展与宫廷燕乐的流行，有密不可分的联系③，又在《唐代酒令艺术》一书中梳理了著辞歌舞的产生与嬗变④。刘崇德先生在《燕乐新说》中指出"教坊乐舞是由宫廷向民间转化而来"⑤。洛地先生在《词体构成》中提出"以文化乐"，不论礼乐、燕乐、雅乐、俗乐，指的都是宫廷内事。⑥

　　这些成果不仅仅是探讨词与音乐的关系，还进一步明确了宫

---

① 刘尧民：《词与音乐》，云南人民出版社1982年版，第90页。
② 施议对：《词与音乐关系研究》，中国社会科学出版社1985年版。
③ 王昆吾：《隋唐五代燕乐杂言歌辞研究》，中华书局1996年版。
④ 王昆吾：《唐代酒令艺术》，东方出版中心1995年版。
⑤ 刘崇德：《燕乐新说》，黄山书社2003年版。
⑥ 洛地：《词体构成》，中华书局2009年版。

廷音乐在词的起源中所扮演的重要角色，为宫廷文化与曲词发生研究打开了一扇门。

四　各种文学史中关于词源于燕乐的说法认同情况

词源于燕乐是近现代词学家的主流观点。《中国文学史》大多数对词的起源问题作了辨析，在辨析的基础上基本都支持燕乐说，兹例举代表性的如下。

袁行霈主编的《中国文学史》是面向 21 世纪的课程教材，袁先生也支持词源燕乐说，他特别强调："词最根本的发生原理，也就在于以辞配乐，是诗与乐在隋唐时代以新的方式再度结合的产物。"① 袁先生不仅直接点明词与乐的关系，还把词产生的时间定位为隋唐时代。袁先生的这个时间推断对于我们探讨宫廷文化与唐五代词的发展具有重要的支撑作用。

章培恒、骆玉明主编的《中国文学史》虽然认为词的起源是一个争执不下的问题，但他们还是倾向于燕乐说，在此基础上也支持民间说。他们说："词是燕乐的产物，燕乐大盛于开元、天宝年间，这是词的发展中的第一个重要阶段，也可以说是词的雏形阶段。这时的燕乐歌辞，大约在民间已有不少是按曲调来写而长短不齐的了，但文人的创作，基本上还是齐言的，演唱时往往需要经过一定的处理。到了中唐，自觉按曲谱作词的文人不断增多，词在这时才能说正式成立为一体。"② 章培恒、骆玉明两位先

---

① 袁行霈主编：《中国文学史》第二卷，高等教育出版社 1999 年版，第 443 页。
② 章培恒、骆玉明主编：《中国文学史》中册，复旦大学出版社 1996 年版，第 267 页。

生对词源问题论述得比较详细，探讨了燕乐大盛与词的发展的关联度，而且对文人齐言诗不适宜演唱也作了说明，并明确指出中唐时期词正式成为一种文体。

方铭主编的《中国文学史》四卷本将词起源于燕乐作为定论，书中直言："词的起源，与隋唐燕乐的发展密不可分。"并且还说："隋唐五代是词体发展初始阶段，乐与词的关系还相当密切。"① 这套文学史对词的起源问题虽然没有进一步探析，但明显能够看出他们是承认词与乐的关系的。

以上仅例举了几部代表性文学史，其他文学史也大多支持燕乐说的观点，在此不再累述。由此可见，词源于燕乐一说影响之大。

综上所述，以燕乐的兴起来诠释词体的起源，似乎成为词与音乐关系的定论。燕乐不仅有狭义、广义之说，而且有多层含义的不确定性。对于这个问题，木斋先生总结得特别精到："燕乐、讌乐、宴乐三者又是一个概念的不同写法。燕乐概念本身的含混，是词体产生音乐因素混乱不清的原因之一，更为重要的，是真正影响词体发生的词乐，其主体的构成并非燕乐，而是主要来自于六朝的清乐，我们可以称为新清乐。新清乐与新燕乐共同构成了盛唐中唐的曲子。"② 木斋先生对新清乐的界定对词与乐的关系问题研究是一大推动。新清乐吸收燕乐因素，最终发展成为用于词体演唱的曲子。从词体发生史的角度来看，谈论词的起源，从词乐入手是最为符合词体的发展规律的。

隋唐燕乐乐曲的繁衍是词体发生的先行阶段。唐代的教坊乐

---

① 方铭主编：《中国文学史》，长春出版社2013年版，第368—369页。
② 木斋：《曲词发生史研究的学术史误区》，《井冈山大学学报》（社会科学版）2010年第4期。

曲，要么用于歌唱说唱，要么用于歌舞音乐，也有一些是用于扮演戏弄的。尤其是用于歌唱的那部分教坊乐曲，考察其歌词基本上是两种形式：齐言声诗和长短句。这类教坊曲后来演变成唐五代词调的，高达79种，几乎占了唐五代词调（180种左右）的一半，这足以说明唐教坊曲同词的兴起的密切关系。唐代教坊的设立，为词体的产生提供了乐曲条件，还为词的发展繁盛创造了音乐环境和社会环境。词曲互动，词曲互为依存，进而流传开来。

词体的形成过程主要经历了选词以配乐、由乐以定辞的发展变化。在这个过程中新兴曲目越多，词所依托的曲调就越能流行开来；词调越多，也就越需要与之相配的词。因此唐代（尤其是中唐时期）的很多著名诗人为了迎合新兴乐曲的需要，也都纷纷参与曲辞的创作，促成了中唐文人词的勃兴。但曲辞同词还不是一个概念。曲辞中相当多的是所谓的"声诗"，依曲拍为成句的长短句作为曲辞是后兴起的。因为以近体诗入乐，整齐的五、七言句式，同参差不齐的乐曲始终是个矛盾。为了与乐曲合拍，诗人们必须要在五、七言诗之外，探索和创造一种新诗体，既能诗乐结合，又要句式参差，还要依乐章结构分出章节，依乐曲节拍分出句子，依音乐声音的高低清浊选词用字，也就是"倚声填词"，完全按照音乐的曲律来制定词律，这对当时的作词者和唱词者（乐工伶人）都是一个新的要求，他们便不断摸索探求，将曲辞进一步改良，最后创造了词。对于曲辞从齐言到杂言的变化方式，沈括在《梦溪笔谈》中提到了和声、虚声和泛声的说法。其实前文我们在词源于近体诗中也谈到了这一问题。《全唐诗》在词部的小注中提到和声、方成培在《香研居词麈》中提到了散声、朱熹在《朱子语类》中提到了泛声，这些都是就词与音乐的关系而言的，而且刘毓盘在《词史》中以李隆基的《好时光·宝髻偏宜宫样》这例说明了这种演变方式。试录之如下：

> 宝髻宜宫样，脸嫩体红香。眉黛不须画，天教入鬓长。莫倚倾国貌，嫁取有情郎。彼此当年少，莫负好时光。（原诗）
>
> 宝髻偏宜宫样，莲脸嫩，体红香。眉黛不须张敞画，天教入鬓长。莫倚倾国貌，嫁取个，有情郎。彼此当年少，莫负好时光。（经增散声后长短句）

《好时光》原本是一首五言诗，在演唱时通过增加散声而成为长短句，比如"偏""莲""张敞""个"等，就是配合散声而增加的字句，一首五言诗就这样变成了参差不齐的长短句的词。

再者我们最为熟知的王维的《送元二使安西》（又名《渭城曲》）和古琴曲《阳关三叠》的关系也说明了这一问题。由此可见词是依曲拍为句，也就是依谱填词，是确立词体的开端。词体从此独立发展，与诗分流异趋，它同声诗之间的区别也判若鸿沟了。

第三节　词源于民间说

这一说法也是颇有影响力的，其代表性人物主要有胡适、郑振铎、夏承焘、唐圭璋、阴法鲁等。

一　胡适：词源于民间说

胡适最早提出了关于词体起源于民间的观点，对后世词学研究家的影响最大。关于词体起源于民间说，胡适的提法也有个发展过程。胡适编纂《词选》，在书后附录《词的起源》①一文，他在文中说："长短句的词起于中唐，至早不得过西历第八世纪的晚年。旧说相传，都以为李白是长短句的创始者，那是不可靠的传说。……总观初唐、盛唐的乐府歌词，凡是可靠的材料，都是整齐的五言、七言，或六言的律绝。当时无所谓'诗'与'词'之分，凡诗都可歌，而'近体'（律诗、绝句）尤其都可歌。"②胡适先生首先对词起源于中唐时期的说法予以肯定，由此他对盛唐李白的宫廷应制词的存在提出了质疑，认为那只不过是一个传说而已，而且初唐、盛唐的乐府歌词也不是词，胡适先生的分析虽然有一定道理，但"凡诗都可歌"的说法还是过于绝对化了。既然初唐、盛唐"无所谓'诗'与'词'之分"，胡适先生便进一步推断说："我疑心，依曲拍作长短句的歌词，这个风气是起于民间，起于乐工歌妓。"③据此可以看出胡适先生的提法还是有分寸的，因为没有相关证明材料，所以胡适先生说"疑心"词源于民间。正是因为有之前的"疑心"，他才在《词选》的序言中，再一次提出这个说法："词起源于民间，流传于娼女歌伶之口，后来才渐渐被文人学士采用，体裁渐渐加多，内容渐渐变丰富。"④

　　胡适先生的词学研究观点，影响广泛而深远，何晓敏在其《二十世纪词源问题研究述略》一文中专门总结这个问题："词体起源于民间问题，即成为一九四九年后，处于蜕变期的内地学界

---

　　①　胡适编纂的《词选》，在书后附录《词的起源》一文，此文1924年12月发表于《清华学报》第1卷第2期，后来中华书局重新出版。
　　②　胡适：《词选·词的起源》，中华书局2007年版，第339—340页。
　　③　胡适：《词选·词的起源》，中华书局2007年版，第348页。
　　④　胡适：《词选·序》，中华书局2007年版，第3页。

的一种颠扑不破的定律。几十年来词学界皆毫无保留地加以继承及发展,其影响直至今天。"①

二 郑振铎:词源于"里巷之音""胡夷之曲"

郑振铎在《插图本中国文学史》中认为:"词是唐代可歌的新声的总称。这新声中,也有可以五七言诗体来歌唱的。但五七言的固定的句法,万难控御一切的新声。故崭新的长短句便不得不应运而生。……词的来历,颇为多端,但最为重要者则为'里巷之音'和'胡夷之曲'。"② 郑振铎先生在这里说的是词刚刚萌芽时的样态,他有意强调了词与唐声诗的区别。既然"词是唐代可歌的新声的总称",势必与词乐关联,所以他说词是来源于"里巷之音"和"胡夷之曲"。这里的"里巷"是指中国的民间,"胡夷"则主要是指西域一带。"里巷之音"和"胡夷之曲"作为两种音乐源流,在唐代开始交互融合,并且成为诗词的乐曲。郑振铎先生在此将词乐的来源指向民歌和胡乐,并由此观念出发又进一步提出关于胡曲的论述:"可惜唐以前,那些胡曲的歌词皆已不传,或竟往往是有曲而无辞的。"③ 其实,那些有曲无辞的胡乐大曲,即便中间偶有歌唱,也是用胡语演唱的,和当时流行的声诗或词根本就不是一回事。这样看来郑振铎先生的词源于胡夷之音和里巷之曲还是需要进一步斟酌的。

需要说明的是郑振铎先生提出的"里巷之音"和"胡夷之

---

① 何晓敏:《二十世纪词源问题研究述略》,《词学》第二十辑,华东师范大学出版社 2008 年版,第 97 页。
② 郑振铎:《插图本中国文学史》,人民文学出版社 1957 年版,第 416 页。
③ 郑振铎:《插图本中国文学史》,人民文学出版社 1957 年版,第 417 页。

曲"一说，来自《旧唐书·音乐志》："又自开元以来，歌者杂用胡夷里巷之曲。"① 这是一种断章取义的引用，"歌者杂用"，这"杂用"一语在某种程度上说明在"里巷之音"和"胡夷之曲"之外还存在其他音乐系统，按照时间来看，开元之后正是唐玄宗李隆基音乐变革的时代，那其他音乐毫无疑问是指"法曲"，这样就可以推断盛唐词体发生的音乐首先是变革之后的法曲，而不是所谓的燕乐。至于有的学者认为法曲是燕乐的一种，这是燕乐本身的概念过大造成的。

三 夏承焘：词源于酒令

夏承焘先生1935年在《词学季刊》上发表了《令词出于酒令考》，王昆吾先生在1995年由东方出版中心出版了《唐代酒令艺术》一书，他们的研究将词的起源和酒宴歌席及席上的酒令联系到一起，进一步开拓了词源研究的领域。但六言的著辞歌舞只能看作词的雏形，这一点将在后文继续探讨。酒令文化只能看作词体产生过程中的重要链条而已。而且夏承焘先生也没有把词的起源定位于酒令，所以他在1955年发表的《唐宋词叙说》中又有专门段落论述词的起源问题：

> 词渊源于周隋以来的胡乐及魏、晋六朝以来的民间歌曲（清商乐），又结合六朝永明学者所发明的文字声调（四声）。它融合古今中外的音乐组织以配合语言文字的声调组织，成

---

① （后晋）刘昫等撰，陈焕良、文华点校：《旧唐书》第一册，岳麓书社1997年版，第678页。

为一种新文体。它在文学史上是一件新创造，在音乐史也是一个新体系。①

夏承焘先生认为词是音乐配合语言文字而产生的一种新文体，它的产生和流行，必在隋唐之际，对于中国文学史、音乐史来说都是一种新创造、新体系。为了证明这个观点，夏承焘先生在《唐宋词欣赏》② 一书中还继续探讨词源问题，该书共收录夏先生39篇小文，其中的第三篇《盛唐时代民间流行的曲子词》、第四篇《敦煌曲子词》，都指出词产生之初是来源于民间小调。虽然唐代民间词都已经亡佚了，但在崔令钦《教坊记》中还保存一篇"曲名表"，夏先生认为这是民间词调的最早记录。《敦煌曲子词》虽然绝大多数作者难考，但从其歌辞所表现的内容和曲调看，有一部分应该是唐代民间词流传而来的。

综上可知，夏承焘先生不是简单化地推断词源于民间，而是通过《令词出于酒令考》《唐宋词叙说》《唐宋词欣赏》等论著多次谈到这个问题，而且每次所获结论都是比较慎重的。

四　唐圭璋：词源于劳动人民

当代词学家唐圭璋先生也支持词源于民间一说，他和潘君昭

---

① 夏承焘著的《唐宋词叙说》，发表于1955年，作者以词体的产生、发展为纲，以词人创作活动为迹，勾绘了唐宋词的"历史过程"，实为一部断代词史的写作大纲。

② 《唐宋词欣赏》是夏承焘先生为广大读者欣赏唐宋词的需要而说解的，大半由先生的助手怀霜记录整理，经先生改定，发表于杭州、上海和香港的报刊。这些记录下来的说词文字，与无拘束的谈谈相比较，其鲜活的意味似乎有所减杀；又因当时环境所限，有些话不能说得很畅，且难免说几句套话，但其见解的精警和说辞的鲜明特点仍然存在。它虽然不同于先生的词学专著，却能为大众说法，深入浅出，可读性强，使唐宋词面向更广大的读者群，这也是先生的一大功德。

合撰的《论词的起源》一文中明确提出词"必然是起源于劳动人民"①。唐圭璋先生还认为梁武帝《江南弄》所配的乐曲都是吴声西曲,原本属于清乐,是中国古代乐曲,而不是六朝新声。所以从词与乐的关系来看,词起源于梁武帝的乐府诗的结论是不成立的。唐圭璋先生对词源于燕乐也发表了自己的看法,他对燕乐的内涵重新进行界定:"'燕乐'是以隋、唐时中原一带民间音乐为主,又融合了前代的清乐、少数民族音乐和外来的音乐。"② 从唐圭璋先生对燕乐的界定可知,即便词源于燕乐一说能够成立,燕乐也是以民间音乐为主体的,而这恰是对词源于民间一说的有力支撑。

五 阴法鲁:词源于唐代民间音乐

阴法鲁先生在《关于词的起源问题》一书中明确指出:"词最初是唐代音乐的产物。它主要是配合中原乐曲的,也有一部分是配合西域和其他地区的乐曲的。"③ 阴法鲁先生在承认词与乐的关系基础上,对唐代音乐的来源进行了说明,认为唐乐既有中国本土音乐,也有西域外来音乐。对于词调,他也给予了说明,认为:"凡是配过或填过歌词的乐曲,都应当称为'词调',……唐宋词调中大约有八十个出于唐代的教坊曲。其中可以称为西域乐曲或具有西域情调者,有《苏幕遮》、《婆罗门引》、《柘枝引》、

---

① 唐圭璋、潘君昭:《论词的起源》,《词学研究论文集》,上海古籍出版社 1982 年版,第 15 页。
② 唐圭璋、潘君昭:《论词的起源》,《词学研究论文集》,上海古籍出版社 1982 年版,第 17 页。
③ 阴法鲁:《关于词的起源问题》,《词学研究论文集》,上海古籍出版社 1982 年版,第 6 页。

《伊州令》、《赞普子》（赞浦子）、《沙塞子》、《西河》、《甘州令》、《梁州令》（凉州）、《酒泉子》等，约占十分之一强，充其量也不过占十分之二……因此不能说，词所配合的音乐主要是西域音乐。"① 从这段记述中可以看出，阴法鲁先生认为大部分词调都出于唐代民间乐曲，其他西域外来乐曲只是一小部分，仅十分之一多一点。他还专门例举了《二郎神》《潇湘神》《竹枝词》等曲调来证明自己的说法。

从上述代表性观点我们不难发现，词源于民间说的表现形态主要有两种：一是关注影响词体发生的民间音乐和胡乐，把词源民间说和词源燕乐说融汇到一起来探讨，如陆侃如等在《中国诗史》中谈道："词的产生主要是因为唐代民间诗人创造了新的乐章。"② 郑振铎在《插图本中国文学史》中认为词的来历"最为重要者则为'里巷之音'和'胡夷之曲'。"二是以任半塘先生为代表，他们在研究敦煌曲子词的过程中，推断敦煌词（尤其是《云谣集杂曲子》）的产生时间可能比较早，从而似乎为词源民间说提出了实证依据。

词源民间说虽然影响力很大，但从目前所见的民间词来看，还没有哪首民间词能定论为是在盛唐李白应制词之前的作品。任半塘先生在《敦煌歌辞总编》中所说的"带浓厚之历史性"的词作，仔细考量，我们便会发现这些词作在某种程度上与宫廷文化有着千丝万缕的联系，有的是宫廷乐工在宫廷宴集上的演唱之作，有的是藩将来朝为当朝天子祝寿之词，这些词作恰恰可以看

---

① 阴法鲁：《关于词的起源问题》，《词学研究论文集》，上海古籍出版社1982年版，第6—7页。
② 陆侃如、冯沅君：《中国诗史》，山东大学出版社1996年版，第445页。

作早期的宫廷曲词。它们或许与民间文艺有关，或者是来源于民间的歌谣曲词，但从其功用上看，不能将之简单地视为"民间文艺"，而且即便是"民间文艺"，其表现内容和写作目的也是为宫廷所用。这里更需要强调的一点是，宫廷乐工所创之词是独立创作，无论如何也不能将之视为民间词。

第四节　关于词的起源之再思考

上述代表性观点对我们继续探讨词的起源给予了很大的启示性。近年来，有一些学者认为词起源于宫廷，在宫廷音乐的要求下，经文人倚声填词、合于律化后产生。这一说法对词体发生史的重新建构有重要启迪意义。① 一直以来学界过于关注词作为音乐文学的特质，而忽略了其他引发词体产生的因素。洛地在他的《词体构成》《词乐曲唱》两部著作中，率先打破了这一局限，对过于强调甚至神话词体的音乐性进行了反拨。在洛地看来，律词之所以为律词，重点在于其律，而与词的音乐性无关。他还提出"'以乐传辞'之'曲'（中的某一些）演化成为'以文化乐'之'律词'"②的说法，为我们重新审视与思考词体、词乐之间的关系提供了一个新的角度，是有积极意义的。洛地先生这两部著作的问世对词源于燕乐说、词源于民间说等观点具有振聋发聩的冲击力，对于词的起源问题的多元化思考功不可没。

这种撼动以往成说的观点还见于刘崇德先生的《燕乐新说》。

---

① 孙艳红：《唐五代词的宫廷文化书写》，《社会科学战线》2021年第11期。
② 洛地：《词体构成》，中华书局2009年版，第223页。

《燕乐新说》一书的刊行比较波折，这从该书的内容简介①可知。刘先生此书中专论词体发生与音乐的关系，刘先生说："词乐之曲调，十之八九出于教坊乐部"②"词体并非直接产生于燕乐"。③刘崇德先生的研究，正如其书内容简介所言："所得结论颇异于前人与自己之前说"，着实具有突破性的意义。但是，此书中只是对词源于燕乐之说予以审视，还未能对燕乐与词的关系再度明确。

基于上述关于词的起源的研究成果，我们捕捉到了宫廷文化这条线索。另外这条线索还得益于唐宋词的文化学研究。闻一多先生曾经对诗的社会功能给予了高度评价："诗似乎没有在第二国度里像它这样发挥过那样大的社会功能。在我们这里一出世，它就是宗教、是政治、是社交，它是全面的社会生活。"④按照闻一多先生的说法，诗具有此功能，词也不例外。诗词都应该是研究当时社会文化习俗的重要资料。

沈松勤先生在《唐宋词社会文化学研究》中提出唐宋词是一种"文学—文化现象"⑤，为运用文化学方法研究唐宋词指明了路径。刘尊明先生等在《唐宋词与唐宋文化》中，一方面考察了唐

---

① 内容简介：《燕乐新说（修订本）》原题为《九宫大成与词曲学》，仅十余万言，因故未得刊行。复得黄山书社慨然接受此稿，并申报国家古籍整理出版规划领导小组资助。又承蒙该社厚意，允为修订原稿。今草就，而原稿所余已不及三分之一。因修订之稿首论燕乐，次论词曲，故改题为《燕乐新说（修订本）》。盖燕乐乃词曲之源，而词曲者又为燕乐之流变。前人说燕乐与词曲之种种定论，多乏陈例之实证；虽陈陈相因，但难免存伪而失真。今幸得唐宋古谱数种与相关资料，据以对燕乐、词曲之律调、节奏一一重新探讨，所得结论颇异于前人与自己之前说。虽未臻精审，然幽邃已启。自校译《九宫大成》至今八年来，闭门谢客，殚精竭虑，专心治词曲音乐，亦仅意在抛砖引玉而已。此稿草就，已是劳瘁不堪。然深信燕乐真貌必将得以揭示，词曲音乐理论亦定得全面梳理，五百年来被谓之"绝学"之曲学也必将兴盛于世，成为一代显学。
② 刘崇德：《燕乐新说》，黄山书社2003年版，第217页。
③ 刘崇德：《燕乐新说》，黄山书社2003年版，第221页。
④ 闻一多：《闻一多全集》，生活·读书·新知三联书店1982年版，第202页。
⑤ 沈松勤：《唐宋词社会文化学研究》，浙江大学出版社2000年版。

宋词的发展演变与唐宋文化的相互关系；另一方面发掘唐宋词中所包含的文化信息和文化内涵。①邓乔彬先生在《唐宋词艺术发展史》中则提出宫廷文化与词之起、进士文化与词之盛、市井文化与词之俗、士大夫文化与词之雅、民族文化与词之变（靖康之变与南渡词）、江湖文化与风雅派（格律派）、文化集成与稼轩词、吟社文化与宋季词等观点②，并以此展开论述。这些研究都谈到了宫廷文化与词的关系问题，虽未全面展开论述，但却引发了学界的关注与反思。尤其是木斋先生提出词体产生于盛唐宫廷文化的观点，对我们的研究给予很大启示。从中国诗歌发展史角度来看，词体的产生与音乐发展史相关，而且这音乐主要是宫廷音乐，因为隋代初唐时期宫廷音乐变革对词体产生影响巨大，宫廷音乐的发展演变经历了由六朝乐府歌诗到初唐近体歌诗，再到盛唐声诗转型之后的曲子歌诗（曲词）的过程；从词乐发展过程来看，如上所述，宫廷音乐经历了魏晋南朝的清乐和北朝、隋代初唐的燕乐，然后再到唐开元天宝的重新变革回江南清乐（主要是法曲），最后发展到所谓曲子的出现。这一切为词体的产生奠定了坚实的音乐基础。

  初唐初期，由于批判南朝艳歌乐府这种奢靡的宫廷音乐消费形式，从而造成南朝清乐的缺失，乐府诗也开始走向了诗乐分离，宣告了乐府歌诗形式的终结。这种对六朝艳歌的警惕，造成了初唐诗坛的去音乐化倾向。加之隋代初唐的宫廷音乐变革和宫廷生活的需要，由此带来了对声乐歌唱的大量需求，于是来自西域的燕乐成为声乐表演的主要音乐。等到了初唐中后期，六言

---

① 刘尊明、甘松：《唐宋词与唐宋文化》，凤凰出版传媒集团、凤凰出版社2009年版。
② 邓乔彬：《唐宋词艺术发展史》，河北人民出版社2010年版。

（齐言）的著辞歌舞产生，它所配合的音乐也是外族传入中原的燕乐（胡乐）。盛唐的开元天宝之际渐次兴起了具有宫廷性质的曲子声诗，给沉寂的乐坛注入了新生力量。唐玄宗李隆基有很高的音乐素养，他酷爱法曲，这法曲是从南朝清乐中流传下来的，当年风靡南朝的江南乐曲重新抬头，成为宫廷的流行乐章。帝王的喜好促使专门教习法曲的梨园、教坊等宫廷音乐艺术机构纷纷成立，适宜演唱的一些盛唐绝句被截取入乐，产生了盛唐声诗绝句，可以视为曲词发生的前夜。

刘尊明先生在《唐五代词史论稿》中强调唐五代词创作队伍中，帝王及宫廷词人占比较大，作品数量也蔚为可观，与民间词形成对比。李白的应制词是唐五代宫廷词兴盛的典型代表，中唐王建的宫词系列是宫廷性质的曲子词的继续。① 木斋先生在《论中唐中前期文人词的渐次兴起》一文中指出"王建的宫廷词写作，可以视为李白宫廷应制词之后的传人，并连接着以后温庭筠和花间体的宫廷风格词体写作"②，还分析了张志和、韦应物、戴叔伦等词作的宫廷性。木斋先生系统探讨了词体起源这一自唐五代就开始讨论的学术问题，摆脱旧说，力举"宫廷说"。木斋先生在《论初唐近体诗形成的宫廷文化属性》一文中指出曲词产生的一个重大因素是近体诗的成熟，而在初唐近体诗中，宫廷诗占据主流地位③。因此，初唐宫廷诗文化属性的完备以及音律化的成熟，决定了词体诞生时具有鲜明的宫廷文化性质。在《曲词发

---

① 刘尊明：《唐五代词史论稿》，文化艺术出版社2000年版。
② 木斋：《论中唐中前期文人词的渐次兴起》，《东南大学学报》（哲学社会科学版）2009年第5期。
③ 木斋：《论初唐近体诗形成的宫廷文化属性》，《江西师范大学学报》（哲学社会科学版）2013年第1期。

生史》(2011)、《曲词发生史续》(2014)等书中，木斋先生对燕乐和著辞歌舞的宫廷属性的定位，从根本上确定了词的发展与宫廷音乐之间密不可分的联系。他还指出唐声诗是词产生之前的一种配乐演唱的形式，可以看作词之雏形。李白的宫廷应制词对于词体的形成，具有划时代的历史意义。木斋先生的这两部大著一经出版，便引起词学界的广泛关注和争鸣讨论，这场讨论还得到了很多学术期刊的支持，比如《中国韵文学刊》《天中学刊》等学术期刊开辟专栏，集结词学界的好学者以木斋先生的《曲词发生史》为议题，连续推出争鸣讨论文章。而且，参与这次大讨论的诸多文章，亦非流于形式，徒有书评，而是集中而专注地再思考与再探研，为进一步探讨宫廷文化与唐五代词的发展演变提供了理论支撑和文献资料准备。

  从目前学界的论争当中我们不难看出，唐五代宫廷是词体发展的重要舞台，及至宋代宫廷，词体则被进一步接受和传播。可以说，词体的兴起和发展与唐宋宫廷及宫廷文化有着不可分割的密切关系，值得学界进一步探索和思考。但是，纵观历年来有关词与宫廷文化的研究，虽有诸位大家广开先河，但稍有遗憾的是，这些成果要么是笼统地谈及唐宋宫廷文化之于词史的意义，要么是集中于对李白宫廷应制词、王建等宫廷词的讨论，其研究深度、广度没有得到实质性的开拓，对宫廷文化与唐五代词的发展演变没有作全面细致的梳理，具体分析也相对欠缺。如宫廷音乐变革与燕乐歌诗、著辞歌舞之间如何密不可分地互动；初盛唐的宫廷诗究竟是如何影响词之初起；宫廷文化催生了词体之后，又如何促进了词体的发展演变；唐五代词中的宫廷文化现象与词体的发展演变关系如何；等等。这些问题一直处于朦胧甚至荒芜状态,亟待后人补充。

词体,作为一种特殊的音乐文学样式,自然也是文化的特殊载体,其中积淀了宫廷文化的丰富蕴含,映照出宫廷文化的多彩风姿,这是对词学研究的一种深入拓展和崭新尝试。词源于隋唐之际,经中晚唐至五代十国发展兴盛,至两宋达到繁荣鼎盛的高峰。这其中宫廷文化扮演着什么样的角色,唐五代词与宫廷文化有着怎样的关联,都值得探讨。唐五代不同阶段的宫廷文化与词之缘起、发展的关系需要进行专门的论述与深入的分析。

总而言之,从唐五代社会文化背景出发,深入分析唐五代时期宫廷贵族的生活习惯和文化心理对词体写作的影响,把词的产生发展与宫廷文化联系起来,可以对唐五代词作出更为新颖独特的文化阐释。我们这里所谈到的宫廷文化是广义的,据刘尊明先生等的界定,宫廷文化主要包括宫廷建筑、宫廷政治、宫廷制度、宫廷经济、宫廷宗教、宫廷教育、宫廷生活、宫廷人物、宫廷文学等方面。[①] 从宫廷文化角度来研究词体发生史,重点是以词体的产生、发展、定型、兴盛为线索,全面探讨宫廷文化与唐五代词的发展史。具体分析论述隋代初唐宫廷文化与词的初起、盛唐宫廷文化与词的形成、中唐宫廷文化与词的过渡、晚唐西蜀宫廷文化与词的定型、南唐宫廷文化与词的兴盛等问题。细思考量,关于中唐词中的宫廷文化现象相对弱化,中唐文人写词因素复杂,需要进一步考索,论证宫廷文化是促成中唐文人词呈现词体过渡性特征的核心因素。

从宫廷文化与词的产生发展关系入手,进一步梳理唐五代词

---

① 刘尊明、甘松:《唐宋词与唐宋文化》,凤凰出版传媒集团、凤凰出版社2009年版,第46页。

发展史，进而得出宫廷文化不仅催生了词体，还有力地促进了唐五代词的发展定型与繁荣兴盛的结论，这些研究会给词的起源问题以全新的思考与重塑。

  这项研究虽然是一次大胆尝试，我们尽力搜集整理相关资料，但仍难免有挂一漏万之嫌。我们力论宫廷文化与唐五代词体产生发展的互动共生，进一步破解词体发生的千古之谜，对词的起源的几种说法进行纠偏，让学界重新审视与定位词的起源与发展问题，为探讨词的起源、发展开辟新径。该研究补充深化了关于"词起源于宫廷"的观点，丰富了词学理论体系，为重思重写文学史提供理论支撑和实证材料，对古代文学学科建设具有开拓性意义。研究方法不局限于单一的举例式论证，而是对唐五代词的宫廷文化进行量化分类统计与辨析实证，避免陷入僵化和孤证的樊篱。为目前学界惯于追踪时尚热点话题，绕开学术争议问题，避重就轻的功利现象提供借鉴和参考。从文化传承角度来看，此项研究也可以促进唐宋词的文化传播，树立中华文化自信。

第一章　初唐的宫廷文化与词体发生准备

第一节　隋唐宫廷音乐变革与燕乐歌诗写作

中国文学有着诗、乐、舞一体的传统,在《尚书·尧典》《礼记·乐记》中都有过诗乐舞有机结合的相关论述。正如胡云翼所言:

> 中国文学的发达,变迁,并不是文学自身形成一个独立的关系,而与音乐有密切的关连。……中国文学变迁与音乐的关系,可以看出文学在音乐里面的活动。并且可以知道中国文学的活动,以音乐为归依的那种文体的活动,只能活动于所依附产生的那种音乐的时代,在那一个时代内兴盛发达,达于最活动的境界。……凡是与音乐结合关系而产生的文学,便是音乐的文学。①

中国古典诗词是典型的音乐文学。自上古至宋代,经历了

---

① 胡云翼:《宋词研究》,巴蜀书社1989年版,第5页。

古歌、古乐府、今曲子三个发展阶段。宋代之前，出于中国古代教育传统、"学而优则仕"和儒家诗教理论影响等原因，中国文学的产生发展基本上是围绕宫廷展开，可以说是以宫廷为文学的中心。同时音乐发展变革也是如此。陈后主、隋炀帝，一直到唐朝的历代君主，莫不喜爱音乐歌舞。换言之，唐王朝的后宫生活中，音乐舞蹈成了不可或缺的重要内容。

隋唐之际宫廷音乐的勃兴，首要原因是帝王本身的音乐素养极高，一方面是他们对于音乐的主观嗜好；另一方面是他们在宫廷宴饮娱乐时的客观需求。相较于隋唐的帝王，宋代之后的帝王在音乐天赋上还是相形见绌的。可能是因为唐代皇族有胡族的遗传基因吧，终唐一代，几乎没有哪个帝王不喜爱音乐歌舞的，无论是唐高祖李渊还是唐玄宗李隆基，均具有音乐天赋。

一 隋炀帝对音乐的变革

历史上的隋炀帝穷奢极欲，治国无方，大兴土木，滥用民力，最终引发了大规模全国性的农民起义，一时间天下大乱，民不聊生，隋朝迅速崩溃覆亡，隋炀帝也随之留下千载骂名。隋炀帝政治上虽然昏庸无道，但他对宫廷燕乐的变革与发展却有很大贡献。隋朝重视音乐，在礼乐机构"太常寺"中有专门掌管音乐的部门："太乐署"（掌管雅乐）、"清商署"（掌管俗乐）和"鼓吹署"（掌管礼仪音乐）。开皇二年（582），隋文帝曾经下令整理音乐，把中原乐律和西域乐律（主要是龟兹乐律）结合起来，对隋唐燕乐乐律的发展产生了一定的影响。

隋朝音乐起初是七部乐①，隋炀帝时增定为九部乐②，在胡乐新声的基础之上再创作，收集和推广各地散乐，并大招天下音乐贤士，网罗社会各界的音乐人才，共同促成音乐的变革与发展。九部乐是朝廷举行宴会时乐舞表演的节目次序单，虽然不能全面反映隋代社会上新音乐的内容，但能够看出朝廷广泛搜集国内外的多种乐舞，以此来炫耀皇帝的"威德"。据史料记载，隋炀帝大业二年（606），他下令改革音乐："括天下周齐梁陈乐家子弟，皆为乐户。其六品以下，至于民庶，有善音乐及倡优百戏者，皆置太常。是后异技淫声咸萃乐府，皆置博士弟子，递相传教，增益乐人至三万余。"③他的这一举措完全出于个人喜好，乐户、太常一度兴盛，乐人居然达到三万余人。虽然无关政治，但却促使宫廷燕乐得以迅速发展，为曲词的产生奠定了基础。

历代宫廷都是一个时代的政治文化中心，隋炀帝"总追四方散乐，大集京都"，乐人集萃，相互切磋，势必会使音乐有新的发展与创造。乐舞一体原本就是中国音乐的原生样态，隋炀帝继承了这一传统，所举办的音乐活动往往都与百戏倡优的表演活动合并进行。从隋炀帝的音乐活动中可以得出这样的结论：当时虽然音乐进行了改革，但音乐与舞蹈相融，也就具有了表演性质。因此说隋炀帝的这一举措，对金元曲子词的发展有一定影响价值，虽然隋代初唐的音乐活动主要发生在宫廷，但我们可以这样

---

① 七部乐是指：1. 国伎，即西凉伎，出于凉州（今甘肃武威）一带；2. 清商伎，指中原和江南地区的传统音乐；3. 高丽伎，高丽在今朝鲜；4. 天竺伎，天竺指古印度；5. 安国伎，安国即今中亚布哈拉；6. 龟兹伎；7. 文康伎，是最后的一个结束节目。此外，又杂有疏勒（今新疆喀什噶尔）、扶南（今柬埔寨）、康国、百济（朝鲜古国）、突厥、新罗（朝鲜古国）、倭国（指日本）等伎。

② 九部乐是指：清乐（即清商伎）、西凉、龟兹、天竺、康国、疏勒、安国、高丽、礼毕（即文康伎）。

③ （唐）魏徵等撰：《隋书·裴蕴传》，中华书局1973年版，第1574—1575页。

理解，金元曲子词的表演性质虽然是民间市井文化，但或许是受前代宫廷文化的影响所致。

但隋炀帝时代歌曲的创作主要是他个人和他命专职乐工为其个人所好而制造的新声歌曲，未完全进入宫廷的宴饮娱乐中的歌词演唱活动。隋炀帝时代的这些乐曲，大多还没有配词演唱，还是纯音乐的性质。这些乐曲即便有少量的歌词，也属于乐府歌诗的状态，和后世真正意义上的词还相去甚远。

二 唐代宫廷音乐对隋代音乐的继承与增益

隋炀帝政治上没有给大唐王朝留下些许值得效仿的做法，但他的音乐嗜好和对音乐的改造，为初唐音乐文艺提供了发展路径，也奠定了坚实的基础，唐代在音乐文化制度方面基本上是沿袭隋制。正如上文我们谈到的，唐代的帝王个个是音乐天才，酷爱音乐，所以初唐音乐对隋炀帝增定的九部乐非常感兴趣，不仅全部保留，还在此基础上，进行修订完善，增益为十部乐。《新唐书·礼乐志》中记载：朝廷所用之乐有高丽、百济、天竺、南诏、骠国、高昌、龟兹、疏勒、康国、安国等乐。其中西域的高昌（今新疆吐鲁番）、龟兹（今新疆库东）、疏勒（今新疆喀什噶尔）、康国（今中亚撒马尔罕）和安国（今中亚布哈拉）的音乐最受欢迎。它们都是印度系音乐经过胡化的，隋唐燕乐即是以之形成的。① 从燕乐的形成过程来看，初唐的音乐明显受到胡乐的影响。

唐高祖李渊就酷爱胡乐胡舞，并设立教坊。唐玄宗李隆基更

---

① 谢桃坊：《唐宋燕乐歌辞的历史考察——论〈碧鸡漫志〉的主旨及其意义》，《社会科学研究》2002 年第 1 期。

是有过之而无不及，不仅在宫中设立教坊，还设立了由玄宗本人直接管辖和执教的梨园。唐太宗李世民也对音乐情有独钟，《秦王破阵乐》他不仅亲自在军中歌咏，而且演出时声势浩大，参与表演的达120多人。李世民不仅自己在此基础之上创制了《破阵乐》《破阵舞图》等大曲乐舞，而且命朝廷重臣积极参与制乐，这在《新唐书》中有所记载："其后因内宴，（太宗）诏长孙无忌制《倾杯曲》，魏徵制《乐社乐曲》，虞世南制《英雄乐曲》。帝之破窦建德也，乘马名黄骢骠，及征高丽，死于道，颇哀惜之，命乐工制《黄骢叠曲》。"① 唐太宗的这一举措无疑促进了音乐的发展。唐高宗李治也很喜欢音乐，并且精通音乐，在《教坊记》中记载《春莺啭》的产生过程："《春莺啭》，高宗晓声律，晨坐闻莺声，命乐工白明达写之，遂有此曲。"② 这里的乐工白明达是著名的龟兹音乐家，《春莺啭》是软舞的代表性曲目，婆娑柔曼，多彩多姿。据资料记载，《春莺啭》的影响极大，曾传到朝鲜和日本。③

从上述资料记载来看，唐代的音乐也和隋代一样，乐曲的制作大多是纯音乐，不涉及歌词。但偶有特例，比如唐太宗李世民曾命长孙制作的《倾杯曲》，后来发展成为流行的词牌，像宋代著名词人柳永即有《倾杯乐》词作。

唐代音乐功能发生重大变化是在唐中宗时代，音乐由郊庙宴

---

① （宋）欧阳修等撰：《新唐书·礼乐志》，中华书局1975年版，第471页。
② （唐）崔令钦撰：《教坊记》，古典文学出版社1957年版，第15页。
③ 《春莺啭》的传播在唐代诗人元稹《法曲》中有所记述："女为胡妇学胡妆，伎进胡音听胡乐，火凤声沈多咽绝，春莺啭罢长萧索。"由此可见《春莺啭》具有一定龟兹音乐风格。《春莺啭》曾传入朝鲜。《进馔仪轨》一书载："春莺啭，……设单席，舞伎一人，立于席上，进退旋转，不离席上而舞。"还绘有舞蹈场面的图。《春莺啭》在唐代也传入日本，男子戴鸟冠而舞，与唐代女子软舞不同，是日本民族化了的雅乐舞蹈。

飨、朝廷仪式、军旅制乐等场合所用的庄严肃穆的大曲歌舞,演变为不再是单纯地为了音乐演奏,而是加入了参与者的即兴演唱:

> 宴两仪殿,帝命后兄光禄少卿婴监酒,婴滑稽敏给,诏朝士嘲之,婴能抗数人。酒酣,胡人袜子、何懿等唱"合生",歌言浅秽。……始自王公,稍及闾巷,妖伎胡人,街童市子,或言妃主情貌,或列王公名质,号曰"合生"。①

从这段记述中我们看到,酒酣耳热之际,君臣便按捺不住内心的喜悦,积极参与到酒宴演唱之中。中国传统音乐的乐教功能失去了根基,被君臣们在酒席宴饮中的放浪形骸解构了。可以想见,君臣上下,众人合生,而且酒后无德的"歌言浅秽",冲淡了传统音乐的庄严隆重。说明这种歌词是即席而作,具有口头创作性、大众娱乐性,音乐的娱乐功能得以充分发挥。

唐高宗时期的礼部尚书许敬宗在《上〈恩光曲〉歌词启》中说:"窃寻乐府雅歌,多皆不用六字。近代有《三台》《倾杯》等艳曲之例,始用六言。"《唐诗纪事》卷四"长孙无忌"条说:"中宗诏群臣曰:'天下无事,欲与群臣共乐。'于是《回波》艳辞,妖冶之舞,作于文字之臣,而纲纪荡然矣。"②从这两段记述当中可知,流行于民间的《三台》《倾杯曲》《回波乐》等六言"艳曲",是在唐高宗、中宗时期为了满足君臣享乐之需才进入宫廷的。中宗时代的音乐变革还催生了著辞歌舞,后文我们还会谈到,在此先不介绍。著辞歌舞和合生,都具有明显的宫廷享乐文

---

① (宋)欧阳修等撰:《新唐书·武一平传》,中华书局1975年版,第4295页。
② 王昆吾:《唐代酒令艺术》,东方出版中心1996年版,第46—49页。

化性质，对于词体的产生具有推动作用。

三　隋代初唐的燕乐歌诗写作

隋代初唐的音乐变革带来了唐代的音乐兴盛，与音乐有关的诗歌形式主要有四种：乐府诗、歌行、声诗和曲词。乐府诗在中国诗歌史上早已有之，歌行是乐府诗中的一种，七言歌行更是从乐府诗中分离出来的，后来发展成近体诗。七言歌行已经与声乐传唱没有了关系，虽然其名称还留存有"歌"字。尤其是唐声诗和曲词的出现，更可见出他们之间的发展承继关系。

初盛唐之际，由于宫廷音乐变革带来的曲词消费的兴盛，诗人还未来得及适应这一新变化，只能在绝句、律诗的基础上，通过合声、变声等方式调整以适应音乐消费的需要，所谓的声诗流行的时代到来了。但仅此一种方式还是无法满足大量的音乐演唱的需要，于是乎诗人们如同沈佺期一样，利用《回波乐》进行六言歌诗创作，即所谓的著辞歌舞的时代。与此同时，活跃于盛唐诗坛的边塞诗派的代表人物高适、岑参等，便以七言歌行的方式去表现边塞大漠风光。虽然乐府歌行与音乐有着密切的关系，但在初唐还是发生了一些变化，有离有合。

（一）初唐乐府诗的去音乐化

初唐时期，乐府诗与诗歌的发展演变息息相关，不再配乐可歌，走向了去声乐化的道路。七言歌行的去音乐化主要表现出对六朝以来宫体诗中淫歌艳曲的戒备，再者初唐燕乐大曲、舞曲盛行，乐府歌词无法适应这一变化而导致乐与歌分离的局面。初唐的乐府诗，一是利用乐府旧题而来，二是初唐新创作的七言歌行。具体是横吹曲辞,如李峤的"曲怨关山月,妆消道路尘"①;相和歌辞,如上官昭容的"欲奏江南曲,贪封蓟北书"②;舞曲歌辞,如唐高宗李治的"其郊庙宴享等所奏宫悬,文舞宜用功成庆善之乐,皆着履执拂,依旧服袴褶童子冠;其武舞宜用神功破阵之乐,皆被甲执戟"③;清商曲辞,如宋之问的"前溪妙舞今应尽,子夜新歌遂不传"④;等等。诸如此类的记载不胜枚举。

用这些留存的资料可以推断出初唐时期的乐府诗虽然有配乐,可以用于歌唱表演,但初唐诗人新制的乐府诗是否都能入乐演唱仍旧不得而知。当然,从一些零星的资料中我们还是发现初唐诗人新制的大多数乐府应制诗,仅其中写得好或者是受欢迎的才可能入乐传唱。比如芮挺章编成《国秀集》⑤,他的选编标准就与是否入乐有关:"谐谪芜秽,登纳菁英,可被管弦者,都为一集。"⑥但从整体来看,初唐的乐府诗入乐的较少,呈现了去音乐化的倾向。

(二)初唐七言歌行(近体诗)的入乐情况

初唐时期近体诗的入乐情况如何对词体的产生发展至关重要,因此我们还需要根据一些资料进一步梳理辨析。譬如《明皇

---

① (唐)李峤:《奉和送金城公主适西蕃应制》,载中华书局编辑部点校《全唐诗》卷五八,中华书局1960年版,第692页。

② (唐)上官昭容:《彩书怨》,载中华书局编辑部点校《全唐诗》卷五,中华书局1960年版,第62页。

③ (唐)李治:《定乐舞制》,《全唐文》第十一卷,上海古籍出版社1990年版,第54页。

④ (唐)宋之问:《伤曹娘二首》,载中华书局编辑部点校《全唐诗》卷五三,中华书局1960年版,第658页。

⑤ (唐)芮挺章编选诗集《国秀集》共三卷,编于天宝三载(744),选诗二百一十八首,作者八十八人,最早的为生活在高宗、武后期间的宫廷诗人李峤(645—714),最后为祖咏(699—746),大体以世次为先后。其选诗标准为"风流婉丽"。

⑥ (唐)楼颖:《国秀集·序》,见傅璇琮编撰《唐人选唐诗新编》,陕西人民出版社1996年版,第217页。

杂录》记载:"禄山犯顺,议欲迁幸。帝置酒楼上,命作乐,有进《水调歌》者曰:'山川满月泪沾衣,富贵荣华能几时!不见只今汾水上,惟有年年秋燕飞。'上问谁为此词,曰:'李峤。'上曰:'真才子。'不终饮而罢。"① 李峤②的这首《水调歌》,原诗很长,此处所引仅是其中一小节,试录原诗如下:

> 君不见昔日西京全盛时,汾阴后土亲祭祠。斋官宿寝设储供,撞钟鸣鼓树羽旗。汉家五叶才且雄,宾延万灵朝九戎。柏梁赋诗高宴罢,诏书法驾幸河东。河东太守亲扫除,奉迎至尊导銮舆。五营夹道列容卫,三河纵观空里闾。回旌驻跸降灵场,焚香奠醑邀百祥。金鼎发色正焜煌,灵只炜烨摅景光。埋玉陈牲礼神毕,举麾上马乘舆出。彼汾之曲嘉可游,木兰为楫桂为舟。棹歌微吟彩鹢浮,箫鼓哀鸣白云秋。欢娱宴洽赐群后,家家复除户牛酒。声明动天乐无有,千秋万岁南山寿。自从天子向秦关,玉辇金车不复还。珠帘羽扇长寂寞,鼎湖龙髯安可攀。千龄人事一朝空,四海为家此路穷。豪雄意气今何在,坛场宫馆尽蒿蓬。路逢故老长叹息,世事回环不可测。昔时青楼对歌舞,今日黄埃聚荆棘。山川满目泪沾衣,富贵荣华能几时。不见只今汾水上,唯有年年秋雁飞。③

---

① (唐)郑处诲撰:《明皇杂录·逸文》卷六三,中华书局1994年版,第56页。
② 李峤(645—714),字巨山,赵郡赞皇(今河北赞皇县)人。早年进士及第,历任安定小尉、长安尉、监察御史、给事中、润州司马、凤阁舍人、麟台少监等职。武周时期,依附张易之兄弟。中宗年间,依附韦皇后和梁王武三思,官至中书令、特进,封为赵国公。唐睿宗时,贬为怀州刺史,以年老致仕。唐玄宗时,再贬滁州别驾,迁庐州别驾。开元二年(714)病逝于庐州,终年七十。李峤生前以文辞著称,与苏味道并称"苏李",又与苏味道、杜审言、崔融合称"文章四友",晚年成为"文章宿老"。先后历仕五朝,趋炎附势,史家评价以贬义居多。
③ 中华书局编辑部点校:《全唐诗》卷二,中华书局1999年版,第690—691页。

这是一首七言歌行,原诗题为《汾阴行》,后改为《水调歌》,说明李峤的这首诗原本并不入乐歌唱,《水调歌》只择取其中的四句来歌唱。由是观之,唐代的乐府诗入乐与否,与汉魏六朝时期乐府歌曲是否失传无重大关联,而主要取决于唐代乐府诗的创作者与接受者的需求。传统的乐府歌诗(特别是初唐诗人以乐府旧题写作的新乐府诗)大多是不入乐用来演唱的。木斋先生等就此问题有过论述:"初盛唐乐府诗虽然不入乐,但却自觉或是不自觉地接受了近体诗的格律和对仗的因素,从而在乐府诗的母体中,蜕化出了七言歌行的诗体形式。"[①]

总体而言,初唐时期的乐府诗、七言歌行、古风和近体诗,大多是不入乐的。已经公认入乐的唐声诗,主要是围绕宫廷的音乐消费而进行的,因此可以说初唐乐府歌行具有去音乐化的特点。

第二节 著辞歌舞的宫廷艳科属性与词体萌芽

隋唐之际宫廷音乐勃兴,此时应运而生的著辞歌舞,正是兴盛于初盛唐的宫廷酒宴歌舞文化的产物。著辞歌舞的演唱者作为酒宴的直接参与者,必须根据宴会现场的伴奏乐曲即席撰辞歌舞,其六言六句的形式则是和六朝宫体诗一脉相承,这些因素都与曲子词的发生有着很直接的关联。

著辞歌舞原本是北朝送酒风俗和送酒歌词,发展到初盛唐之际应和宫廷音乐变化的产物,兴盛于高宗、中宗到玄宗时代的宫廷酒宴歌舞文化,参与者按照一定的曲令即席撰辞歌舞。著辞歌

[①] 木斋、侯海荣:《论初唐乐府诗的去音乐化现象》,《学术交流》2011年第11期。

舞中的"著辞",重在"著"上,因为演唱者并非演唱其他人所创作出来的歌词,而是需要撰辞者根据现场的氛围和具体情况,进行即兴创作。此后李白的应制歌词的产生,标志着创作者和演唱者的分离,也标志着著辞歌舞这种口头文学即兴写作形式的历史使命的完成。中晚唐之后开始出现大量的文人词,送酒歌舞的时候,可以演唱这些质量较高的文人词了。由是观之,演唱者和写作者分工的形成,是词体形成的标志之一。

一 著辞歌舞的宫廷文化性质

著辞歌舞具有明显的宫廷文化性质,其产生的环境,与宫廷酒宴歌舞密切相关,演唱者同时又是酒宴的参与者(这一特性非常重要,它决定着著辞歌舞的著辞的诸多特性),同时,有乐曲伴奏,撰辞者需要按照一定的程式起舞。著辞歌舞的形式虽然来源于北朝的促曲送酒风俗,但就与曲子词直接发生关系的著辞歌舞来说,却主要是初盛唐宫廷文化的产物。六言六句的形式,也并非来自民间,这在《古今词话》引杨慎语中可以得到验证:"唐初风华情致,俱本六朝,长短句即调也。其婉丽者,陶弘景之《寒夜怨》、王筠之《楚妃吟》、长孙无忌之新曲也。若陆琼之《饮酒乐》、王褒之《高句丽曲》,皆六言六句。唐人之《破阵乐》、《河满子》皆祖之。"[1]

著辞歌舞的产生形式,决定了早期曲子词并非主要由伶工歌妓演唱,而多是王宫大臣所唱,因此虽然具有宫廷宴饮的文化属

---

[1] (清)沈雄:《古今词话·唐词话》,见唐圭璋编《词话丛编》第一册,中华书局1986年版,第743页。

性，但却尚未具备与伶工歌妓密切相关的"艳科"性质。

二 著辞歌舞的常用乐曲

著辞歌舞的主要乐曲为《回波乐》《倾杯曲》《三台令》，都是来自北朝的乐曲，分别来自北魏和北齐，演变为唐代的送酒曲，后来成为唐代的教坊曲和大曲，以便在宫廷演奏。据《教坊记》记载：《倾杯曲》和《三台令》都在教坊曲曲目之中，而《回波乐》更是朝廷大曲。① 另据记载："《回波》，商调曲，唐中宗时造，盖出于曲水引流泛觞也，后亦为舞曲，《教坊记》谓之软舞。"② 软舞是始创于唐代的传统表演性舞蹈，风格与健舞相对，节奏舒缓，优美柔婉，起初流行于宫廷宴饮和贵族士大夫家宴之上，后来又用于民间堂会之上。遗憾的是像《回波乐》等软舞的舞姿、舞容目前很难详考。据《教坊记》《乐府杂录》中记载的其他软舞如《绿腰》《春莺啭》等，也可以猜想出其舞蹈的大体风范。

贞观初年应诏对策及第的谢偃，深受太宗赏识，被引为弘文馆直学士，后拜魏王府功曹，《全唐诗》载其《踏歌词》三首，试录之如下：

春景娇春台，新露泣新梅。春叶参差吐，新花重叠开。
花影飞莺去，歌声度鸟来。倩看飘飘雪，何如舞袖回。
逶迤度香阁，顾步出兰闺。欲绕鸳鸯殿，先过桃李蹊。
风带舒还卷，簪花举复低。欲问今宵乐，但听歌声齐。

---
① （唐）崔令钦撰：《教坊记》，古典文学出版社1957年版，第10、11、14页。
② 严建文：《词牌释例》，浙江文艺出版社1984年版，第6页。

夜久星沉没，更深月影斜。裙轻才动佩，鬓薄不胜花。

细风吹宝袂，轻露湿红纱。相看乐未已，兰灯照九华。

谢偃（599—643），参加由唐太宗亲自主持的"殿试"，并以"对策及第"中进士，授陕西省高陵县令，属下掌管文书的佐吏主簿。时李百药工五言诗，谢偃善作赋，时人称其为李诗、谢赋。出为湘潭令。集十卷，今存诗四首。

任半塘在《唐声诗》中认为此三首诗为且步且歌。这三首诗描写的是宫女游春踏歌，诗人在赞赏宫女们的歌声、舞袖、风带、簪花、轻裙、薄鬓、宝袂、红纱的同时，又可见宫女们的生活环境——内宫是极为华美的。这三首诗隐隐约约地透出宫体诗况味，充满了宫廷文化色彩。

由是观之，早期唐曲子词之曲子，以《回波乐》《倾杯曲》《三台令》为代表，是来源于北朝的俗乐，都是使用急三拍结构的乐曲，以后，改制为宫廷大曲，但这并不能说明曲子词开始于南北朝，这只是曲子的源流关系，而曲子词中的歌词，则主要与"著辞歌舞"中的"著辞"有关，特别是在高宗、中宗时代，宫廷中盛行的《回波乐》中的六言体制著辞，或说是"撰辞"，可以视为由唐诗奇言体向偶言体转型的开始，是唐曲子词的源头之一。

三　著辞歌舞与唐声诗的关系

著辞歌舞并非为妓歌之辞，还不能说是标志了词体的开端，著辞歌舞是一种特殊的唐声诗。

首先，著辞歌舞并非妓歌之辞。王昆吾先生说："曲子词的产生，同歌妓的演唱有很明显的关系。现存的隋唐五代的曲子词，绝大部分是妓歌之辞。"① 而笔者认为：即便将著辞歌舞视为一种曲子词，其传播主体还不具备"妓歌"的属性，就创作的主体而言，是宫廷官员和帝王本身；"著辞歌舞"的写作，是一种酒宴参与者的即兴写作和表演，它不是以歌妓为主体的活动，而高宗、中宗时期盛行的著辞歌舞，又使大批的官员参与到这种活动之中，其中的表达主题，乃是以宫廷文化为中心，包括对皇帝的箴规劝谏、希望通过著辞歌舞得到升迁等。

其次，著辞歌舞仅仅是唐声诗的一种，属于特殊的唐声诗，基本上是参与宴会者自己的即兴创作和演唱。据孟棨《本事诗·嘲戏第七》记载："沈佺期以罪谪，遇恩，复官秩，朱绂未复。尝内宴，群臣皆歌《回波乐》，撰词起舞，因是多求迁擢。佺期词曰：'回波尔时佺期，流向岭外生归。身名已蒙齿录，袍笏未复牙绯。'中宗即以绯鱼赐之。"② 沈佺期（约656—约715），字云卿，相州内黄（今河南安阳市内黄县）人，祖籍吴兴（今浙江湖州）。善属文，尤长七言之作。与宋之问齐名，称"沈宋"。有集十卷，今编诗三卷。沈佺期在高宗时进士及第，一生主要是宫廷文人。此词于景龙三年（709）沈佺期在宫廷内宴上所作，直接唱给中宗皇帝和群臣。万树的《词律》卷一评此调时说："此词平仄不拘，即六言绝句体，当时入于歌曲，'回波'其调名也，皆用'回波尔时'四字起。"③ "群臣皆歌《回波乐》，撰词起

---

① 王昆吾：《唐代酒令艺术》，东方出版中心1996年版，第89页。
② （唐）孟棨撰：《本事诗·嘲戏第七》，古典文学出版社1957年版，第24页。
③ 王兆鹏主编：《唐宋词汇评·唐五代卷》，浙江教育出版社2004年版，第2页。有记录可查的还有武则天的表侄杨廷玉的《回波词》，词曰："回波尔时廷玉。打獠取钱未足，阿姑婆见作天子，傍人不得枨触。"还有李景伯的《回波词》、中宗朝优人的《回波乐》，下文会谈到，在此不录。

舞",正是前文所论著辞歌舞形式在中宗时代宫廷中活动场景的记录。

中宗时的给事中李景伯也有一首《回波乐》,也作于景龙三年,与沈佺期的《回波乐》作于同一年。在《大唐新语》卷三有如下记载:

> 景龙中,中宗尝游兴庆池,侍宴者递起歌舞,并唱《回波词》,方便以求官爵。给事中李景伯亦起舞歌曰:"回波尔时酒卮,微臣旨在箴规。侍宴既过三爵,喧哗窃恐非仪。"于是宴罢。①

李景伯(生卒年不详),邢州柏仁(今河北隆尧)人。中宗时任给事中,后迁为谏议大夫。睿宗时进太子右庶子,后累迁右散骑常侍。玄宗开元中卒。《旧唐书》卷九〇、《新唐书》卷一一六有传。存词一首。

这段资料,比较典型地记载了中宗时代宫廷中即席创作和演唱的情况。"中宗尝游兴庆池",这个宴会是皇帝亲自参与的,以下演唱者的即席演唱,是唱给皇帝听的。"侍宴者递起歌舞,并唱《回波词》,方便以求官爵",正是对著辞歌舞的产生和用途的具体记载。著辞歌舞的演唱者是参加宴会的"侍宴者",即参与宴会的诸多大臣,当然,也不排除专业歌舞班子也参与演唱。演唱的曲调是当时流行于宫廷的《回波乐》,演唱的目的是"方便以求官爵",也就是一些侍宴者即席演唱自己心中想对皇帝表达

---

① (唐)刘肃:《大唐新语》,中华书局1984年版,第45页。"回波尔时酒卮"也作"回波词,持酒卮",可参见顾炎武《日知录》卷二七、刘毓盘《词史》的相关考辨。

的话语，以便达到晋升的目的。著辞歌舞的歌词大有成为臣子向皇帝交流信息的载体的意思；同时，演唱者演唱时是载歌载舞，边舞边唱的，而"递起"二字，说明了演唱者非指一人，而是一个个依次起来歌舞演唱的。而"方便以求官爵"的记录，说明每人所演唱的歌词是不同的，因为，不能想象诸多侍宴者"递起歌舞"来演唱相同的歌词，以达到"方便以求官爵"的目的，显然是自说自话，自邀荣位，只不过是以相同的曲调来各自歌唱不同的内容。

"给事中李景伯亦起舞歌曰"以下的记录，说明在当时盛行的宫廷宴会中，会有许许多多的即席演唱的《回波词》，或者是其他当时流行的曲调，只不过众人所唱，大抵皆为个人"方便以求官爵"，词义既然不高，文辞又多是即席应景，所以，大多不被记载，而李景伯所唱，却是"旨在箴规"，虽然此词未必博得中宗皇帝的欢心，但合于儒家的政治功用的思想，所以得到了记录，而"侍宴既过三爵，喧哗窃恐非仪"的内容，证实了著辞歌舞这种歌诗写作的即席性质。

此外，还有一些有特点的歌诗得以记录和保存，如中宗朝优人所作的《回波词》："回波尔时栲栳，怕妇也是大好。外面只有裴谈，内里无过李老。"[1] 中宗朝的御史大夫裴谈之妻悍妒，裴谈畏之，还有"妻有可畏者三"[2] 云云，其时唐中宗也特别畏惧韦氏。于是，有优人唱此词，借裴谈畏妻一事嘲唐中宗以求得韦后

---

[1] （唐）孟棨撰：《本事诗·嘲戏第七》，古典文学出版社1957年版，第24页；《全唐诗》卷八六署名"中宗朝优人"。
[2] "妻有可畏者三"是指："小妙之时，视之如生菩萨。及男女满前，视之如九子魔母，安有人不畏九子母耶？及五十、六十，薄施妆粉，或黑，视之如鸠盘荼，安有人不畏鸠盘荼？"详见王兆鹏主编《唐宋词汇评·唐五代卷》，浙江教育出版社2004年版，第6页。

欢喜。这首诗虽非应制,却是迎合宫廷之意而作,演唱之后,"韦后意色自得,以束帛赐之"①。另据《新唐书·崔日用传》载:"(日用)骤拜兵部侍郎。宴内殿,酒酣,起舞《回波舞》,求学士,即诏兼修文馆学士。"② 崔日用因作回波舞被授修文馆学士。

从以上几个资料可知,当时朝廷宴享时流行歌唱《回波乐》,群臣也多在此时"撰词起舞",以便"多求迁擢":"侍宴者递起歌舞,并唱《回波词》,方便以求官爵。"这几个资料也说明了当时宫廷内宴之时著辞歌舞等声诗的创作数量之多,但只有沈佺期、李景伯等少数作品流传下来。沈佺期所唱是为了自己升迁,李景伯所唱是为了"箴规",优人所唱是为了讨好韦氏,某种程度上也说明了著辞歌舞用途的广泛性。

这些即兴歌诗演唱,既不同于盛唐歌妓选取唐人绝句的演唱,也不同于李白之后的文人倚声填词,是特殊时期的一种特殊形态,但对词体的发生,具有一定的启发意义。

第三节 初唐诗的宫廷文化属性与词体发生准备

齐梁宫体诗的余波在隋代及初唐得以延续并进一步发生演变,这一切都与帝王宫廷有着千丝万缕的联系。隋炀帝不仅醉心于宫廷音乐变革,对宫体诗也是醉心不已。唐代对前代文化比较包容,采取兼收并蓄的态度,对六朝宫廷的绮曲艳词也不避讳,甚至唐太宗李世民也曾大力提倡并尝试过宫体诗的创作。据《新

---

① (唐)孟棨撰:《本事诗·嘲戏第七》,古典文学出版社1957年版,第24页。
② (宋)欧阳修、宋祁撰:《新唐书》卷一二一,中华书局1975年版,第4330页。崔日用当时所作的歌诗名为《又赐宴自歌》:"东馆总是鹓鸾,南台自多杞梓。日用读书万卷,何忍不蒙学士。墨制帘下出来,微臣眼看喜死。"

唐书·文艺传序》记载："高祖、太宗，大难始夷，沿江左余风，缔句绘章，揣合低卬，故王、杨为之伯。"又曰："唐兴，诗人承陈、隋风流，浮靡相矜。至宋之问、沈佺期等，研揣声音，浮切不差，而号'律诗'，竞相袭沿。"① 由此可见，初唐诗坛盛行的是"缔句绘章""浮靡相矜"的文风。在这种文风导引下产生的"上官体"②是初唐诗坛宫廷文学的代表，"以绮错婉媚为本"③，上官仪在对仗技巧方面提出"六对""八对"之说，一时间初唐的文人士大夫争相效而仿之。虞世南、魏徵的诗"稍离旧习"，但也未出宫廷应制之需；"初唐四杰"中的王勃"属文绮丽，请者甚多"（《唐才子传·王勃》）。杨炯"词甚雅丽"（《旧唐书·文苑上》）。"文章四友"④和沈宋（沈佺期、宋之问）均承袭了齐梁遗风，为唐诗的繁荣在形式上做好了准备。张若虚、刘希夷的诗虽然有兴象玲珑之美，但也有"闺帏之作"。刘希夷"少有文华，好为宫体诗"，"苦篇咏，特善闺帏之作"（《旧唐书·文苑中》）。张若虚的《春江花月夜》所依的乐府旧题，也是陈后主"采其尤艳丽者以为此曲"，并在后宫唱和所用。唯有陈子昂，重振诗坛，提倡风骨兴寄，诗歌"古风雅正"。但初唐诗处于特定的时代，有着与六朝艳诗无法挣脱的羁绊，具有鲜明的宫廷文化

---

① （宋）欧阳修、宋祁撰：《新唐书·文艺传序：十八》，中华书局1975年版，第5725页。
② "上官体"是上官仪所创。上官仪（约608—665），字游韶，陕州陕县（今河南三门峡陕县）人。唐代宰相，著名诗人、政治家。"上官体"是唐代诗歌史上第一个以个人命名的诗歌风格称号。指唐高宗龙朔年间以上官仪为代表的宫廷诗风。题材以奉和、应制、咏物为主，内容空泛，重视诗的形式技巧、追求诗的修辞之美。
③ （后晋）刘昫等撰：《旧唐书》，中华书局1975年版，第2743页。
④ "文章四友"是指崔融、李峤、苏味道、杜审言。四人的作品风格较接近，内容不外歌功颂德、宫苑游宴。但在他们的其他一些作品中，有的却透露了诗歌变革的消息，有的还对诗歌体制的建设做出了积极贡献。从高宗后期起，即以诗文为友，"文章四友"因此得名。四人中，以杜审言的成就最高。

色彩和艳科属性，与继之而生的曲词有着天然的血脉。下面我们从初唐诗的构成及特点来分析探讨一下其与后世词体的关联。

一 初唐诗人的构成与初唐诗的主体内容

(一) 初唐诗人以宫廷诗人为主流

初唐（尤其贞观前后）诗坛，诗人以太宗旧臣为主，除了在野诗人王绩、四杰和陈子昂，其他都是宫廷诗人。余恕诚先生对初唐宫廷内外诗人的构成情况进行了统计：

> 《全唐诗》中存有作品的诗人，初唐有220多人，他们绝大部分是宫廷文臣、帝王和后妃等。处在这个圈子之外的中下层文士，只有"初唐四杰"和王绩、陈子昂、刘希夷等少数诗人，仅占初唐诗人的十分之一左右。即便在这些诗人中，也大都是做过官的，比如骆宾王亦曾为东台详正学士，陈子昂曾为麟台正字、右拾遗，杨炯曾为珠英学士。①

宫廷诗人主要是君臣唱和，文酒欢会，在很大程度上继承了南朝遗风。再加上宫廷创作圈子比较狭小，他们的视野受到了限制。因此他们的诗歌风格显得骨力不振，只是在形式上注重辞藻，讲求华美。总的说来，贞观前后知名的诗人不是很多，他们跨越了两朝而使其内部的结合比较松散，只能算是初唐诗坛的一个过渡性群体。但由于初唐宫廷诗人占主流地位，导致初唐诗的本质属性是宫廷诗。而廷外的诗人，像"初唐四杰"和陈子昂则是初唐诗向

---

① 余恕诚：《唐诗风貌》，安徽大学出版社2005年版，第52页。

盛唐诗发展的连接点，某种意义上看属于初唐诗的下一个时代。

（二）初唐诗以宫廷诗为主体

初唐诗坛由于其主流都是宫廷诗人，所以在创作上也是对齐梁宫体诗的延续。在这里我们首先要区分一下宫体诗和宫廷诗这两个概念。

到底什么是宫体诗？学界也是众说纷纭。广义来讲，只要和宫廷艳情有关的诗都可以被称为宫体诗，这和我们这里探讨的初唐诗不是一个层面的概念。对宫体诗的内涵界定，一般以闻一多先生的说法较为流行：

> 宫体诗就是宫廷的，或以宫廷为中心的艳情诗，它是个有历史性的名词，所以严格的讲，宫体诗又当指以梁简文帝为太子时的东宫及陈后主、隋炀帝、唐太宗等几个宫廷为中心的艳情诗。①

从闻一多先生的界定来看，宫体诗是狭义的概念，特指齐梁年间的艳情诗和初唐以太宗为代表的贞观诗坛的艳情诗。

宫廷诗这个概念内涵也有必要介绍一下，这里我们参用欧文先生的界说来了解宫廷诗的内涵："'宫廷诗'这一术语，贴切地说明了诗歌的写作场合；我们这里运用这一术语松散地指一种时代风格，即公元五世纪后期，六世纪及七世纪宫廷成为中国诗歌活动中心的时代风格。"② 欧文先生的界说比较强调诗歌创作的场

---

① 闻一多撰：《唐诗杂论·宫体诗的自赎》，上海古籍出版社1998年版，第9页。
② ［美］宇文所安：《初唐诗》，贾晋华译，生活·读书·新知三联书店2004年版，第5页。

合，这就和我们常人从字面意思所理解的比较接近。其实，不管是宫廷诗还是宫廷词，首先是和创作场合相关，即便是指称宫廷风格，也是和宫廷应制密切相关。因此木斋先生做了个直截了当而又便于接受的界定："这是一个松散的、广义的概念，以宫廷为中心而写作出来的诗、词，它们写作于宫廷，有着宫廷文化的氛围背景，体现了宫廷文化的风格，当然视为宫廷诗、宫廷词，宫廷帝王、后妃、宫女、乐工、臣僚之作，当然是宫廷诗、宫廷词；而边将藩臣，所写的为帝王拜寿应酬之作，虽然难以断定写作于宫廷，由于其内容和风格，有着浓郁的宫廷文化气息，亦应视为宫廷诗，或者宫廷词。"[①] 从木斋先生的论述中，我们清晰可知，宫廷文化对中国古典诗词创作的影响，也为我们进一步梳理初唐诗的宫廷文化属性提供了理论积淀。

基于木斋先生的论述，初唐诗坛宫廷诗占据主流地位，主要与初唐诗人以帝王后妃、王公大臣为主体的构成情况有关。罗宗强先生曾经统计过初唐诗人都是朝廷重臣的现象[②]，而关于初唐宫廷内外诗人的对比情况，余恕诚先生也做过统计，宫廷之外的诗人仅占初唐诗人的十分之一左右[③]，这便进一步印证了罗先生的观点。

---

① 木斋：《论初唐近体诗形成的宫廷文化属性》，《江西师范大学学报》（哲学社会科学版）2013年第1期。
② 罗宗强先生说："初唐的第一个三十年，并无特别值得称道的诗人，许多诗作者都是朝廷重臣，如长孙无忌、魏征、褚亮、李百药、马周、虞世南、许敬宗、杨师道、上官仪等人，他们的大部分作品，明显地接受了南朝诗风的影响。"详见罗宗强《唐诗小史》，百花文艺出版社2008年版，第4页。
③ 余恕诚先生关于初唐宫廷内外诗人占比情况的统计结果：《全唐诗》中存有作品的初唐220多位作家，绝大部分是宫廷文臣、帝王、后妃。处在这个圈子之外的中下层文士，只有四杰和王绩、陈子昂、刘希夷等少数作家，仅占初唐诗人的十分之一左右。即便在这些人中，骆宾王亦曾为东台详正学士，陈子昂曾为麟台正字、右拾遗，杨炯曾为珠英学士。详见余恕诚《唐诗风貌》，安徽大学出版社2005年版，第52页。

初唐宫廷诗兴盛主要是由于帝王的引领，大臣奉和应制成风。唐太宗李世民、唐高宗李治、唐中宗李显、唐睿宗李旦等帝王都有诗歌传世。尤其是唐太宗的边塞诗刚劲雄奇，特别有帝王之气，而唐太宗的咏怀之作又多为个人性灵的表达，颇为难得。初唐帝王都喜爱诗歌并率先垂范地创作诗歌，影响所及首先是皇后妃嫔，像长孙皇后、武则天皇后都喜欢作诗。其次是宫廷重臣，上行下效也就必然进行诗歌写作。初唐写诗成了以帝王重臣为中心的高雅活动，帝王是诗歌创作和传播的中心，诗歌成了与政治捆绑在一起的御用工具。这样，初唐诗人就形成了以初唐帝王后妃和四代学士为主的诗人集团①。初唐诗人主体的身份特质，确立了初唐诗的宫廷文化属性。

　　初唐宫廷诗大多是奉和应制之作，在杨慎《升庵诗话》卷八中有所记载："唐自贞观至景龙，诗人之作，尽是应制。命题既同，体制复一，其绮绘有余而微乏韵度。"②罗时进先生又对此做了详细的统计分析，用大量数据证明了初唐诗人创作以应制诗、奉和诗为主③。其题材内容自然与宫廷文化分不开，基本上是以山水咏物、出游侍宴、宫廷建筑等为主。这些题材是帝王生活情趣的表现，而非诗人的个人生活表达，带有了初唐宫廷生活的共性特征。

---

① 根据罗时进先生的研究，初唐文坛，实际上是由四代文馆学士相继主持的局面，而四代人恰恰形成了四个学士集团，这就是开国初太宗朝文馆学士集团、高宗朝文馆学士集团、武后朝的珠英学士集团和中宗朝的景龙学士集团。参见罗时进《唐诗演进论》，江苏古籍出版社2001年版，第4—5页。

② 丁福保辑：《历代诗话续编》，中华书局1983年版，第787页。

③ 罗时进先生的统计分析如下：《全唐诗》共录许敬宗诗二十七首，其中奉和应制诗二十首；录李适诗十七首，其中奉和应制诗十二首；录武平一诗十五首，其中奉和应制诗十二首；录李乂诗四十三首，其中奉和应制诗二十九首；而刘宪存诗二十六首，二十四首为奉和应制诗。还有一大批文馆学士存诗各在十首之下，而所存全都是应制诗就更突出了。详见罗时进《唐诗演进论》，江苏古籍出版社2001年版，第12页。

二　初唐诗的宫廷应制特点

初唐宫廷诗具有应制特点。宫廷诗大多是皇帝面对朝臣时候的产物，以帝王生活为主要题材，明显具有宫廷文化属性。

初唐诗的写作的缘起。初唐诗人除了帝王将相，就是王宫大臣。帝王之诗，除了明显带有帝王君临天下的优越感，也有感物起兴之诗，是帝王情怀的率性书写。但侍宴的王公大臣则不然，他们唱和之作，不是个人之思，也无法真切地表达个人的遭际哀怨，是应制（应景、应酬）之诗。据杨慎《升庵诗话》记载："唐自贞观至景龙，诗人之作，尽是应制。命题既同，体制复一，其绮绘有余而微乏韵度。"① 这里不仅说明了初唐应制诗的题目和体制的雷同性，还点明了初唐应制诗具有韵度不协、绮丽雕琢的特点，与后世词体的婉媚属性不谋而合。

根据罗时进先生统计，《全唐诗》中所存的初唐诗几乎全是应制诗。而且罗宗强先生对此也发表过评论②，认为初唐的那些朝廷重臣所写的诗大量是应制、奉和诗，所写内容大多千篇一律，没什么个性可言，读之味如嚼蜡般不得其味，但却辞藻华美，典型的台阁体之作。永明体的声律之美、上官体的偶对之美，成了初唐宫廷诗人们逞能竞技的审美焦点。正是如此，才促成了初唐诗歌的宫廷文化属性。

---

① 丁福保辑：《历代诗话续编》，中华书局1983年版，第787页。
② 罗宗强先生认为，初唐的第一个三十年，并无特别值得称道的诗人，许多诗作者都是朝廷重臣，如长孙无忌、魏征、褚亮、李百药、马周、虞世南、许敬宗、杨师道、上官仪等，他们的大部分作品，明显地接受了南朝诗风的影响。参见罗宗强《唐诗小史》，百花文艺出版社2008年版，第4页。

初唐宫廷诗虽然具有宫廷文化属性，但其题材内容与后世词体还是有区别的。初唐诗人毕竟是帝王后妃和王公大臣，他们为了避免重蹈六朝宫体诗的覆辙，创作上往往以山水景物、宫廷建筑、侍宴出游、边塞、节令等题材为主，也就是说女性题材的所谓淫靡之作，并非初唐诗的特质。初唐诗中的内容题材是以帝王生活为中心，是帝王情趣爱好的具体展现，创作主体的思想感情并没有参与其中，带有了初唐宫廷生活的共性。

有鉴于齐梁宫体诗的淫靡绮艳，初唐宫廷诗很少有俗艳风和脂粉气。但初唐宫廷诗的创作应制性又不可避免地使之具有艳科属性，这是由宫廷享乐文化特点决定的。女性是后宫的主体，也是帝王后宫生活的主要审美对象，艳科属性则是帝王追求的娱悦情结。初盛唐时期宫廷享乐生活的需求日渐壮大，势必会催生一种适合演唱享乐需要的文体，由此词从诗中分离出来，引发了词体的分娩落地承担了酒席樽前娱宾遣兴的重要任务。安史之乱过后，盛世大唐出现了历史性转折，中晚唐的诗人普遍缺少了盛唐的高调生活，一种不想面对也无法逃避的末世情结笼罩在诗人心头，及时行乐的心态又更进一步呈现在词体之中，词体破土而生的艳科特质不但没有消退，反而得到进一步的发展和定型。因此，就词体的表现题材而言，唐五代词的题材内容书写与初唐宫体诗的内容书写关联性极大，呈现出反向的关联，但却对词体的发展有着极大的启示性价值。

初唐宫廷诗的入乐演唱是应制诗本身入乐决定的，也正是隋代初唐宫廷音乐变革的产物。但仔细考量初宫廷应制诗，其中的大多数并没有入乐，只有写得好又适合传唱的才有可能入乐，演变成为声诗乐府。李白之后，以温庭筠为代表的花间词产生于西蜀宫廷，以南唐二主和冯延巳为代表的南唐词产生于南唐宫廷，都是对宫廷文化的书写，宫廷文化贯穿在唐五代词的发展过程中，反过来也正说明了唐五代词具有宫廷词的本质属性。如果进一步追根溯源的话，初唐宫廷诗与词体的真正发生最为接近，诗词原本就是一家，词脱胎于诗，其文化属性自然也是渊源有自的。

初唐宫廷诗不仅彰显了后世词体的宫廷文化属性，同时在中国诗歌发展史上，它也是盛唐山水诗的中介，成为唐诗繁荣兴盛的一个重要环节。

第二章 盛唐的宫廷文化与词体形成

盛唐是中国历史上政治经济文化最为发达的阶段之一，也是唐诗极盛之时，素有"盛唐气象"[①]之称，这不仅是唐诗发展的盛况，更是一种蓬勃向上的时代性格。"盛唐气象"是历史上空前强大的唐帝国文治武功极盛与古典诗歌高度繁荣成熟结出的硕果[②]。宫廷文化原本就是一个朝代的缩影，更何况是盛唐呢！盛唐的宫廷也呈现出前所未有的繁荣气象。在《旧唐书·穆宗纪》中就记载了盛唐时期宫廷大臣游宴之风日渐盛行的繁荣景况："前代名士，良臣宴聚，或清谈赋诗，投壶雅歌，以杯酌献酬，不至于乱。国家自天宝以后，风俗奢靡，宴席以喧哗沉湎为乐。而居重位、秉大权者，优杂倨肆于公吏之间，曾无愧耻。公私相效，渐以成俗。"[③] 不仅如此，在李肇《唐国史补》中也称"长安风俗，自贞

[①] 盛唐气象指盛唐诗歌的风格特征。一是浑厚，二是雄壮，它表现在盛唐大多数作家作品中间，而与初唐、中晚唐诗显示出区别来。"浑厚"是盛唐气象的精神底蕴，"雄壮"是盛唐气象的表现形态。
[②] 高建新：《五十年来"盛唐气象"研究述评》，《文学遗产》2010年第3期。
[③] 转引自唐圭璋《唐宋两代蜀词》，《词学论丛》，上海古籍出版社1986年版，第883页。

元侈于游宴"①。从这些记录中可知，唐天宝之前，游宴之上是名士良臣的诗酒风流、"杯酌献酬"的雅集，但天宝之后，则演变为居重位、秉大权者沉湎于游乐，奢靡无度却面无愧色，更有甚者是"公私相效，渐以成俗"。可见大唐盛世之下的游宴之盛。这之于大唐政治是埋下了祸根，但之于文化却是一种催化剂，不仅促成了盛唐诗的繁荣兴盛，也为词体的正式诞生提供了条件。

第一节 盛唐的宫廷歌诗是词体产生前夜

初盛唐是一个音乐兴盛的时代，但当时适宜作为歌曲演唱的，除了乐府旧作，就是由近体诗演变而来的唐声诗。盛唐的游宴之风和音乐变革，刺激了人们对声乐曲词的大量需求，当时七言绝句便以"声诗"的形式供歌妓伶人们演唱。我们知道绝句的演唱是通过合声、泛声等形式完成的，虽然比较方便，但仍旧不能满足人们对音乐消费的需求。因此出现了"截句"现象，即从七律等长篇诗作中截取出四句，通过合声、泛声等形式进行演唱。王士禛对此也有过记述："唐乐部所歌多剪截，四句歌之如高达夫'开箧泪沾臆'，本古诗，止取前四句；李巨山'山川满目泪沾衣'，本《汾阴行》，止取末四句是也。"②

关于"截句"和"绝句"的关系问题，学界众说纷纭③，比如薛用弱的《集异记》中"王涣之"条"旗亭画壁"的故事当中，伶人所歌高适之作"开箧泪沾臆，见君前日书。夜台何寂寞，犹是

---

① （后晋）刘昫等撰：《旧唐书》，中华书局1975年版，第485页。
② （清）王士禛撰：《香祖笔记》，上海古籍出版社1982年版，第100页。
③ 具体可参见李晓红《绝句文体批评考论》，《学术研究》2011年第6期。

子云居。"这四句就是"截句"而来,是《哭单父梁九少府》中前四句,这是一首悼亡诗,全篇共二十四句的五言古诗,也被当作为"一绝句"也①。这说明时人俨然是把"截句"视为"绝句"。但我们这里所说的"截句"现象完全是唐代伶人演唱的需要所致,和"截句"创作无关。至于绝句和词的关系,下文我们还会继续探析。

一 "声诗"与"歌诗"的内涵界定

"声诗"这个概念最早可以追溯到《礼记·乐记》,其中有云:"乐师辨乎声诗,故北面而弦。"② 这里的"声诗"是指广义的乐歌。唐代的"声诗"内涵缩小,是唐人自己对于配乐近体诗的一种称谓。这种说法见于晚唐诗人张祜的《大唐圣功诗》(见《全唐诗补逸》卷之十一):"声诗日盈听。"唐代以后,"声诗"这个概念得以进一步流行,南宋李清照在她的《论词》中对"声诗"这一概念有了更为明确的说法:"乐府声诗并著,最盛于唐。"李清照的这一论说有引人深思之处:她将"乐府"和"声诗"并称,并且强调"最盛于唐",从李氏提法可以看出乐府和声诗并非同一个概念。又据南宋张炎《词源》中的"自隋唐以来,声诗间为长短句"一语来看,声诗乐府间为长短句,张氏强调的歌词有时作长短句。

今人在研究中对"声诗"这一概念也有着诸多理解,比较具有代表性的是任半塘先生,他在《唐声诗》中把齐言歌曲称为"声诗",也就是将"声诗"一词的内涵定位为专指齐言。但郭茂

---

① (唐)薛用弱:《集异记》卷二,《丛书集成初编》,中华书局1985年版,第8—9页。
② (清)孙希旦撰:《礼记集解》,中华书局2015年版,第1012页。

倩《乐府诗集》中又有："两汉声诗著于史者,唯《郊祀》《安世》之歌而已。"① 可见郭氏眼中的"声诗"与任先生所定位的"声诗"大有不同,郭氏强调的"声诗"并非专指齐言,而是与声歌同义。任半塘先生还说,(声诗指)"唐代结合声乐、舞蹈之齐言歌辞——五、六、七言之近体诗,及其少数之变体;在雅乐、雅舞之歌舞以外,在长短句歌辞以外,在大曲以外,不相混淆"②。任先生此说得到了余恕诚和李定广先生的进一步求证与讨论。余恕诚先生认为唐代的"声诗"与广义的入乐之诗区别很大,除了少数用以指称民间闾里传唱的歌谣,大多数指称的是宫廷仪式诵唱的诗歌。③ 李定广先生也认为"声诗"泛指配乐之歌辞,多出现在祭祀的诗文当中。④

在唐代频繁使用的"歌诗",一般被认为是指入乐歌唱之诗,能歌者则定能入乐,从"歌"的角度定义诗之音乐属性正是中国诗乐舞一体的具体表现。赵敏俐、吴相洲教授等都曾探讨过"歌诗"作为入乐、入舞之诗的统称,既符合历史事实,也比"声诗"更加明确。⑤

基于上述学者对"声诗"和"歌诗"概念的辨析,我们认为"声诗"的内涵倾向于仪式音乐歌辞。从唐代文献记载发现,"声诗"多出现在墓志或碑文之中,无论是使用范围还是使用数量都

---

① (宋)郭茂倩编:《乐府诗集》卷七九,中华书局1979年版,第1107页。
② 任中敏著,张之为等校理:《唐声诗》,凤凰出版社2013年版,第40页。
③ 余恕诚:《李清照〈词论〉中的"乐府"、"声诗"诠解》,《文学遗产》2008年第3期。
④ 李定广:《"声诗"概念与李清照〈词论〉"乐府声诗并著"之解读》,《文学遗产》2011年第1期。
⑤ 详见赵敏俐等《中国古代歌诗研究——从〈诗经〉到元曲的艺术生产史》,北京大学出版社2005年版,第58页;吴相洲《唐诗创作与歌诗传唱关系研究》,北京大学出版社2004年版,第1页。

远不及"歌诗"。从内容上看,"声诗"有的是民间百姓歌功颂德的歌谣,有的是宫廷仪式的歌辞。"歌诗"则内涵宽泛,强调音乐的歌唱属性,泛指一切与乐舞表演有关、具备歌唱属性的诗歌。配合仪式音乐歌唱的"声诗"自然也可以称为"歌诗",从这个意义上讲,"歌诗"包括"声诗"。

综上所述,唐代"歌诗"的内涵远远大于"声诗"的内涵。在唐代,随着音乐(尤其是宫廷音乐)的变革与不断发展,诗歌体式也渐次成熟,越来越多样化。唐代"歌诗"的内涵也随之不断地扩大,不入乐歌唱的一些诗也被称为"歌诗",如拟古乐府、新题乐府等,还有一些文人诗集、选集也被冠以"歌诗"之名。唐中期以后,曲子词兴起,句式长短参差又错落有致的小令词逐渐成为新体配乐歌辞,诗歌最终发展成为独立的文学样式,诗与乐的关系也由最初的融合而走向诗乐分离,诗乐结合的方式则为新兴的曲子词所取代。

二 唐声诗(歌诗)与词的关系

唐声诗(歌诗)主要是指近体诗,是具有自身特殊性质的歌诗体裁。声诗(歌诗)与曲子词的区别在于声诗(歌诗)是"选词以配乐",曲子词则是"由乐以定词"。具体区别析之如下。

(一)音乐来源不同

从声诗的音乐来源来说,主要是来自华夏本土的清乐歌辞,比如初唐宫廷著辞歌舞中的歌辞,则主要是来自北方的燕乐。声诗的歌辞,主要是近体诗。到了盛唐时代,汉魏流行下来的乐府诗大多已经不可歌,失去了音乐性。那么盛唐时代在曲辞产生之前,与音乐相关的声乐传唱,应该只有所谓的"声诗"了。

词的音乐来源是隋唐燕乐,是宴飨、宴娱之乐,而且学界一向有词乐为燕乐二十八调之说。比如《全唐诗》叙云:

> 唐人乐府,元用律绝等诗,杂和声歌之,其并和声作实字,长短其句以就曲拍者,为填词。开元、天宝肇其端,元和、太和衍其流,大中咸通以后,迄于南唐二蜀,尤家工户习。以尽其变,凡有五音二十八调,各有分属,今皆失传。①

近年又有学者提出:词出燕乐的内涵,可以缩小为"词出坐部伎"②。坐部伎是俗乐的重心,与立部伎皆为飨宴之乐,大约在唐高祖武德年间分立,据《旧唐书》记载:"高祖登极之后,享宴因隋旧制,用九部之乐,其后分为立坐二部。"从坐部伎的发展过程来看,正好与词体的兴起、确立是相始终的。所以说词乐主要是出于坐部伎。

关于声诗与词关系的问题,刘毓盘在《词史》中已有明论,他说:

> 古乐府在声不在词。唐之中叶也,旧曲所存,其有声有词者,《白雪》《公莫舞》《巴渝》《白苎》《子夜》《团扇》《懊侬》《莫愁》《杨叛儿》《乌夜啼》《玉树后庭花》,凡三十七曲;有声无词者,七曲而已(原注:"见《碧鸡漫志》。")。

---

① (清)彭定求等:《全唐诗》卷八八九,上海古籍出版社1986年影印扬州诗局刻本,第2161页。
② 钱志熙:《词与燕乐关系新论》,《文史哲》2019年第2期。

唐人不得其声，故所拟古声府，但借题抒意，不能自制调也。所作新乐府，但为五七言诗，亦不能自制调也。其采诗入乐，必以有排调、有衬字者始为词体（原注："见《乐府解题》。"）。盖解其声，故能制其调也。至宋而传其歌词之法，不传其歌诗之法。于是一衍而为近词，再衍而为慢词，惟小令终不如唐人之盛。[①]

刘氏从词作为音乐文体发展的角度，认为古乐府重在音声，唐中叶之后，虽然旧体乐府有声有词者多达三十七曲，但唐人却不得其声，只能采诗入乐。即便制作了新乐府，也不能制其调。所以宋人在此基础上创作了一种新的音乐文体，"一衍而为近词，再衍而为慢词"，并使词逐渐发展壮大起来。声诗在发展演变的过程中，既承继了原来的歌诗之法，又加入了乐工所为，所谓的"其采诗入乐，必以排调、有衬字者为词体"，词体则直接倚傍乐曲，因此说词与声诗在歌唱方法上存在着不同。

（二）艺术形式不同

唐声诗与长短句歌词，最大的区别在于唐声诗是齐言的形式，四言或六言，与《诗经》中的雅颂体比较接近，并且尚未达到词体词牌的定型化程度。这些齐言歌辞，从字数、句数上看，一般都是四言或六言的四句的形式，到唐代"声诗"阶段则发展为五绝和七绝的形式，字数上有五言、六言、七言之分，句数上则有四句、六句、八句之别，具有相对定型化的词曲雏形了。

综上所述，词与声诗不管从音乐来源还是艺术形式上看，都有着本质的不同，但也有着密切的联系。关于声诗与词的承继问

---

① 刘毓盘著，毛文琦校点：《词史》，上海古籍出版社 2011 年版，第 2021 页。

题,王灼说:"(三百篇余音与乐府)至唐而变为歌诗,及其中叶,词亦萌芽;至宋而歌诗之法渐绝,词乃大盛。"[1] 王灼此说直截了当,不仅指出了词体的产生时间为唐中叶(至于这个时间说法我们在此姑且不论),还明确地揭示了词体的发展流变过程:乐府—歌诗(声诗)—词(词亦萌芽)。王灼的这一论断对于厘清乐府、声诗和词的承继关系大有裨益。唐声诗主要是承接六朝五言乐府小诗而来,而且在一段时间内声诗并不因为曲词的发生而消失,比如《杨柳枝》等声诗就与新兴曲词并存发展。到了宋代,词体文学兴盛,声诗之法渐绝。唐声诗是词体产生前的一种配乐演唱的歌诗形式,其盛行的开元时代,可以看作曲辞发生的前夜。

三 盛唐绝句是传唱歌诗向曲子词转型的重要环节

七言绝句歌诗,来源于南朝五言四句的艳歌小诗,是对南朝艳歌的继承和发展。这种源流关系,不仅仅是一并采用四句的篇幅结构,由五言四句二十字,稍稍扩充为七言四句二十八字,每句增添两字一个音步。就平仄抑扬关系来说,更为曲折动人;而且,新兴的七言四句律绝,更为体现近体诗的音律节奏,在风格上,扬弃或说净化了江南艳歌的色情因素,但仍保存其柔媚含情、细腻凄婉的情致,从而更为吻合于华夏文化含蓄蕴藉的审美风范、吻合于盛唐极盛的意象含情的审美标准。初唐后期著辞歌舞中的六言四句体式,成为南朝艳歌小诗向盛唐七言绝句体式发展的中间环节。

---

[1] (清)永瑢等撰:《四库全书总目·碧鸡漫志一卷》卷一九九,中华书局1965年版,第1826页。

在盛唐时代，绝句成了最受歌唱者欢迎的文体样式。在绪论中我们曾谈到过学界对词源于绝句一说，这里我们再来细细斟酌一下绝句与词的关联，尤其是那些用于歌唱的绝句。我们先看胡应麟、宋祥凤的相关论说。

胡应麟《诗薮·内编》：唐乐府所歌绝句，多节取名士篇什，如"开箧泪沾臆"，乃高适五言古首四句。又有载律诗半首者，如《睦州歌》取王维"太乙近天都"后半首，《长命女》取岑参"云送关西雨"前半首，与题面全不相涉，岂但取其声调耶？①

宋翔凤《乐府余论》：词体在兴起的初期，皆为小令；谓之诗余者，以词起于唐人绝句，如太白之《清平调》，即以被之于乐府。太白《忆秦娥》《菩萨蛮》，皆绝句之变格，为小令之权舆。②

这些论述都将词的起源与唐人绝句联系起来，还特别强调词之初起，皆为小令，正与绝句的短小形式直接相关。比如太白的《清平调》，是"被之于乐府"的绝句歌诗，而太白的《忆秦娥》《菩萨蛮》的产生，是由绝句形式变格而来，从而成为小令的萌芽，或说是最早的小令，并影响了词体初起时代小令的流行。关于这一点王骥德、王士祯等很多学者也都谈到过③。这些论断都

---

① （明）胡应麟撰：《诗薮》，上海古籍出版社1958年版，第112页。
② （清）宋翔凤撰：《乐府余论》，见唐圭璋编《词话丛编》，中华书局1986年版，第2500页。
③ 王骥德在《曲律》第三十九中说："唐之绝句，唐之曲也。"（明）王骥德著，陈多、叶长海注释：《曲律》，湖南人民出版社1983年版，第204页；王士祯在《万首绝句选叙》中说："开元天宝以来，宫掖所传，梨园弟子所歌，旗亭所唱，边将所进，率当时名士所为绝句。故王之涣黄河远上，王昌龄昭阳日影之句，至今艳称之。而右丞渭城朝雨，流传大众，好事者至谱为《阳关三叠》。他如刘禹锡、张祜诸篇，尤难指数。由是言之，唐三百年以绝句擅场，即唐三百年之乐府也。"（清）王士祯选，李永祥校注：《唐人万首绝句选校注》，齐鲁书社1995年版，第1页；《钦定曲谱》序云："自古乐亡而乐府兴，后乐府之歌法至唐不传，其所歌者，皆绝句也。"朱谦之：《中国音乐文学史》，上海世纪出版集团2006年版，第180页。

充分肯定了唐人绝句在音乐需求下的可歌性，也强调了唐人绝句对中国音乐文学发展的重要性。从词体发展史来看，唐人绝句恰似词体产生之前的重要演唱形式，对词体的产生与发展有着非同寻常的意义。

初唐宫廷近体诗的入乐到开元天宝之际绝句诗入乐，正催生了长短句词的形成。宫廷氛围下的演唱，从题材内容来说，往往是相思离别之情，凄婉哀伤之调。王灼在《碧鸡漫志》中谈道：

> 沈亚之送人序云："故友李贺，善撰南北朝乐府古词，其所赋尤多怨郁凄艳之句，诚以盖古排今，使为词者莫得偶矣。惜乎其终亦不备声歌弦唱。"然唐史称李贺乐府数十篇，云韶诸工皆合之弦管，又称李益诗名与贺相埒，每一篇成，乐工争以赂求取之，被声歌供奉天子。①

从上述资料记载来看，李贺的乐府诗虽然"多怨郁凄艳之句"，但却不适宜演唱。因为诗鬼李贺之诗多为奇诡荒诞之作，的确难以为唱。李益的歌诗语言浑然天成、含蓄委婉，适合传唱，所以被"乐工争以赂求之，被声歌供奉天子"，由此可见，当时宫廷是音乐消费地，需要大量的歌诗歌词。

如果说初唐的宫廷音乐变革催生了著辞歌舞的表演形式，那么盛唐的宫廷音乐消费则迎来了诗人对曲词的争相竞作。正如任半塘先生所说："清商乐自盛唐迄晚唐，流行不废。"② 正是由于盛唐宫廷音乐消费的大量需求，盛唐（尤其是盛唐之后）的诗人，

---

① （宋）王灼撰：《碧鸡漫志》，中华书局1958年版，第55页。
② 任半塘：《唐声诗·弁言》（下编），上海古籍出版社1982年版，第115页。

像张志和、刘禹锡、白居易等也积极参与到曲词创作之中，才迎来了李白宫廷应制词的诞生，也迎来了中唐文人词的蔚然大观。

第二节　盛唐的宫廷应制词与词体形成

词的产生经历了声诗、乐府、近体诗等的互相影响，同时盛唐的宫廷音乐消费为以宫廷生活为题材的词的产生提供土壤。盛唐文人词的创作是由宫廷开始的，李白的宫廷应制词的创作标志着词体的正式形成。王洪（笔名木斋）先生《论早期应制应歌词的词史意义》一文中对应制词定义如下："所谓应制，是指应皇帝或朝廷之命所写或是写给朝廷看的词。"[①] 刘荣平先生《论唐宋应制词》认为："应制词即是奉帝王或朝廷之命而作的词。"但刘先生随即补充说："帝王或是朝廷之命往往以不同的形式体现，或直接或间接，或明示或暗示。"[②] 应制词是以创作机制对词进行的划分，因此这些作品都会受到应制行为本身的影响。一次完整的应制过程，应该是由帝王传达出需要或者命令开始，其间受命的词臣都依据帝王的需要和喜好进行创作，并最终以帝王接受作品之后的反馈结束。

由于应制词要迎合帝王的爱好和需要，因此词中带有颂圣之意、书写皇帝及后宫等日常生活亦是常理。后宫生活是宫廷文化的重要组成部分，应制词受其表现内容的限定，在表现手法、创作旨趣上与六朝的宫体诗密切关联。如果回看唐代的应制词，其

---

① 王洪：《论早期应制应歌词的词史意义》，《江海学刊》2005年第3期。
② 刘荣平：《论唐宋应制词》，《福建师范大学学报》（哲学社会科学版）2008年第5期。

发端可以追溯到唐玄宗的《好时光》,继之则是比较成熟的李白应制词。具体来说,盛唐的应制词大体分以下几个阶段。

一 唐玄宗香艳秾丽的《好时光》

唐玄宗的《好时光》不是凭空而来的,也与中宗时期的著辞歌舞有着密切的关联。在第一章中我们曾谈到沈佺期的《回波乐》,严格意义上说还不能算是真正意义上的词,但曾昭岷等编著的《全唐五代词》,将其收入其中,是因为《回波乐》是沈佺期即兴按调创作的。今所见当时所作回波词,多为男子自歌自舞,主要运用于宫廷宴饮中,文人自歌自舞、自嘲自戏、插科打诨,以娱君上,实质是文人自为俳优,"多求迁擢",绝无男子作闺音的色彩。《回波乐》在某种程度上是词体的娱宾侑觞功能的滥觞。正是因为有《回波乐》这类的著辞歌舞形式,才有了盛唐词体的正式发生形成。

唐玄宗为词的发展作出了极大的贡献。唐玄宗设立教坊,允许"通俗"曲子和"胡乐"并立,泯灭了"雅乐""俗乐"的严格界限。玄宗提升词曲地位,一时间骚人墨客、教坊乐工、伶人歌妓都竞相为新声填词作曲。玄宗也率先垂范制韵填词,这在刘毓盘先生的《词史》中有所记述:"玄宗皇帝好诗歌,精音律,多御制曲,有《紫云回》……《一斛珠》等词,今传者有《好时光》一词。"[①] 除此之外,王易在《词曲史》中也谈到玄宗制词一事:"及玄宗而制作烂然,超绝前代,既长文学,复擅音声。其御制曲有《紫云曲》……《一斛珠》等词,今惟传《好时光》

---

① 王兆鹏主编:《唐宋词汇评·唐五代卷》,浙江教育出版社2004年版,第9页。

一曲。又选坐部伎子弟三百教于梨园,声有误者,帝必觉而正之,号'皇帝梨园弟子';宫女数百,亦为梨园弟子,居宜春北院梨园法部。"① 在第一章我们就谈到过唐玄宗的音乐天赋和文学素养,玄宗对音乐文学痴迷,即便是贵为皇帝之尊,却能亲自制曲填词,还指导监督梨园子弟排练,充分说明了玄宗对词体发展的积极影响。玄宗以皇帝之尊制词,自然引领一时风尚。于是乎上行下效,与皇帝接近的文人士大夫个个揣摩风气,由诗而词,竞发新声。词体之大成,从时间和内容上看都应该是此时。

词体产生之初,其表现内容与词牌之名是相符合的。唐玄宗李隆基的御制曲就是其在后宫与杨贵妃等宫妃诗酒风流、奢靡享乐生活的描述。其中的描写对象也主要是宫中女性,这一点从词牌名也可以略知一二。比如李隆基的《好时光》,一看便知其内容与写作对象,试抄录如下:

  宝髻偏宜宫样,莲脸嫩、体红香。眉黛不须张敞画,天教入鬓长。莫倚倾国貌、嫁取个,有情郎。彼此当年少,莫负好时光。②

这首词的上片重在描写女子的美艳过人。先写发髻的精致与讲究,"偏宜宫样"一语则突出强调女子的与众不同、气质不凡。"宫样"是指皇宫中流行的妆式、服饰和器具等的式样。宫样发髻虽美,但非人人适宜,而词中女子则天性合适,宛然定制。唐时的衣着服饰以"宫样"为典范,比如刘禹锡《赠李司空妓》诗

---

① 王易:《词曲史》,中国文化服务社1946年版,第44页。
② 曾昭岷、曹济平、王兆鹏、刘尊明编著:《全唐五代词》,中华书局1999年版,第6页。

中的"高髻云鬟宫样妆，春风一曲杜书娘"，其中的"宫样妆"指的就是宫样发型；韩偓《忍笑》中的"宫样衣裳浅画眉，晚来梳洗更相宜"则主要指宫样服装。继之写女子的面部，用脸嫩、眉长和体香，与"天教入鬓长"两相呼应，这种细致的外貌描写，意在表现宫中女子的青春可人之媚，更有一种天生丽质之态。关于"体红香"一句有人认为是借代手法暗写杨贵妃，因为《开元天宝遗事》"红汗"条记载："贵妃每至夏月，常衣轻绡，使侍儿交扇鼓风，犹不解其热。每有汗出，红腻而多香。或拭之于巾帕之上，其色如桃红也。"[①] 此说可供读者参考。词的下片自然转入对情与貌的议论，并在此基础上抒发对青春易逝的一丝感慨。真情极可贵，美貌不可恃。青春短暂，如遇有情郎，不妨付衷肠，切莫辜负了年少时的大好时光。

全词语言形象生动、自然流畅，饶有民歌率真风尚，又不失含蓄蕴藉韵味。这首词虽然是李隆基所作，但词中没有帝王政治文化背景，也没有对社会环境刻意交待，也没有过多地承载"诗言志"之类的深刻主题，甚至于也未表达红颜易老的人生感喟，就连青春难再的人生忧虑也淡化了。词中只是关注了女性的形貌美态、女性对爱情的天真与执着，还表现出抒情主人公对男欢女爱之快意人生的呼唤，可谓开词本体"艳科"属性之先河，更是诗词有别、词重言情的重要体现。

二 李白的宫廷应制词

李白是盛唐时期的大诗人，诗名远播。可其词向无专集。笔

[①] （五代）王仁裕撰，曾贻芬点校：《开元天宝遗事》，中华书局2006年版，第51页。

者仅据曾昭岷等编著的《全唐五代词》,从《尊前集》中辑录12首,津逮本《邵氏闻见后录》辑录1首,共13首,分别为:《连理枝》2首、《清平乐》5首、《菩萨蛮》2首、《清平调》3首,以及《忆秦娥》1首。

(一)李白词的创作缘起

关于李白作词的情况,陈洵在《海绡说词》中曾谈道:"词兴于唐,李白肇基,温岐受命。五代缵绪,韦庄为首。温、韦既立,正声于是乎在矣。"① 这句话交代词体产生的时间和代表词人,也交代了词体的发展历程。陈氏明确指出李白是词体的奠基人。虽然李阳冰在《草堂集序》之《唐翰林李太白诗序》中说:"(太白)不读非圣之书,耻为郑、卫之作。故其言多似天仙之辞。凡所著述,言多讽兴。"② 但当时李白作为御用文人,整天在皇帝贵妃左右,身在宫廷生活之中,不可避免地参与了宫廷应制词的创作,这一点是不争的事实,无须任何考证。

欧阳炯在《花间集序》中说:"在明皇朝,则有李太白应制《清平乐》词四首。"③ 这是关于"应制"最早的说法。所谓应制,就是应帝王之命或朝廷之命所创作的词。一方面帝王为了满足自己的享乐需求,常会命宫廷文人不断创制新曲;另一方面文武大臣为了讨好皇帝,也会呈献相应的歌词。朝廷的各种庆典、交际场合也都需要大量的用以歌功颂德、粉饰太平的词来怡情助兴。这些词包含宫廷的典章制度、礼仪活动、人际交往、生活方式等各个方面,但是最深层、最根本的原因还是出于后宫享乐的

---

① 王兆鹏主编:《唐宋词汇评·唐五代卷》,浙江教育出版社2004年版,第13页。
② 罗聊添:《清代文学批评资料汇编》,成文出版社1978年版,第289页。
③ (后蜀)赵崇祚编,杨景龙校注:《花间集校注》第一册,中华书局2014年版,第1页。

需要。因此，应制词的产生目的就是迎合帝王的喜好和帝王游宴所需，词的写作对象也是针对帝王以及朝廷大臣的。应制词的出现本身就体现了词体与宫廷宴饮文化之间密不可分的关系。

　　李肇等的《唐国史补》卷上也记载了李白应制创作的相关事实："李白在翰林多沉饮。玄宗令撰乐辞，醉不可待，以水沃之，白稍能动，索笔一挥十数章，文不加点。"① 李白在翰林供奉期间一直是应制创作，其创作场景和表现内容自然可以想见。李白的《宫中行乐词》就是典型例证：

> 小小生金屋，盈盈在紫微。山花插宝髻，石竹绣罗衣。
> 每出深宫里，常随步辇归。只愁歌舞散，化作彩云飞。
> 柳色黄金嫩，梨花白雪香。玉楼巢翡翠，金殿锁鸳鸯。
> 选妓随雕辇，征歌出洞房。宫中谁第一，飞燕在昭阳。
> 卢橘为秦树，蒲桃出汉宫。烟花宜落日，丝管醉春风。
> 笛奏龙吟水，箫鸣凤下空。君王多乐事，还与万方同。
> 玉树春归日，金宫乐事多。后庭朝未入，轻辇夜相过。
> 笑出花间语，娇来竹下歌。莫教明月去，留著醉嫦娥。
> 绣户香风暖，纱窗曙色新。宫花争笑日，池草暗生春。
> 绿树闻歌鸟，青楼见舞人。昭阳桃李月，罗绮自相亲。
> 今日明光里，还须结伴游。春风开紫殿，天乐下朱楼。
> 艳舞全知巧，娇歌半欲羞。更怜花月夜，宫女笑藏钩。
> 寒雪梅中尽，春风柳上归。宫莺娇欲醉，檐燕语还飞。
> 迟日明歌席，新花艳舞衣。晚来移彩仗，行乐泥光辉。
> 水绿南薰殿，花红北阙楼。莺歌闻太液，风吹绕瀛洲。

---

① （唐）李肇撰：《唐国史补》，上海古籍出版社1979年版，第16页。

素女鸣珠佩，天人弄彩球。今朝风日好，宜入未央游。①

这组诗大约与《清平调》三首作于同期。据孟棨的《本事诗》记载：

> （玄宗）尝因宫人行乐，谓高力士曰："对此良辰美景，岂可独以声伎为娱？倘时得逸才词人吟咏（津逮本"吟咏"作"咏出"）之，可以夸耀于后。"遂命召白。时宁王邀白饮酒，已醉。既至，拜舞颓然。上知其薄声律，谓非所长，命为《宫中行乐》五言律诗十首。白顿首曰："宁王赐臣酒，今已醉。倘陛下赐臣无畏。始可尽臣薄技。"上曰："可。"即遣二内臣掖扶之，命研墨濡笔以授之，又令二人张朱丝栏于其前。白取笔抒思，略不停缀，十篇立就，更无加点。笔迹遒利，凤跱龙拿。律度对属，无不精绝。②

这段文字详细地记述李白创作《宫中行乐词》的动因和过程，再现了天才诗人李白的卓绝才华。从其中的"命为《宫中行乐》五言律诗十首""十篇立就"来看，当时的《宫中行乐词》是十首，但现存仅见上述八首。关于这组诗的应制而作问题，还有其他史料可以参证。比如敦煌诗集残卷（法藏部分）选录了这组诗的第一、二、三首，题作《宫中三章》，下署作者为"皇帝侍文李白"③。《文苑英华》卷一六九载第二首作《醉中侍宴应制》。

---

① （清）彭定求等：《全唐诗（上）》，上海古籍出版社1986年版，第388页。
② （唐）孟棨等撰，李学颖标点：《本事诗》，上海古籍出版社1991年版，第17—18页。
③ 徐俊纂辑：《敦煌诗集残卷辑考》，中华书局2000年版，第62页。

计有功《唐诗纪事》卷一八更是记载了李白作《清平乐》词的情况:"明皇坐沉香亭,意有所感,欲得白为乐章。召入。而白已醉,左右以水靧面,稍解,授笔成文,婉丽精切无留思。《清平调词》云(略)。禁中木芍药开,上赏之,妃子从。帝曰:'赏名花,对妃子,焉用旧乐词为!'命李龟年持金花笺赐白,为《清平乐词》三章。梨园弟子抚丝竹,李龟年歌之。上亲调玉笛以倚曲,每曲遍将换,则迟其声以媚之。太真以颇梨七宝杯,酌西凉蒲萄酒。"[1]

吴大受删定的《诗筏》中也谈到李白词的创作情况:"太白《清平》三绝与《宫中行乐词》,钟、谭讥其浅薄。然大醉之后,援笔成篇,如此婉丽,岂非才人!"[2]

从这些记载可知,李白创作的很多词都是为了宫廷歌宴而作,甚至是在"赏名花,对妃子"的特定情境下的应制之作。李白翰林供奉三年间的宫廷生活经历,使其词创作有了特定的内容、特定的条件。李白的宫廷应制词创作过程恰是其词本体特征的形成过程,促成了李白词的艳科属性。其词主要是以宫廷生活为背景,描写对象上到帝王贵族,下到嫔妃宫女,都是以宫廷人物为主体,词的内容大多是对宫廷文化的书写。李白应制作词的创作动机主要是为迎合统治者的需求,歌功颂德,粉饰太平。词体创作过程中反映宫廷生活,从而铸成了词本体的艳科属性和女性化特征,可以说宫廷生活与词的艳科属性二者是相辅相成的。

(二)李白词的宫廷文化书写

上文谈到的李白的组诗《宫中行乐词》写的是宫中行乐。组

---

[1] (宋)计有功撰:《唐诗纪事》,中华书局1965年版,第268页。
[2] (清)吴大受:《诗筏》,吴兴刘氏嘉业堂刊,第52页。

诗中写到了歌妓的荣宠与失意、皇帝与后妃的嬉戏玩乐、宫女的享乐等生活场景，描写了嫩柳梨花和宫莺飞燕、金屋紫微和玉楼金殿、罗绮宝髻和翡翠鸳鸯等一系列意象，写尽了世间美景良辰和豪华绮艳，具有鲜明的宫廷文化色彩。诗笔如此，词更为是。从现存的李白词来看，基本上都是宫廷应制词，词中以宫廷文化书写为主体是必然现象。

1. 李白的宫廷应制词以宫中人物和宫廷生活为主要内容。首先表现了宫中女性的富艳之美。李白以代言体的形式创制宫廷应制词，词的创作中心点是表现女性的容貌与情感。宫廷的享乐生活、富丽堂皇的环境，为李白词的创作提供了特定素材，李白顺势借用皇宫华美环境来烘托人物形象，通过花人对比的手法来表现女性形象美。比如李白做翰林供奉时写得的赞美杨贵妃之美的《清平调》三首：

云想衣裳花想容。春风拂槛露华浓。
若非群玉山头见，会向瑶台月下逢。

一枝红艳露凝香。云雨巫山枉断肠。
借问汉宫谁得似，可怜飞燕倚新妆。

名花倾国两相欢。常得君王带笑看。
解得春风无限恨，沈香亭北倚阑干。①

---

① 曾昭岷、曹济平、王兆鹏、刘尊明编著：《全唐五代词》，中华书局1999年版，第14—15页。

关于《清平调》三首的写作背景，除了上文我们谈到的计有功在《唐诗纪事》中的记载，王灼《碧鸡漫志》引《松窗梦语》中是这样记述的：

> 开元中，禁中初重木芍药，得四本：红、紫、浅红、通白，繁开，上乘照夜白，太真妃以步辇从。李龟年手捧檀板押众乐前，将欲歌之，上曰："焉用旧词为？"命龟年宣翰林学士李白，立进清平调词三章，白承诏赋词，龟年以进，上命梨园弟子约格调、抚丝竹，促龟年歌。太真妃笑领歌意甚厚。①

由此可知这组《清平调》的创作目的和创作环境。词中的"云想衣裳花想容。春风拂槛露华浓""一枝红艳露凝香"，"此是太白佳境"（沈谦《填词杂说》），特别符合"名花倾国两相欢"的主题。借花喻人，花人合一，以人为主，以花衬之，这种笔法既凸显杨贵妃的美貌与尊贵，又不显得直露轻浮，更添含蓄蕴藉之美。汤显祖评《花间集》（卷一）时认为："李如藐姑仙子，已脱尽人间烟火气。温如芙蓉浴碧，杨柳挹青，意中之意，言外之言，无不巧隽而妙入，珠璧相耀，正自不妨并美。"② 此评确有道理。李白笔下的这些女性形象，如果简单地说如藐姑仙子一般，则稍有些过，但这些女性形象超凡脱俗、清新自然却为真。后世有很多词家效法此句，比如"金似衣裳玉似身，眼如秋水鬓如云"（韦庄《天仙子·金似衣裳玉似身》）、"花想仪容柳想腰。

---

① （宋）王灼撰：《碧鸡漫志》，中华书局1958年版，第89—90页。
② （明）汤显祖著，徐朔方笺校：《汤显祖全集》，北京古籍出版社1999年版，第1649页。

融融曳曳一团娇"（向子諲《浣溪沙·花想仪容柳想腰》），读来总是觉得表情达意略逊一筹。

在这三首词中，为了突出唐明皇、杨贵妃的富贵荣华、琴瑟和鸣，李白还使事用典来描写表现明皇贵妃的爱情佳话。"群玉山头"指西王母的住所，"瑶台月下"是天上仙子所居之处，词人以此写杨贵妃美若天仙，词人又将笔触追溯到汉宫，用受尽恩宠的赵飞燕来写唐明皇对杨贵妃的专宠之至。词人巧妙地用典，将杨贵妃花容月貌、恩宠无限表现得淋漓尽致。其实李白在词中运用这种写法是受其创作环境影响，因其特定的创作题材所致，正如有学者所言："李白的《清平调》词三首既为应制之作，应景即事，自然要以杨贵妃'涂脂抹粉'，免不了以赵飞燕为比拟，借牡丹花为形容之美的颂谀，以博得玄宗和贵妃的欢娱。"①

纵观李白这三首词，可见词人的高妙之处在于，不仅符合应制词重在歌功颂德、粉饰太平的写作用意，而且能与唐玄宗李隆基的兴趣爱好相契合。玄宗酷爱音乐，诸如李白这样的宫廷文人应制创作，通过"依调填词"的方式，来满足皇帝高官等统治者的享乐需求。这恰恰是词体形成过程的关键节点。正如有学者所言："在词这种音乐文学形式刚从民间兴起，广大文人对之还缺少了解与认同的初期阶段，一部分参与宫廷宴饮娱乐的文人因特殊的外部环境与因素的推动与作用，写出一些具有应制、应酬和娱乐性质的作品，这是文人词在发展过程中不可避免的现象。在这里，我们应该看到宫廷文化的独特影响和作用。这是因为当词的创作还没有真正成为创作主体的内在需要时，再没有比奉旨应

---

① 刘尊明：《唐五代宫廷词的文化内涵》，《中国韵文学刊》1996年第2期。

第二章 盛唐的宫廷文化与词体形成

制或迎逢、满足皇室贵族阶级的娱乐需求更为重要的外部因素和创作动力了。"① 因此说，李白创作宫廷应制词目的是迎合统治者的需要，词作内容具有浓厚宫廷文化色彩也是源于此。

其次表现了宫中女性享乐生活的富贵气息。李白词中的宫廷生活书写，也主要是针对宫中女性展开的，写她们的享乐生活充满了富贵气。如《清平乐》五首：

> 禁庭春昼。莺羽披新绣。百草巧求花下斗。祇赌珠玑满斗。日晚却理残妆。御前闲舞霓裳。谁道腰肢窈窕，折旋笑得君王。
>
> 禁闱秋夜，月探金窗罅。玉帐鸳鸯喷兰麝，时落银灯香炧。女伴莫话孤眠，六宫罗绮三千。一笑皆生百媚，宸衷教在谁边？
>
> 烟深水阔，音信无由达。惟有碧天云外月，偏照悬悬离别。尽日感事伤怀，愁眉似锁难开。夜夜长留半被，待君魂梦归来。
>
> 鸾衾凤褥，夜夜常孤宿。更被银台红蜡烛，学妾泪珠相续。花貌些子时光，抛人远泛潇湘。欹枕悔听寒漏，声声滴断愁肠。
>
> 画堂晨起，来报雪花坠。高卷帘栊看佳瑞，皓色远迷庭砌。盛气光引炉烟，素草寒生玉佩。应是天仙狂醉，乱把白云揉碎。②

---

① 刘尊明、王兆鹏：《论唐五代宫廷词的发展》，《北方论丛》1996年第1期。
② 曾昭岷、曹济平、王兆鹏、刘尊明编著：《全唐五代词》，中华书局1999年版，第9页。

《清平乐》曲调在《教坊记》记载的大曲中没有记录，可能是唐玄宗时期创制的梨园教坊中的宫廷乐曲。在《李太白全集》中，这组词被命名为《清平乐令》，而且明确标注是"翰林应制"。这说明《清平乐》词调是李白的应制创作。

从《清平乐》五首所写内容来看，应是作于天宝二年（743）春夏之际。在这五首词中，第一首词重在对宫女快乐生活的描绘，与其他宫怨题材不同，最为引人注目。第一首写宫中春昼生活。词的上片写明媚的大好春光之下，宫人们悠闲自在、怡然自得，在百花之下斗草。词人为了显现皇家气派与宫中生活的奢华，特意加上一笔斗草游戏的赌注居然是成斗的珠玑珍宝。词的下片转入写日暮降临之时，抒情主人公自己整理残妆，粉墨登场，在皇帝面前"闲舞霓裳"，其中"闲"字用得极有意味，与白天无聊斗草之戏暗合，道出了宫中生活的安适与悠然。词的末两句"谁道腰肢窈窕，折旋笑得君王"，更是对宫中生活的再度揭示，窈窕腰肢的美好不仅是被人称赞，最为重要的是能够博得君王一笑。在这首词中，我们看不到宫女的哀怨和愁苦，是不同于一般宫怨词的。虽然我们于豪奢热闹中见宫女落寞无聊的心态，但同时也充满了欢乐自足的气氛。

第二首写秋夜宫女幽怨，结语"一笑皆生百媚，宸衷教在谁边"是怨而不怒，以解嘲为怨诽，颇见思致。第三首、第四首主要写男女别离相思，语近宫怨，意旨浅露，略显气韵不足。第五首写女子晨起之后的尚富臆想，虽然符合宫中女子的心理状态，但全词缺少清逸之气。

这五首词是明显的宫廷应制词，大多刻写宫廷女性视角下的心理和话语，充满宫廷文化色彩。李白不愧为大手笔，他遗貌取神,"愁眉似锁难开""一笑皆生百媚""和泪淹红粉"等句意在写女性神态,通过神态表现女性的美好。而且即便写女性的身姿,也是运用"谁道腰肢窈窕,折旋笑得君王"的衬笔形式。

在李白的宫廷应制词中,常常出现一些具有富贵特征的典型物象,诸如金窗、玉帐、银灯、凤褥、狮形香炉等精致华美的器物,满眼的金翠让人应接不暇,使全词形成富贵典雅的艺术氛围。其《连理枝(黄钟宫)》最为鲜明:

雪盖宫楼闭。罗幕昏金翠。斗鸭阑干,香心淡薄,梅梢轻倚。喷宝猊香烬麝烟浓,馥红绡翠被。①

这首词最大的特点是没有直接刻画人物形象,通过"宫楼闭"来表现人物所处的生活空间,尤其是"闭"突出了空间的封闭性,由此可以引发读者的无限联想。词人为了补足读者的遐想,继续描写"宫楼闭",其中有金翠罗幕、红绡翠被的豪华,也有宝猊、麝烟等器物的精美,更有倚阑干看斗鸭的逍遥。全词色彩华丽、富贵香艳,可见词人极尽雕琢之能事,尽情铺陈渲染宫中物象。李白词这种写作手法直接影响了晚唐以温庭筠为代表的花间词派香软华贵审美特征的形成。

李白词中还经常用"禁庭""御前""禁闱""六宫""庭砌""昭阳殿""宫楼""宸居"等明确表明宫廷的地点意象,给我们展示了宫廷建筑的富丽堂皇、恢宏大气和皇家威严,进而表现出宫廷生活的优渥与奢华。

2. 李白的宫廷应制词还借香草美人之喻,用宫怨相思喻君子

---

① 曾昭岷、曹济平、王兆鹏、刘尊明编著:《全唐五代词》,中华书局1999年版,第8页。

失志。宫怨相思是李白词作最主要的内容，李白在词中借宫廷女子与君王之间的相思离愁，暗喻君臣关系，暗指自己是君子失志，表达没有伯乐赏识提携的寂寞情怀。周勋初在《李白评传》中曾一针见血地指出："他从年轻时就走上了纵横侠客与向先辈献赋求仕的道路。他不愿也不能与当代其他文士那样，卑躬屈膝、奔走于要势之门，求得举荐，走科举的道路。他总是希望像吕尚、管仲、诸葛亮等人那样，得到他人的赏识与推荐，让朝廷了解，风云骤起，一展抱负。他希望像战国与汉初的游士那样，得到诸侯的礼敬，展现政治上与文学上的才能，干出一番轰轰烈烈的事业。"[1] 李白仗剑走天涯，渴望建功立业。但李白是自傲的，他不甘于科举入仕，希望皇帝能看到他的才华。但现实并非如人愿，故而李白写有大量闺情诗歌[2]。诗之有代言体，李白的这些闺情诗，"实际上是关怀社会上一个被冷落了的心灵角落，宣泄社会上一种被压抑而郁结着的心理情结"[3]。诗如此，词亦然。李白在词中也同样表达了自己的失志之悲，比如《菩萨蛮》：

举头忽见衡阳雁。千声万字情何限。叵耐薄情夫。一行书也无。泣归香阁恨。和泪淹红粉。待雁却回时。也无书寄伊。[4]

《尊前集》将这首词列于李白名下[5]。此词也是代言体，词人

---

[1] 周勋初：《李白评传》，南京大学出版社2005年版，第383页。
[2] 清代王琦注《李太白文集》三十六卷，专列"闺情"一类。
[3] 杨义：《李白代言体诗的心理机制（一）》，《海南师范学院学报》（人文社会科学版）2000年第3期。
[4] 曾昭岷、曹济平、王兆鹏、刘尊明编著：《全唐五代词》，中华书局1999年版，第13页。
[5] 关于这首词的作者还有很多说法，比如《草堂诗余》前集卷下作宋末陈达叟词，《历代诗余》（卷九）作南宋陈以庄词，这些说法都有讹误。从词的内容风格看，接近敦煌民间词，可能是民间曲辞而托名李白的。

以思妇的口吻出之，用衡阳雁的多情与思妇丈夫的薄情形成对比，以此来突出思妇的用情专一，在家中对丈夫书信的痴痴期待。然后继续用对比的手法表现思妇由热望到失望，尤其是这一心理落差所带来的情绪反差：思妇的痴心苦等幻化成了无尽的落寞与愤恨。思妇噙在眼中那悲伤的泪滴、思妇"待雁却回时。也无书寄伊"的痴傻娇嗔，这恰恰是爱极而致的表现啊！这些痴情怨语，将思妇形象刻画得活灵活现。这首词从思妇见雁写起，由雁足传书自然写到对丈夫音信的期待和对丈夫早归的盼望，盼而不得，便到赌气诅咒，这一切都是对思妇心理和情态的细腻描写，读来亲切自然，也使这首词具有词体产生之初的民歌风味。

李白一生都积极入仕，渴望建功立业，但自信又自负的李白却难以融入盛唐的政治生活。三年翰林供奉，李白目睹了宫廷享乐生活和官场的阿谀逢迎，将自己的失意、落寞和不满以词体形式表现出来。李白的宫廷应制词，是身处宫廷的李白内心世界的集中展现。

李白的应制词，将词体的技艺第一次推向了一个较高的水准。李白这类词突出了那个时代女性所处的社会被动地位，是对女性（尤其是宫中女性）心中哀怨柔情的最好表达。宫怨题材不是李白的独创，古已有之。在中国诗学发展过程中，屈原的香草美人笔法，形成臣妾相通之喻。因此，很多文人志士往往会借描写女性的失意落寞、相思感伤和无所归依的情态，来表达自己报国无门、壮志难酬的失志之情。李白将这种笔法巧妙地运用到词体表现手法中，使词中的女性形象更为丰满有内涵。从词史上看，李白的宫廷应制词较之花间词更早地具有香软华贵的特征，为后来花间词词体定型奠定了基础,是词本体女性化特征的滥觞。

第三节 盛唐李白是"百代词曲之祖"①

一 李白非应制词与宫廷文化的关系

如果说上文论述的李白应制词(《清平乐》五首)奠定了词体香软华贵的本体特征,那么李白的非应制词还有《菩萨蛮》《忆秦娥》,虽然众说纷纭,但却具有不可辩驳的词史意义。这些词虽然都是李白在翰林供奉期间所作,创作场所都是在宫廷,但这两组词还是有很大的不同。其中《清平乐》五首当作于天宝二年春,而《忆秦娥》《菩萨蛮》虽然不是应制词,但与宫廷文化生活有着千丝万缕的联系,词中也有宫廷氛围的营造,如"玉阶""秦娥"等,皆是带有宫廷文化色彩的建筑与人物,而且这两首词的创作时间当为天宝二年秋天,正是李白在宫中不得意之时。这些词虽然是代言体的闺怨词,但却是词人为自我代言,抒发的情感是词人作为御用文人的不甘与无奈,更是如宫娥般繁荣背后的寂寞情怀。

关于李白《菩萨蛮》《忆秦娥》词的真伪问题,学界早有讨论。比如唐圭璋在《词学论丛·唐宋两代蜀词》中说:"论蜀词

---

① 关于"百代词曲之祖"的说法,代表性的有黄昇《唐宋诸贤绝妙词选》卷一:(李白《菩萨蛮》《忆秦娥》)二词为百代词曲之祖。卓人月《古今词统》卷五:徐士俊云:词林以此为鼻祖,其古致遥情,自然压卷。李佳《左庵词话》卷下:李青莲《菩萨蛮》云(略)、《忆秦娥》云(略)。二作为此词鼻祖,实亦千古绝唱。谪仙才固不自凡。陈廷焯《白雨斋词话足本》卷七:太白《菩萨蛮》《忆秦娥》两阕,神在个中,音流弦外,可以是为词中鼻祖。寻词之祖,断自太白可也,不必高语六朝。陈廷焯《云韶集》卷一:唐人之词如六朝之诗,唯太白《菩萨蛮》《忆秦娥》两调,实为千古词坛纲领。词虽创自六朝,实成于太白,千古论词,断以太白为宗。

第一大作家，当推李白。白，蜀之绵州青莲乡人。其诗豪放，如天马行空。其词亦气象宏伟，后难与匹，《尊前集》共收其词一二首，《全唐诗》则收十四首。辑词者虽觉其不尽可信，然无确证，亦不得不存疑以备考，若选词以录隽为主，则《菩萨蛮》与《忆秦娥》二首已千古独绝矣。"①唐圭璋先生虽然也对这两首词存疑，但对其艺术性是高度肯定的。沈祥龙在《论词随笔》中也曾对李白词予以极大肯定，他说："唐人词，风气初开，已分二派：太白一派，传为东坡，诸家以气格胜，于诗近西江；飞卿一派，传为屯田，诸家以才华胜，于诗近西昆。后虽迭变，终不越此二者。"② 由此可见，李白词的词史地位是毋庸置疑的了。

关于李白《忆秦娥》词中的创作视角与抒情模式，诚如木斋先生所言："《忆秦娥》虽然是摹写女性秦娥，却是文人化的女性，虽然也是词体风味，却是诗人化的词体，东坡体之前的词体，本身就是以狭深细腻见长，而李白此词眼光阔大，正是盛唐之音的词体表现，而这种眼光境界，技艺手法，非太白难以企及也。这正是词本体在尚未独立于诗本体之前的状态。"③

学界对这两首词真伪的争议仍然存在，但对李白词的词史地位还是基本认同的。比如王易虽然在李白词作具体的辨析上，否认其词作为真。但他综述徐矩《事物原始》云："词始于李太白，《菩萨蛮》等作，乃后世倚声填词之祖"，《诗体明辨》云："自乐府散亡，唐李白始作《清平调》，《忆秦娥》，《菩萨蛮》诸词"等，"历来数词家者，鲜不推太白为首出矣"④。

---

① 唐圭璋：《词学论丛》，上海古籍出版社1986年版，第866页。
② 王兆鹏主编：《唐宋词汇评·唐五代卷》，浙江教育出版社2004年版，第12页。
③ 木斋：《论李白词为词体发生的标志》，《中州学刊》2009年第1期。
④ 王易：《中国词曲史》，团结出版社2006年版，第58页。

从《菩萨蛮》《忆秦娥》这两首词中可以看出，词人李白的内心世界完全以代言的形式、以他在宫廷的所见所闻表现出来。李白在词中描绘唐都长安的繁华、宫廷生活的安逸，以及由此生发的落寞怅然，其实是李白作为文人侠士求取功名而不得的含蓄表达。《菩萨蛮（中吕宫）》就是李白当时不得志处境的真实写照：

平林漠漠烟如织。寒山一带伤心碧。暝色入高楼。有人楼上愁。玉阶空伫立。宿鸟归飞急。何处是回程。长亭接短亭。①

词中所写的漠漠寒烟，朦胧交织、丝丝如缕，这正是词人心中挥之不去、拂之又来的绵绵愁绪，是文人士大夫有志难伸的失意表现。"伤心碧"内涵丰富，一语双关，既表明寒山碧色之冷寂，更有词人伤心之愁绪，韩元吉《念奴娇》词也云："尊前谁唱新词，平林真有恨，寒烟如织。"也与杜甫《滕王亭子》中"清江锦石伤心丽"有异曲同工之妙。这首词的上片塑造了一个伫立于高楼之上的满目伤心人，"高楼""玉阶"代指豪华富丽、气派高端的宫廷，由此可以联想到李白在宫廷诗酒风流背后郁郁不得志的政治遭遇，我们便不难理解"有人楼上愁"的真实含义了，那位"玉阶空伫立"的抒情主人公，恰似词人自己，这愁也是词人自己久立高楼而来的莫名惆怅。

词人借助宫廷所见所闻抒发自己的落寞情怀。"玉阶空伫立"一句特别引人深思：词人离别家乡，远在京都长安，站在高楼之上，登高望远，展开想象，联想到家中苦苦思念自己的爱人，又

---

① 曾昭岷、曹济平、王兆鹏、刘尊明编著：《全唐五代词》，中华书局1999年版，第12页。

不知何时是归期，恰如长亭接着短亭，遥遥无期，这种思念和愁绪也就一样延绵不绝。尤其是"空"字用得极妙，正如有学者所言："'空'字意味深长，既是李白久久伫立高楼玉阶之实景，也是李白久居京城遭谗畏讥的心灵写照。既然在长安宫城之内无所建功，空自伫立，还不如早些归家。"①

李白的这首《菩萨蛮》，从创作背景上看写的是宫廷生活，词人代言体背后的真实表达。这从词史发展来看意义深远，词的创作已不完全是专注女性形象，而是词人自我化情感的真实表达。与李白的宫廷应制词相比，这首词写作地点仍旧是在宫廷，但却与应制词完全以展现宫廷生活为主体，重在描写风花雪月的赏玩和被赏玩对象的愁思大不相同，表现手法和艺术技巧都有提升，词体文学的表现力也更加耐人寻味。

我们再录《忆秦娥》如下：

> 箫声咽。秦娥梦断秦楼月。秦楼月。年年柳色。灞桥伤别。乐游原上清秋节。咸阳古道音尘绝。音尘绝。西风残照，汉家陵阙。②

《忆秦娥》以长安京都为背景，运用比拟手法，以秦娥为代言对象，真实细腻地摹写了远望长安热闹非凡的景象，并和咸阳古道的萧条落寞形成对比，表达抒情主人公的落寞情怀。李白宫廷生活的这段亲身经历，使其词体文学创作更为真实可感，词人

---

① 木斋：《论李白词为词体发生的标志》，《中州学刊》2009年第1期。
② 曾昭岷、曹济平、王兆鹏、刘尊明：《全唐五代词》，中华书局1999年版，第16页。

的切身体验读来让人顿生凄凉之感。从李白生平经历来看，李白是自信的，更是自负的。他虽渴望建功立业，但却不愿以科举方式步入仕途。即便是翰林供奉，机会就在眼前，但他的性格和才华使他还是很难融入政治生活环境。李白翰林供奉三年，亲眼目睹了官场的虚情假意、阿谀逢迎，李白无法屈尊，只能将自己的政治失意和不满付诸词体创作。李白一改以往应制词创作时迎合皇帝和其他统治者的风格，将自己的真情实感和盘托出，让我们感受到盛唐时期的伟大诗人在词体创作中细致幽微的情思，这正是处于宫廷生活时期李白内心世界的真实集中的展现。"李白毕竟不是男女离别相思艳情所能束缚得住，《忆秦娥》（箫声咽）、《菩萨蛮（中吕宫）》（平林漠漠烟如织）便走出了香软的词风、封闭的抒情环境而具有阔大的气势。两词虽写相思怀远，但已经摆脱了闺情，或者闺情仅仅是抒情的引子，由女性词而转入文人词。"①

《忆秦娥》（箫声咽）、《菩萨蛮（中吕宫）》以非应制的自由表达方式展现词人李白在宫廷生活中的所见所闻、所思所感，让我们真切地体会到了宫廷御用文人的不得已和藏于胸中的喜怒哀乐。李白的这两首词，不仅丰富了词体表现宫廷文化题材的表现手法，赋予更为深入的内涵，同时也使词体创作更为凄婉蕴藉、意味深长。

从上述分析中，可以明确一点，李白的宫廷应制词创作与初盛唐的宫廷音乐消费密不可分，而且从词体发生到成熟定型来看，李白的词史地位确信无疑，这与古人所说的李白为"百代词曲之祖"的说法互为响应。

---

① 孙艳红：《唐宋词的女性化特征演变史》，中华书局2014年版，第12页。

二 李白词的词史地位

李白的应制词与非应制词均呈现出宫廷文化书写意味,这与唐代文化整体倾向有关。唐代文化有着极为浓郁的宫廷贵族文化的特点,这就决定了词体文学在盛唐宫廷中应运而生。唐代的宫廷文化也使唐代曲子词的发展一直未能走出宫廷文化的滋养,始终具有典型的宫廷文化气息。放眼词体发展史,我们不难发现,宫廷文化对词体文学的影响一直延续到北宋仁宗时代。其时的范仲淹等士大夫群体,将文人士大夫的文化品格融入词体创作,消解了词体原生态宫廷文化书写,带动词体文学走向新天地。词体发展出现了转折点,由以宫廷享乐为核心的伶工(乐工)之词发展为书写政治抱负文人情怀的士大夫之词。

李白词的词史意义还与盛唐诗风的觉醒有关,是诗词分野的一个重要标志。盛唐诗风首先是对齐梁宫廷诗的批判和唾弃。盛唐诗中对男女情爱题材书写的疏离是词体产生的一个契机。唐代诗坛虽然有张若虚、李白、王昌龄、白居易、元稹、李贺、杜牧、李商隐、温庭筠等名家触及爱情题材,但他们诗作的抒情主体主要还有征妇、闺人和弃妇,而很少抒发自己内心真实情感,尤其是盛唐诗坛主体是以山水诗和边塞诗著称的,山水田园诗派的王维、孟浩然重在表现山水田园风光,边塞诗派的高适、岑参、王昌龄等则力现边塞大漠,悲壮苍凉。盛唐李白、杜甫的诗笔下虽是无所不写,但细究起来,他们诗中的情爱主题还是少之又少。李白虽然有大量的闺情诗,但其中的女性,不是诗人追求的恋爱对象,而是诗歌言志主题下的道具点缀,杜甫诗中的女性不是离散逃难中的老妪,便是他家庭生活中的"老妻",她们也只能是诗人表现战乱主题的点染陪衬。

需要补充说明的是晚唐五代时词的产生与发展,对于爱情题材的诗歌来说是一次大的飞跃,词中的爱情心理描写进一步丰富了我国爱情诗歌的创作手法。诗言志、词言情这一传统诗学理念,使词能尽情表现诗中所不能言的"香而弱"的爱情意绪,可以大胆地歌唱诗人们内心深处的隐私欲念。可以说词(尤其是宋词)成了抒写婚姻爱情题材的专利。

唐代诗坛出于对齐梁诗风的纠偏,对初唐宫廷诗也予以限制批判,李世民的"朕试卿耳"①便是明证。杜甫的《戏为六绝句》中的"王杨卢骆当时体"②,说明对"初唐四杰"也在盛唐予以校正。由是观之,初唐时期盛行的宫廷应制诗是不遭后人待见的。到了盛唐,在王维等一些宫廷官员的诗作中,还有应制应教之类的诗作题目,但王维作为山水田园诗派的代表人物,其诗的主体内容,或者说王维诗的本质题材,已经与宫廷生活相背离,山水田园成为王维诗的主要题材,以禅为诗成为王维诗的本质精神,近体诗格律成为王维诗的主要形式。

初唐陈子昂的重振建安风骨,对盛唐诗歌发展有很大的推动

---

① 关于李世民和宫体诗的牵连在《唐书·虞世南传》中有一段记载:"帝尝作宫体诗,使虞和。世南曰:'圣作虽工,然体制非雅。上之所好,下必有甚者,臣恐此诗一传,天下风靡,不敢奉诏。'帝曰:'朕试卿耳!'赐制帛五十匹。"这段故事是耐人寻味的,李世民常常掩饰不住他对宫体诗的热爱,他时而想为大臣重新演奏《玉树后庭花》等艳曲,时而禁不住技痒又亲自作宫体诗,令大臣们唱和。作为一代明主,在理性上他当然知道宫体诗对政治的腐化作用,他懂得"纵情昏主多"的道理,而在感情上他无法摆脱六朝艳曲对他的吸引,因此在兴致盎然的时候就情不自禁地表现出来。而虞世南的警告又唤醒了他的理性,理性胜利了,感情退却了,他慌忙自我解嘲,一句"朕试卿耳"表现出一个政治家的成熟与狡黠。

② 杜甫《戏为六绝句》其二:"王杨卢骆当时体,轻薄为文哂未休。尔曹身与名俱灭,不废江河万古流。"

作用。盛唐的诗歌大多远离宫廷享乐生活和音乐歌舞，有意对六朝以来宫体诗的浮艳柔靡进行纠偏，导致盛唐爱情诗相对较少，这种对情爱题材的有意回避，为新兴的词体文学提供了发展契机。诗词有别，词在题材选择上则倾向于诗中所不着力表现的点，正如木斋先生所言："诗本体在客观上需要一种不是'诗'的歌诗，来弥补情爱题材方面的空缺；盛唐对于初唐宫廷诗和宫廷应制方式的批判，就客观上提出了一种新的宫廷文学形式出现的要求，因为不论文坛上怎样革新，宫廷中的音乐歌唱的享乐生活不能缺少，也就必须出现一种新的诗歌样式来弥补这一空缺；初盛唐诗歌形式的去音乐化，更为词体形式的出现提出了更为直接的音乐消费需求的要求。于是，词体应运而生。"① 木斋先生的这段论述不仅说明了盛唐李白宫廷应制词的产生必然，而且指出了诗词这两种文学题材之间的内在关联，有力地为词体产生的时间和题材内容的艳科属性提供了反向论证。

以李白词为代表的盛唐宫廷应制词为中唐文人词创作提供了效仿范式，在中唐诗坛陆续出现以张志和、戴叔伦、韦应物等为代表的具有诗体特征的文人词创作，一直到王建的宫词，白居易、刘禹锡的《杨柳枝》《长相思》等长短句词，这些构成了词体发展史链条。但王建、白居易、刘禹锡诸人的词体写作，已经是主要发生在元和、长庆之后的事情了，属于中唐的中后期，我们将在第三章专论之。

盛唐时期词人词作流传下来的数量稀少，这正说明了盛唐天宝之后，词体作为一种新兴的文体，还并未广为人知，词可能只

---

① 木斋：《论李白王维在曲词写作上的分野——兼论盛唐诗歌为中国文学的第二次自觉》，《齐鲁学刊》2011年第2期。

是宫廷享乐文化消费的附带品，即便李白的《菩萨蛮》《忆秦娥》初见士大夫自我情感的表达，但这只是个体存在，还没有普及，也就是说在盛唐，词还没有成为文人士大夫表情达意的文学样式。

　　李白的词史地位要从他的诗创作对比来看，李白能以盛唐最有影响的大诗人之尊，进行词体创作（因为当时诗尊词贱，词为诗余小道），李白词由于是宫廷应制所作，因此其主要内容以宫妃嫔娥的美貌娇态为主体，表现的是宫廷的文化生活，抒发的是女性的宫怨相思，题材内容异常狭窄，这也只是词尚未普及的表现。李白的非应制词即使是突破宫廷应制的局限，融入了个人之思，但从表现手法上看，词人也是恪守词体艳科的传统题材和相思怨别的情感表达，注重描写宫中女性生活空间的幽闭性和宫廷生活特有的豪奢之势和富贵之气，这些因素使李白词极具词本体的女性化特征，呈现出富艳雕琢的艺术风貌。李白词的富艳雕琢，对初起之词的继续发展具有示范作用，加之李白在盛唐诗坛乃至中国诗史上的地位，使其词更为引起后世文人的关注，不仅中唐文人争相效仿，更为晚唐温庭筠等花间词的到来起到了导夫先路的作用。

第三章 中唐的宫廷文化与词体过渡

词发展到中唐，大致呈现为两个类型：一类是以王建为代表的沿着盛唐李白的宫廷应制词而来的宫词创作，另一类是以刘禹锡、白居易等为代表的具有诗体特征的文人词创作。这两类词的创作发展都与宫廷文化有着不可分割的密切关系。

第一节 宫廷文化与王建的宫词创作

李白的宫廷应制词在中唐时期得到了继承与发展，以宫词的形式得以流传开来，最直接的继承者就是王建。王建（766—?）是大历十年（775）进士。工于乐府，与张籍齐名，世称"张王乐府"。其《宫词百首》，见于《全唐诗》卷三〇二。王建的宫词从内容上看主要分为两类：一类是以诗体为特征的《宫词百首》，另一类是纯粹意义的宫廷词创作。

一 王建创作宫词的缘由

王建的宫词创作绝非偶然现象，究其原因主要有以下两个方面。

一是受初盛唐宫廷诗词创作的影响。初唐宫廷诗的创作主要用于宫廷应制和君臣的宫廷宴集聚会,具有鲜明的应酬性和应制奉和的特点。三皇五帝、圣贤功德充斥其间,声乐犬马,耳目之娱,铺排堆砌,绚丽纷乱。游宴节庆、帝居皇城,以此来粉饰太平。像杨师道的《奉和正日临朝应诏》写皇宫、《侍宴赋得起坐弹鸣琴二首》(一作杨希道诗)写侍宴等。这些都成了王建宫词的创作内容。

从唐代宫词的发展史来看,以中唐王建的《宫词百首》为轴心的话,在他之前有顾况的《宫词五首》、戴叔伦的《宫词》一首、张籍的《宫词》二首。与之同时代的诗人王涯[①]也有《宫词三十首》,现存二十七首。在王建之后,张祜、殷尧藩、朱庆余、杜牧、罗隐等诗人也都有《宫词》传世,但数量较少,仅一两首而已。中唐时期的宫词创作主要是受李白宫廷应制词的影响,是李白词在中唐的回响,也是词体发展的主要赓续。这种影响一直延续到五代时期,最具代表性的宫词作品则有和凝的《宫词百首》、花蕊夫人的《宫词百首》。

除以"宫词"两字为题者,唐代还有大量本质上与宫词非常相近的作品[②]。这些宫词的特点是大多在题目中冠以朝代之名,明确标明词中所写的事件是关涉前代的,以避当代之嫌。尽管如

---

① 王涯(764—835),字广津,太原祁(今山西祁县)人。博学工文,雅好典籍、书画。《旧唐书》记载他"前代法书名画,人所保惜者,以厚货致之;不受货者,即以官爵致之"。所以,在家居长安时,以厚资"获书数万卷",俟于秘府之藏,并且所藏书皆装潢华丽精美。贞元八年(792)擢进士,后以左拾遗为翰林学士,进起居舍人。唐文宗大和九年(835),朝廷"甘露之变"发生,王涯被禁军抓获,腰斩于子城西南隅独柳树下,全家被诛灭,家产田宅被抄没。个人作品集十卷,今编诗一卷见于《全唐诗》中卷第三百四十六。

② 比如李白《宫中行乐词》、崔国辅《魏宫词》、李益(一作韩翃)《汉宫词》、刘禹锡《魏宫词二首》、白居易《后宫词》、鲍溶《汉宫词二首》、殷尧藩《汉宫词三首》、施肩吾《齐宫词》、杜牧《吴宫词二首》、温庭筠《陈宫词》、李商隐《齐宫词》、段成式《汉宫词二首》、皮日休《古宫词三首》、陆龟蒙《邺宫词二首》等。

此，这些宫词的题材内容、表现手法乃至写作情调都如出一辙。这些宫词多数表现宫中女子的日常生活和情感，或者是表现宫中的各种娱乐活动，所描写的场面、所营造的意境，大多为后世的词体创作所吸取借鉴。比如白居易《后宫词》：

> 泪湿罗巾梦不成，夜深前殿按歌声。
> 红颜未老恩先断，斜倚熏笼坐到明。

　　这是诗人白居易代宫人所作的怨词。抒情主人公是一位备受冷落的后宫女子。她盼望君王临幸至深夜未得，只好寄希望于梦中得到君王垂爱，遗憾的是她竟连梦也难以做成，泪湿罗巾无法入眠，索性揽衣坐起，却听到了前殿的君王寻欢作乐的阵阵笙歌。如果是人老珠黄失君宠尚且可以接受，然而她红颜未老却无端失宠，让她无限怨怅。夜沉绝望的她突然自我安慰，痴心妄想地认为君王在听歌赏舞之后会再度想起她。她重整精神，斜倚熏笼，浓熏翠袖，以待召幸。可悲的是她的梦想随着天明宣告彻底破灭。这首宫词细腻地表现了一个失宠后宫女子复杂矛盾的内心世界，也再现了其可悲的现实生活，倾注了诗人对其的深挚同情。失宠女子含泪入睡，就连退而求其次的好梦也无法获得，这正好和前殿歌舞升平形成鲜明对比，更加衬托出后宫女子的悲哀。
　　二是王建对宫廷生活熟悉且热爱。王建的《宫词百首》主要是对宫廷生活的记述与描写，王建对宫廷生活何以如此熟悉，这从王建写给王守澄的诗作中可以略见一斑：

> 先朝行坐镇相随，今上春宫见长时。脱下御衣偏得着，

进来龙马每教骑。常承密旨还家少,独对边情出殿迟。不是当家频向说,九重争遣外人知?

此诗见于王建全集中,载于《全唐诗》卷三〇〇,题为《赠王枢密》,其中词语,诸多版本均有留存,虽有所不同,但主要内容相差无几。

关于这首诗的来历,在《唐诗纪事》中有所记载:"建初为渭南尉,值内官王枢密者,尽宗人之分,然彼我不均,复怀轻谤之色。忽过饮,语及汉桓、灵信任中官起党锢兴发之事,枢密深憾其讥。乃曰:吾弟所有宫词,天下皆诵于口。禁掖深邃,何以知之?建不能对。后为诗以赠之,乃脱其祸。建诗曰:(略)。"① 从资料中可知,王建担任渭南尉时认识了太监枢密史王守澄,二人情投意合便互认为本家,而且平素交往甚密。王建作宫词后,一日与王枢密宴饮,席间王建不经意地谈起汉代桓帝、灵帝因为信任太监引发的党锢之祸。说者无心,但听者有意!王枢密觉得王建是在借汉代太监参政之事嘲讽自己,就说:你所作宫词,天下人争诵,皇宫禁地,你怎么会知道那么多事呢?我要告发你。王建见状无言以对,之后就作这首诗送给王枢密,诗中特别强调他宫词中所表现的内容都是王枢密讲给他听的。王枢密一看此诗,怕被王建牵累,就不敢告发他了。

这个故事在元人的《唐才子传》里也有记载,由此可以推断此事绝非子虚乌有,但具体情况未必如此。

王建一方面有王枢密平日讲述的许多宫廷秘闻,另一方面自身还有过太常丞的仕宦经历,最为重要的一点是王建对宫廷生活

---

① (宋)计有功辑撰:《唐诗纪事(下)》,上海古籍出版社2013年版,第677页。

特别感兴趣,因此,王建创作了《宫词百首》,数量之多、内容之丰,也就不足为奇了。王建在这些宫词诗作的基础之上,写作具有真正词体意义上的宫词,我们称之为宫廷词,比如《宫中三台》《宫中调笑》等,并且在中唐初期,写出这种具有晚唐风致的柔媚之美的风格,也就是十分自然的事情了。

王建继承李白的宫廷应制词创作,还具有一个特殊的因缘,即宫廷宴饮享乐需求与音乐消费。据《唐诗纪事》记载,唐中宗景龙二年(708)到景龙四年(710)间,宫廷游宴多达四十余场,而且花样翻新。当时"一部分参与宫廷宴饮娱乐的文人因特殊的外部环境与因素的推动与作用,写出一些具有应制、应酬和娱乐性质的作品,这是文人词在发展过程中不可避免的现象"[①]。其实,李白的应制与非应制词、王建的宫词为词本体特征的初步形成奠定了基础,这其中宫廷应制的驱动是其重要原因。

二 王建宫词的宫廷文化书写

(一)《宫词百首》的宫廷文化书写

王建《宫词百首》,多取材于宫廷生活,皆采用七言绝句的形式,而且每首绝句都关涉宫廷之一景,其中前二十首宫词主要写帝王生活,多角度、多侧面地展示了宫廷帝王的日常生活,颇具庙堂之气;后八十首宫词则着眼于宫廷女性,或写普通宫女,或写得宠之人,或写宫娥乐工,等等,不一而足,是宫中女性的集体群像,将她们在宫中的生活百态详细地描写出来,同时还极力刻画出她们幽微隐秘的内心世界,后宫对普通人来说是神秘的,王建《宫词百首》这

[①] 刘尊明、王兆鹏:《论唐五代宫廷词的发展》,《北方论丛》1996年第1期。

种全真全景式地展现，在中国文学史上是少见的。这些词真实生动、活灵活现、清新可读，具有幽约绵邈之妙。从宫廷文化书写的角度切入王建《宫词百首》，其主要内容包括四个方面。

1. 皇宫景致的描写。宫廷建筑是宫廷景致的重要组成部分，也皇家王权的象征符码。皇宫的巍峨精致恰是颂圣的主要载体。因此，王建的《宫词百首》中写到了很多宫殿，如大明宫、望春宫、翔凤阁、丹凤楼、含元殿、紫宸殿、延英殿、集贤殿等；也写到了宫门，如宣政门、五门、银台门、望春门、浴堂门等；还有一些其他宫廷建筑，如梨园、望云楼、鱼藻池、凌烟阁、宜春院、凤凰楼等，宫中建筑无所不有，极尽奢华。从王建《宫词百首》中关于皇宫景致的书写中可见唐代建筑艺术的高妙。这些宫廷建筑结构外观别有特色，内部结构复杂有序，外观构造高大壮丽、雄伟奢华。我们试录《宫词百首》中的第一、二首如下：

蓬莱正殿压金鳌，红日初升碧海涛。
开着五门遥北望，柘黄新帕御床高。

殿前传点各依班，召对西来八诏蛮。
上得青花龙尾道，侧身偷觑正南山。

这两首词意在突出蓬莱宫（大明宫）的雄伟壮丽。其中的第一首主要写蓬莱宫的气势和皇家的神圣。蓬莱正殿处在蓬莱宫（大明宫）中，据史料记载："龙朔二年，修旧大明宫，改名蓬莱宫。长安元年十一月，又改曰大明宫。"[①] "龙朔二年，高宗染风

[①] （宋）王溥撰：《唐会要》卷三〇，中华书局1985年版，第1569页。

痹，恶太极宫卑下，故就修整大明宫，改名为蓬莱宫，取殿后蓬莱池为名也。"① 蓬莱宫的正殿（也就是含元殿）方位是坐北朝南，通往正殿的台阶层层叠叠如云梯一般，一直延伸至山脚下。放眼望去，映入眼帘的恰好是天子的御床。"柘黄新帕御床高"中的"高"字，概括了大明宫的宏伟特点，也突出了皇家天子的威严。还有与此首呼应的第六首"龙烟日暖紫瞳瞳，宣政门当玉殿风。五刻阁前卿相出，下帘声在半天中"，写皇帝早朝的情形，把宣政门和整座宫殿的巍峨耸立通过"下帘声在半天中"映衬展现于读者面前。

第二首则侧重写含元殿的富丽华美。每当文武百官上朝时，须依序而立。他们只要站在高高的"青花龙尾道"② 上，便可见含元殿周遭美不胜收的景致。这首词写召见八诏使臣一事，通过八诏使臣"偷觑"的细节，突出青花龙尾道一路美景。

仅此两首宫词，王建便将大明宫及含元殿的宽阔高耸的恢宏之势和富贵庄重的皇家威严描写得淋漓尽致。

2. 皇家节庆习俗的描写。比如《宫词百首》中的第五十九首：

圣人生日明朝是，私地教人属内监。
自写金花红榜子，前头先进凤凰衫。

这首词主要记录了皇家庆寿的场面。皇帝生日来临之际，宫廷内外便忙得不亦乐乎。"自写金花红榜子，前头先进凤凰衫"，

---

① （宋）程大昌：《雍录》卷三，中华书局2002年版，第55页。
② "青花龙尾道"是从平地通往含元殿的道路。"龙尾道者，含元殿正南升殿之道也。"蓬莱宫正对终南山，南诏使者觐见天子时，应从含元殿的正南门即丹凤门觐见，可以在青花龙尾道上。

其中的"金花"是指一种极为名贵的纸,用其写"榜子",取其尊贵喜庆之意。

另外,《宫词百首》中的第十九首还记载了中和节①欢庆的盛况:"殿前明日中和节,连夜琼林散舞衣。传报所司分蜡烛,监开金锁放人归";第二十六首还描述了中元节的热闹场面:"灯前飞入玉阶虫,未卧常闻半夜钟。看着中元斋日到,自盘金线绣真容";第五十五首还记录了唐代腊日的节日习俗:"月冷江青近腊时,玉阶金瓦雪溅溅。浴堂门外抄名入,公主家人谢面脂";等等。

王建《宫词百首》对节庆习俗的书写,使我们可以从中领略到唐代宫廷节俗之样貌,也对后来节序词的发展具有启示意义。

3. 宫廷宴饮的描写。王建不仅擅写节庆习俗,在《宫词百首》中还多处写到了宫廷节庆宴饮生活,樱桃宴、接见藩使的接风宴、白帝寿辰宴、赏花宴、春日宴、秋日宴、拜陵宴、观球宴等,还有各种节庆时令宴。例如第六十一首:

> 内宴初休入二更,殿前灯火一时明。
> 中宫传旨音声散,诸院门开触处行。

这首宫词写的是皇家内宴,通宵达旦,好不热闹。起首句交代了皇家内宴的时间是二更天,欢宴之时殿前往往灯火通明,参加宴会的人员由皇上亲点。而当中宫传旨之声退却后,各院妃嫔便赶紧出门应召,花枝招展,前呼后拥,场面之宏大气派可想而知。

---

① 中和节,中国民间传统节日,日期是农历二月初二,不过当时的日期是在农历二月初一,随着历史的演化,改为二月初二。相传"中和节"是唐代设立的节日,始于唐德宗贞元五年(789)。由于农历二月初二是"龙抬头",也是民间祭社(土地神)的"社日节",所以中国民间常常将"中和节"与"龙抬头"等节日混为一个节日。

王建宫词还记录了宫廷宴饮音乐演奏的盛况，比如胡仔《苕溪渔隐丛话前集》卷十六引《蔡宽夫诗话》云："唐起乐皆丝声，竹声次之，乐家所谓丝抹将来者是也。故王建《宫词》二十九云：'琵琶先抹六幺头，小管叮咛侧调愁。'近世以管色起乐，而犹存丝抹之语，盖沿袭弗悟尔。"① 王建《宫词百首》中的第二十九首中所记述的宫廷音乐演奏情况在无名氏《续墨客挥犀》卷七中有过相近记载："御宴进乐，先以弦声发之，然后众乐和之，故呼丝抹将来。今所在起曲，遂先之以竹声，不唯讹其名，亦失其实矣。"② 由此可见，王建对宫廷音乐非常熟悉，《宫词百首》对当时宫廷音乐及乐曲演奏盛况也是如实记录，具有很高的史学价值，也为花间尊前的词体创作背景提供了佐证资料。

4. 传统宫怨情结的书写。宫怨是宫词中的重要表现内容之一，明代朱之蕃《诗法要标》卷二云："大凡宫词之体，不淫不怨尽矣。唐人作宫词，或赋事，或抒怨，或寓讽刺，或其人早负才华，不得于君，流落无聊，托此自况。若概以怨观之，则失讽人之意矣。"③

王建有极强的艺术敏感，体察事物细致入微，所以在描写宫女言谈举止时将细节刻画得生动真实，又入木三分。比如《宫词百首》中的第六十九首：

> 宫人早起笑相呼，不识阶前扫地夫。
> 乞与金钱争借问，外头还似此间无。

---

① （宋）胡仔纂集，廖德明校点：《苕溪渔隐丛话》，人民文学出版社1984年版，第149页。
② （宋）彭乘辑撰：《续墨客挥犀》，中华书局2002年版，第495页。
③ （明）朱之蕃：《诗法要标》，明万历三十一年（1603）胡文焕辑《格致丛书》本。

这首宫词写的是宫中日常生活场景。一天清晨，宫女们早起之后嬉笑着相互打招呼，恰好遇到台阶前陌生的扫地夫。宫中女子日常生活单调无趣，除了几个小太监，难以见到其他人。宫中消息闭塞，宫女们特别向往宫墙之外的世界，所以她们十分好奇地围着扫地夫，争先恐后地与他搭讪聊天，甚至愿意许以金钱来借问"外头还似此间无"。词人"乞"和"争"用得极妙，既表现了宫女幽闭深宫之久，又增强了此词的内涵及表现力，读来令人心生酸楚。

王建善于借助一系列动作细节来表现宫妃的心理状态，比如《宫词百首》第三十八首：

> 欲迎天子看花去，下得玉阶却悔行。
> 恐见失恩人旧院，回来忆著五弦声。

在这首词中，词人使用了一系列动词来表现宫妃的心理变化。从"欲"到"悔"，再到"恐"，最后只剩"忆"，揭示出宫妃复杂的情感变化。为了取悦君王，她请奏陪同君王赏花，但马上又后"悔"不已。伴君如伴虎，生怕惹君王不悦。一句"恐见失恩人旧院"，点醒宫妃之"悔"。当宫妃走下玉阶，心中特别害怕路过"失恩人"的旧院，担心君王又念起旧情，被"失恩人"的五弦琴声唤回昔日的美好，再次去恩宠"失恩人"而冷落自己。王建把宫妃们整日彷徨不得心安的细腻心理刻画得惟妙惟肖，因为君王恩宠就是一瞬间的变化，使宫妃患得患失、如履薄冰的形象跃然纸上。

还有像《宫词百首》中第三十九首："往来旧院不堪修，近敕宣徽别起楼。闻有美人新进入，六宫未见一时愁。"以白描的手法写六宫妃嫔"闻有美人新进入"的反应，她们还没见皇帝新宠长什么样子，就已经愁了。因为对于后宫来说，多进一人就多一人争宠是一个残酷现实。

王建《宫词百首》中对宫怨情结的书写，反映了宫女们的悲苦辛酸和复杂的思想感情，深刻地揭露了唐代宫廷生活的黑暗。

王建宫词真实地再现了宫廷生活的各个侧面，具有一定的史料价值。第三首"龙烟日暖紫瞳瞳，宣政门当玉殿风。五刻阁前卿相出，下帘声在半天中"，描写了天子朝见百官的礼仪风范；第七首"延英引对碧衣郎，红砚宣毫各别床。天子下帘亲考试，宫人手里过茶汤"，记载了唐代科举的殿试；第十一首"楼前立仗看宣赦，万岁声长拜舞齐。日照彩盘高百尺，飞仙争上取金鸡"，描写了天子宣赦的情景；第十三首"秋殿清斋刻漏长，紫微宫女夜烧香。拜陵日到公卿发，卤簿分头出太常"写唐代的公卿拜陵；第二十五首"竞渡船头掉彩旗，两边溅水湿罗衣。池东争向池西岸，先到先书上字归"，描写了宫人划船竞渡的热闹场面；第八十九首"金吾除夜进傩①名，画袴朱衣四队行。院院烧灯如白日，沉香火底坐吹笙"，描写了唐代宫廷除夕夜驱傩的情景；等等，诸如此类。

关于这一点，俞陛云有过简明扼要的判断："王建宫词，皆

---

① 傩，是一种神秘而古老的祭礼，它起源于原始社会自然崇拜与图腾崇拜下的祭祀。古人将冬季的寒气亦视为鬼疫，每当岁尽之时，则要举行"大傩"仪式，尽力驱除，以迎接万物新生。商周时期，上至天子，下至百姓，在岁暮之时都会举行一系列傩仪，以便驱疫。到了唐宋时期，驱傩活动已固定在除夕夜举行，且逐步向娱人悦众方面演进，颇具观赏性。王建这首宫词所描述的正是唐代宫廷驱傩的盛况。当夜，灯明如昼，沉香飘散，傩舞伴着奏乐，看似严肃的驱傩仪式已然成了皇帝及王公大臣们欢度除夕的娱乐演出。

记唐宫之事,可做掖庭记观。"① 王建创作宫词,以世俗的审美趣味和民间对宫廷生活的猎奇为宗,因而王建《宫词百首》一出,街头巷尾争相传诵,获得了极好的传播效应。

王建的宫词内容丰富,《唐才子传》中评其"《宫词》特妙前古"。也有学者认为王建的宫词在文学体裁上具有开创性:"照思想的原则,一种思想或文学主义的复活,一定要加上经过的时代色彩,艺术也比较进步,复活的宫体也和六朝宫体大不相似,竟可说由附庸而蔚为大国,变成一种新文学了。"②

(二)王建宫廷词的宫廷文化书写

王建对于宫廷题材十分喜爱,除《宫词百首》,还创作了一些宫廷词。综观王建的创作情况,《宫词百首》还不能算作纯粹意义上的词,其纯粹意义的词作留传下来的较少,共计十首,其中《宫中三台》二首、《江南三台》四首、《宫中调笑》四首。所作既名"宫中",当然是以宫廷生活为题材,是盛唐宫廷文化背景下词的创作精神之再现与延续。兹先录《宫中三台》二首如下:

鱼藻池边射鸭。芙蓉苑里看花。
日色赭袍相似。不著红鸾扇遮。

池北池南草绿,殿前殿后花红。
天子千秋万岁,未央明月清风。

王建的《宫中三台》为台阁体应制之作,描写了天子悠闲自

---

① 俞陛云:《诗境浅说》,北京出版社2003年版,第244页。
② 孟二冬:《中唐诗歌之开拓与新变》,北京大学出版社1998年版,第137页。

在的享乐生活和宫掖的承平气象。第一首写帝王的白天游乐。词中的"射鸭"游戏和"看花"游乐，加之"鱼藻池"和"芙蓉苑"两个游乐地点，营造出了不同寻常的典型环境，为特殊人物（天子）的出场作了铺垫。词人以"日色"喻"赭袍"，大有以日喻君之妙，又用"红鸾扇"之仪仗代指帝王，揭示出圣颜的光彩和宫廷生活的富丽愉悦。第二首则写帝王的夜间观赏。"池北池南""殿前殿后"，到处是花红草绿，欣欣向荣，春意盎然。正是天子千秋万岁、万年为乐的吉祥征兆。正如俞陛云《唐五代两宋词选释》所言："此调一名《翠华引》，乃应制之作。上首（按，此指次首）言宝殿清池，紫带花草，游赏于风清月白时，写宫掖承平之象，犹穆满之万年为乐也。次首（按，此指上首）'看花'、'射鸭'，虽游戏而不禁人观，龙鳞日绕，群识圣颜。二词皆台阁体，录之以备一格。其浑成处，想见盛唐词格。"① 这两首词虽然是六言绝句式的台阁体，但"其浑成处"却代表了盛唐词的审美风尚，也说明了盛唐宫廷文化对词体创作的介入。

我们再录《宫中调笑》四首如下：

团扇。团扇。美人病来遮面。玉颜憔悴三年。谁复商量管弦。弦管。弦管。春草昭阳路断。

胡蝶。胡蝶。飞上金枝玉叶。君前对舞春风，百叶桃花树红。红树。红树。燕语莺啼日暮。

罗袖。罗袖。暗舞春风已旧。遥看歌舞玉楼。好日新妆坐愁。愁坐。愁坐。一世虚生虚过。

杨柳。杨柳。日暮白沙渡口。船头江水茫茫。商人少妇

---

① 俞陛云撰：《唐五代两宋词选释》，上海古籍出版社1985年版，第15页。

断肠。肠断。肠断。鹧鸪夜飞失伴。

王建的《宫中调笑》继承了李白的宫怨题材，而又有所发展，注重对女性命运的整体思考并表达深切的同情。

第一首写团扇与病中美人相互哀怜，既有半遮面的形象之美，又有象征的意味，而其无限同情的笔触关注的是一个无人问津的女子，一个多年不再被人欣赏的歌舞妓的玉颜憔悴，君恩断绝，却以草遮昭阳之路点出，凄怨悲凉却又含蓄婉曲，确如陈廷焯《白雨斋词话足本》卷七所评："王仲初《调笑令》云：'弦管。弦管。春草昭阳路断。'结语凄怨，胜似宫词百首。"① 陈氏所言的"结语凄怨"不仅点明全词表达闺怨之旨，也与此词的使事用典有关，词中的"团扇"是从班婕妤的《怨歌行》② 化出，"秋扇见捐"暗指君恩断绝。"昭阳"是汉代宫殿，一般代指得宠之地。"路断"表面上说春草茂盛阻断去昭阳殿的路，暗喻宫人失宠，也有人认为是用以特指阿娇失宠一事。此词不明写怨，而是借用典故表达美人失宠的哀怨，把宫人的落寞与孤寂融入无边的春草，呈现出词体文学的婉曲含蓄之美。

第二首、第三首分别以"蝴蝶""罗袖"为起笔，描写宫女之怨。宫女的生活极具两面性，有"君前对舞春风"的恩宠与得意，但君王喜新厌旧，多少宫女最后都免不了是"暗舞春风已

---

① （清）陈廷焯著，屈兴国校注：《白雨斋词话足本校注》（下），齐鲁书社1983年版，第569页。
② 班婕妤的《怨歌行》以团扇自喻，借团扇的遭遇比喻自己的悲惨命运，抒发了失宠妇女的痛苦心情。诗作旧作班婕妤诗，或颜延之诗，皆误。据《文选》李善注引《歌录》作无名氏乐府《古辞》，属《相和歌·楚调曲》。全诗如下："新裂齐纨素，皎洁如霜雪。裁作合欢扇，团团似明月。出入君怀袖，动摇微风发。常恐秋节至，凉飙夺炎热。弃捐箧笥中，恩情中道绝。"这首诗语言清新秀美，构思巧妙，比喻贴切，形象生动，含意隽咏，耐人寻味。

旧，遥看歌舞玉楼"的哀怨与凄凉。不管如何盛妆修容，多少次都是漫长的等待，最后在等待中消磨尽青春年华，"一世虚生虚过"。这两首词已不是简单的宫怨表达，更揭示出封建社会女性悲剧的根源。

第四首与前三首不同，不再局限于写宫中内廷生活，把笔触移到平常市井百姓之家，写普通的离别伤怀。暮色苍茫的夜晚，在杨柳依依的离别渡口，江水茫茫，商船启航，消失在送别人的视线之外，"离愁渐远渐无穷，迢迢不断如春水"（欧阳修《踏莎行》），令人肠断神伤，自己就如刹那失伴的鹧鸪，那声声哀鸣"行不得也哥哥"，不正是自己的心声吗？这首词在一个相对开阔的环境中抒发离愁，其所关注的"商人少妇"与《江南三台》中"三年不得消息，各自拜鬼求神"的商人少妇一样，一个写离别时刻的忧伤，一个写三年不通音信后的思念与祈祷，都是对普通市民男女情感的描绘，写的是现实伦理中的男女。王建词对情感的关注，也由此溢出了宫廷，走向了市井，为词体的发展开辟了更大的空间，同时也融入了民间市井的纯朴风格。比如《江南三台》四首：

扬州池边少妇，长干市里商人。
三年不得消息，各自拜鬼求神。

青草台边草色，飞猿岭上猿声。
万里三湘客到，有风有雨人行。

树头花落花开。道上人去人来。
朝愁暮愁即老，百年几度三台。

>　　斗身强健且为。头白齿落难追。
>
>　　准拟百年千岁,能得几许多时。

　　第一首写两地相思之苦,寄托以拜鬼求神,正是民间小儿女情态。第三首中的"花落花开""朝愁暮愁",第四首中"头白齿落难追",不再有宫廷文化的富贵悠游,而是一种普泛化人生意义的深切表达。

　　王建词以宫廷生活为背景,以女性题材和女性形象刻画为中心,不管是团扇遮面的病中容颜、新妆坐愁期盼恩宠的宫女还是渡口伫立如鹧鸪失伴的送行女子,都极具艺术张力和视觉冲击力,给读者带来深深的心灵震撼。王建词在表现手法上鲜明地表现出了词本体的女性化特征,在女性题材书写上极为婉转蕴藉。比如:《江南三台》主要是为了表现时光流逝、人生易老的反思,是普泛化的人类情感,不是专指女性的,词人便直抒胸臆,发出"朝愁暮愁即老,百年几度三台"的感慨。而涉及女性形象塑造、女性情感表达的《宫中调笑》则运用意象组接的方式,将杨柳、斜阳和江水组接到同一画面,营造浓重的抒情氛围,而且用鹧鸪失伴来象喻其忧愁哀伤的心境,并特别注重使事用典以增加词内容的含蓄唯美性,比如"团扇见弃""昭阳路断"等典故的使用,这在上文已经论述过,在此不再赘述。杨海明曾经说过:"从构思立意来看,婉约词也往往主要着眼于发掘词题中的柔性生活内容和努力营造与女性紧密相伴的柔性美感。"[①] 王建的宫词显然已经具备婉约词的基本特征,开始有意识地"营造与女性紧密相伴的柔性美感",为词本体女性化特征的进一步定型做足了准备。

---

①　杨海明:《杨海明词学文集》,江苏大学出版社2010年版,第49页。

三 王建宫词的词史意义

王建的《宫词百首》从内容上摆脱了宫怨诗与宫体诗的樊篱，为宫体文学提供了一个写作典范，也赢得了艺术地位，后世效仿者（像花蕊夫人、和凝、宋宗等）在内容的承载上大都沿王建的创作而来。对此，魏庆之在《诗人玉屑》中引《唐王建宫词旧跋》中强调："效此体者虽有数家，而建为之祖"[①]，此说可谓的评。

王建宫廷词写作对于词体的形成发展至关重要。盛唐李白之后，中唐的文人词的题材内容呈现出诗体的特征，比如写隐逸题材的张志和出自宫廷，待诏翰林。正常其词体写作应该是与宫廷文化密切相关，但由于当时词体发展还不成熟，所以张志和的词体写作，是诗化的表现，写的是士大夫的出世情怀，营造的是隐逸山水的高雅氛围。这在宫廷文化与词史的发展链条上是一个特殊现象。韦应物、戴叔伦效法李白、王建等的宫廷词，是因为他们早年有过宫廷生活经历，把对宫廷生活的回忆嫁接到家庭宴饮娱乐之中，其题材内容自然地以士大夫的家宴为主体。而刘长卿却是贬谪中偶然经历家宴音乐的感动，写出自己贬谪中的悲哀。木斋先生曾对张志和、韦应物、戴叔伦、刘长卿等的写词作过系统分析："其（指上述张志和等四人）产生词体写作的缘起，虽然与其宫廷生活有着千丝万缕的联系，但其写作词体的时间，却应该是在远离宫廷之后，其词体写作的题材与风格，也与宫廷词无关。"[②]

[①] （宋）魏庆之编：《诗人玉屑》，上海古籍出版社1981年版，第351页。
[②] 木斋：《论中唐中前期文人词的渐次兴起》，《东南大学学报》（哲学社会科学版）2009年第5期。

从王建《宫词百首》和其他的宫廷词作可以看出，他是继李白之后写词最多的一位文人词人，他直接继承李白宫廷应制词的写作脉络，以宫廷文化为主要题材内容。从词史上看，王建是李白之后、温庭筠之前的一个重要枢纽，连接着词本体宫廷女性题材书写和以后温庭筠等花间词宫廷风格之定型。王建同时也是李白之后再次将写作题材聚焦于宫廷的词人，他的《宫中三台》和《宫中调笑》，不仅仅将曲调词牌加上"宫中"字样，标示出词中所写的内容为宫廷，其词作也很有可能就是为宫廷表演所创作的，而且，其中所写也充满了宫廷情调，具有宫廷文化书写的特质，也充分地体现词本体的女性化特征。

王建的《宫词百首》也为诗人表现宫廷生活开辟新径，宫词不再是齐梁宫体诗的那种将女性的身体作为无聊吟咏的对象，而是以一种清新的笔触，向读者展示宫廷生活的某些具有生命力的场景和心态，并由此展示一种柔媚之美的文风，进一步影响了词体的走向，为词体最终落实在飞卿体和花间体柔媚之美的风格，作出了积极的贡献。

初盛唐尚是词的肇始期，主要由宫廷文化决定其创作，到中唐时期，则有贬谪、羁旅、边塞等题材及相关文化体现于词作中，隐逸文化更成为一个主要方面。此期所作尚是诗人的偶一为之，张志和、船子和尚所作虽多，却是单一的隐逸文化背景、内涵。应受重视的是王建，是他以类型、题材、数量均较多的词作，丰富的色彩，代表了中唐词开始三元文化结合的特点：《宫中三台》《宫中调笑》与宫廷文化较密切，《宫中调笑》与《江南三台》是商业文化所造就的羁情旅思之表达，《江南三台》的后两首（树头花落花开，斗身强健且为），是后来士大夫文化所体现的伤春悲秋、淡淡哀愁的肇始，开启从刘、白到晏、欧一派。①

第二节 中唐宫廷之外的文人词创作②

除盛唐宫廷词风在中唐时期王建的创作中得到延续，其他文人在此时也参与词体的创作。词的创作与诗歌不同，由于诗尊词鄙的传统，文人们即便参与词体创作，但对词仍旧轻视，导致很多词作并没有记录下来，流传下来的仅数名家而已。像刘禹锡、白居易、韦应物等的词体创作，能够代表一般文人对词创作的态度，也能够看出诗词分野与融合过程中呈现出的风格特征。

一 中唐文人词创作兴盛的原因

从词体发展来看，中唐时期词体创作较之初盛唐更为普遍，数量也明显增多，究其原因，大体有如下两个方面。

（一）中唐世风日益走向享乐

较之盛唐，中唐时期词作数量明显增加，文人参与热情也日益提升，这和当时中唐时期的世风向享乐的转换有关，这一转换是和唐代社会历史发展相关的。中唐时期是社会变革的一个重要时期，社会变革带来了文学艺术的变化，李泽厚先生对此有过精彩论述："除却先秦不论，中国古代社会有三大转折。

---

① 邓乔彬、张秋娟：《盛中唐词的文化之变》，《深圳大学学报》（人文社会科学版）2006年第6期。
② 详见孙艳红、李昊《论中唐文人词的词体特征》，《古籍整理研究学刊》2013年第4期。

这转折的起点分别为魏晋、中唐、明中叶。社会的变化，也鲜明地表现在整个意识形态上，包括文艺领域和美的理想。开始于中唐社会的主要变化是均田制不再实行，租庸调废止，代之缴纳货币；南北经济交流，贸易发达；科举制度确立，非身份性的世俗地主势力大增，并逐步掌握或参与各级政权。在社会上，中上层广泛追求豪华、欢乐、奢侈、享受。中国封建社会开始走向它的后期。到北宋，这一历史变化完成了。"① 中唐社会的这一历史变化，使唐人的价值取向也发生了重大变化，由斗志昂扬的盛唐气象，转而为内敛型的自我陶醉，而"追求豪华、欢乐、奢侈、享受"的一个重要方面就是游玩、宴集的增多。白居易、刘禹锡等"常同听《杨柳枝歌》，每遇雪天，无非招宴"②。在宴会中赋诗酬唱，本有传统，这在傅璇琮先生的《唐才子传校笺》中有所记述：

  凡唐人宴集祖送，必探题分韵赋诗，于众中推一人擅场者。刘相巡察江淮，诗人满座，而起擅场。郭暧尚主盛会，李端擅场。缅怀盛时，往往文会，群贤毕集，觥筹乱飞，遇江山之佳丽，继欢好于畴昔，良辰美景，赏心乐事，于此能并矣。况宾无绝缨之嫌，主无投辖之困，歌阑舞作，微闻香泽，冗长之礼，豁略去之，王公不觉其大，韦布不觉其小，忘形尔汝，促席谈谐，吟咏继来，挥毫惊座。乐哉！古人有秉烛夜游，所谓非浅，同宴一室，无及于乱，岂不盛

---

① 李泽厚：《美的历程》，文物出版社1989年版，第118页。
② （唐）白居易：《过裴令公宅二绝句序》，《全唐诗》卷四五八，中华书局1999年版，第5236页。

也！至若残杯冷炙，一献百拜，察喜怒于眉睫之间者，可以休矣。①

然而随着燕乐的发展，教坊乐伎散入四方，曲子词逐渐引起了文人的注意。孙康宜曾经论述了这一影响："中唐以后，教坊颓圮，训练有素的乐伎四处奔亡，直接影响到往后曲词的发展。他们来自帝京，对新乐的巧艺卓有识见，一旦和各城各市的歌妓冶为一炉，自然会让'曲子词'演变成流行的乐式，凡有井水处，莫不可闻。他们时而填词调配新乐，时而请诗苑魁首填词备用。"② 于是我们可以想见，中唐文人在宴会中赋诗的同时，开始试作歌词。与赋诗言志相比，歌词赋予歌女，轻歌曼舞，娱宾遣兴，更适于宴会的氛围、更适于享乐的目的。

(二) 文人心态的变化

安史之乱给唐朝带来了沉重的打击，中唐社会日益衰落。宦官专权，藩镇割据，边塞战争尤为频繁，而且对外战争也屡战屡败，致使大量士卒战死疆场。中唐诗人面临着内忧外患的困境，面对昏庸懦弱的朝廷，中唐的文人们发出了悲愤无奈之叹。他们对逝去的盛唐精神与"盛唐之音"无限缅怀，起初还力图追慕。但今非昔比，中唐文人再也唱不出盛唐的豪迈自信和乐观向上，文风走向了苍凉哀怨。尽管如此，中唐文人尚有兼济之志，然而时乖道丧，在现实面前屡屡碰壁，因此逐渐走上了独善其身之路，文人们经常游宴集聚，诗酒风流。文人雅集必然会吟诗作赋，观舞作词。有了这样的创作背景，文人游宴时创作的诗

---

① 傅璇琮主编：《唐才子传校笺》第二册，中华书局 1987 年版，第 45—46 页。
② [美] 孙康宜：《词与文类研究》，李奭学译，北京大学出版社 2004 年版，第 8 页。

歌，由于惯性，偶尔还会发发对现实不满的牢骚。但是，对社会现实的不满与批判和士大夫自身的失望与沉沦已经形成了决然对立的情况，显得那么不合时宜。因而，中唐文人为与独善其身的言行相合，尝试创作与现实的黑暗、裨补时阙的努力无缘的词成为必然。

二　中唐文人词创作概况

李白之后，中唐文人词数量明显增多，此时的文人词与诗尚没有明显的分界，中唐诗人的词在形式上与诗歌很接近，并不同于当时民间流行的长短句。如胡元任《苕溪渔隐丛话》云："唐初歌辞，多是五言诗，或七言诗，初无长短句。自中叶后，至五代，渐变成长短句。及本朝，则尽为此体。"[1] 由此可以看出中唐这一时期的文人词尚未与诗体剥离，仍然具有诗的基本特征。中唐的诗人们仍旧把传统的诗歌创作风格应用于歌舞环境，其词句形式与诗歌的齐言形式相同。

这一时期的词人主要包括张志和、戴叔伦、韦应物、王建、刘禹锡、白居易。据陈廷焯《词坛丛话》载："有唐一代，太白、子同，千古纲领。乐天、梦得，声调渐开。"[2] 陈氏除了对李白、张志和对词体创作的开创之功认同外，也对白居易、刘禹锡的词予以肯定。这一时期除了王建因为对宫廷生活有着特殊兴趣，由诗而词，以词书写宫廷生活，表现出词本体浓郁的女性化特征，

---

[1]（宋）胡仔纂集，廖德明校点：《苕溪渔隐丛话后集》卷三九，人民文学出版社1962年版，第323页。

[2] 王兆鹏主编：《唐宋词汇评·唐五代卷》，浙江教育出版社2004年版，第64页。

张志和、戴叔伦、韦应物、刘长卿等的词仍旧是以诗法写词,呈现的是诗体特征。刘禹锡、白居易等将民歌的表现形式运用到词体创作之中,其词短小清新、明朗活泼,呈现诗体向词体的过渡性特征。韦应物、戴叔伦、张志和、王建、白居易、刘禹锡等都有这方面的作品。他们大多是以写诗的手法写词,所作之词大多带有绝句风格,在艺术上还没有真正适应词调的特点和要求。

(一) 张志和

张志和(生卒年不详,或说732—775),初名龟龄,字子同,自号烟波钓徒,又号玄真子,婺州金华(今浙江金华)人。张志和有感于宦海风波和人生无常,弃官隐居,浪迹江湖。张志和的词体创作主要是为了抒发隐逸情怀,有《渔父》五首,兹录之如下:

> 西塞山前白鹭飞。桃花流水鳜鱼肥。青箬笠,绿蓑衣。斜风细雨不须归。
>
> 钓台渔父褐为裘,两两三三舴艋舟。能纵棹,惯乘流。长江白浪不曾忧。
>
> 霅溪湾里钓鱼翁,舴艋为家西复东。江上雪,浦边风,笑着荷衣不叹穷。
>
> 松江蟹舍主人欢。菰饭莼羹亦共餐。枫叶落,荻花干。醉泊渔舟不觉寒。
>
> 青草湖中月正圆,巴陵渔父棹歌还。钓车子,橛头船,乐在风波不用仙。[①]

[①] 曾昭岷、曹济平、王兆鹏、刘尊明:《全唐五代词》,中华书局1999年版,第25—26页。

这首词创作于大历八年（773），当时张志和任湖州刺史，与颜真卿等同游西塞山时众人席上唱和，这第一首词是首唱之作。张志和通过描写江南风物，将词人的隐逸高雅格调尽显其中，一时和者极多，而且穿越时空、穿越国界，传播到海外。比如日本嵯峨天皇及其臣僚都有多首和作。嵯峨天皇于弘仁十四年（823）作的《和张志和渔歌子五首》，为日本填词之开山。

张志和的这组词表现的是隐逸主题，与李白的宫廷应制内容无关，自然也与词本体的女性化特征无涉。从写作视角来看，也并非代言体的男子作闺音现象，词中的抒情主人公就是词人自我，与男子作闺音不同，抒发的是词人垂钓江渚的愉悦之情。这从词体发展史来看，还不具备纯粹的词本体特征，是诗体的表达、是诗体向词体的过渡；从词的题材内容来看，这组词写隐逸，为后世词体题材内容进一步丰富奠定了基础，为宋代隐逸词导夫先路。从词调来看，《渔父》是张志和未知词调音律的仿效自制，这与后来柳永、周邦彦、姜夔等词人之自制不同。以上种种，说明"张志和词正处于文人仿效词体创作的过渡时代，是词本体尚未完全独立出来的诗体形态"[①]。

（二）戴叔伦、韦应物

戴叔伦（约732—约789），字幼公（一作次公），润州金坛（今属江苏省常州市金坛区）人。德宗建中初，以监察御史里行为东阳令，后又任抚州刺史等职。晚年自请为道士。其诗多表现隐逸生活和闲适情调。今存诗二卷，多混入宋元明人作品，需要仔细辨伪。韦应物（生卒年不详，737？—791？），字义博，京兆杜陵（今陕西西安）人，世称"韦苏州"。诗歌内容丰富，澄澹

---

① 孙艳红、李昊：《论中唐文人词的词体特征》，《古籍整理研究学刊》2013年第4期。

精致，影响深远。后人每以王（王维）、孟（孟浩然）、韦、柳（柳宗元）并称。

戴叔伦、韦应物的贡献主要在于对词的题材内容的拓展上。词写边塞，可以追溯到他们的传世之作《调笑》和《转应词》。先录韦应物《调笑》两首：

> 胡马。胡马。远放燕支山下。跑沙跑雪独嘶。东望西望路迷。迷路。迷路。边草无穷日暮。
>
> 河汉，河汉，晓挂秋城漫漫。愁人起望相思，塞北江南别离。离别，离别，河汉虽同路绝。①

再录戴叔伦的《转应词》一首：

> 边草。边草。边草尽来兵老。山南山北雪晴。千里万里月明。明月。明月。胡笳一声愁绝。②

《调笑令》是唐时行酒令所用的曲调名，又名《古调笑》《宫中调笑》《调啸词》《转应曲》。全词三十二个字，平仄韵递转，一般以韦应物的《调笑》为正体。上述三首词表现形式关联契合，韦应物"胡马"词以"边草无穷日暮"作结，而戴叔伦词则以"边草"开篇，这既符合酒令中"改令""还令"的唱和要求，也可以看出词体产生于酒席樽前的写作现实。但从书写内容

---

① 曾昭岷、曹济平、王兆鹏、刘尊明：《全唐五代词》，中华书局1999年版，第22页。
② 曾昭岷、曹济平、王兆鹏、刘尊明：《全唐五代词》，中华书局1999年版，第19页。

上看，这三首词描写久戍边塞的士兵难以排遣的思乡之情，是诗体所表现的内容，正是诗词融合过程的表现。

"上述这些作品，都产生于文人唱和，可见从大历到贞元前后，填词的风气在文人中已经比较流行。词本体在选择与诗本体诀别之前，似乎有意要将诗体的主要题材做一个重复性的回顾。"① 韦应物、戴叔伦的三首《调笑令》（可以视为边塞词），连同张志和的《渔父词》（可以视为隐逸词），以及下文我们要谈到的白居易的《忆江南》（可以视为山水风景词），则基本是唐诗之主题，于兹大略复述完毕，逐渐完成诗体向词体的过渡。于是，词本体可以绝尘而去，为以温庭筠为代表的花间词的出现做好准备。

（三）刘禹锡、白居易

刘禹锡（772—842），字梦得，河南洛阳人。初任太子校书，后入节度使杜佑幕府，迁监察御史。参与"永贞革新"运动，失败后屡遭贬谪。会昌二年（842）卒于洛阳。刘禹锡诗文俱佳，在文坛上与柳宗元并称"刘柳"，在诗坛上与白居易合称"刘白"。白居易（772—846），字乐天，号香山居士，又号醉吟先生，祖籍山西太原。唐代伟大的现实主义诗人。有《白氏长庆集》传世。龙榆生在《唐宋名家词选》中谈道："中唐诗人，刘、白并称。二人皆留意民间歌曲，因之在倚声填词方面，亦能相互切劘，以开晚唐、五代之盛。"② 由此可见，刘、白二人在词体发展史上的重要地位。

---

① 孙艳红、李昊：《论中唐文人词的词体特征》，《古籍整理研究学刊》2013 年第 4 期。

② 转引自王兆鹏主编《唐宋词汇评·唐五代卷》，浙江教育出版社 2004 年版，第 65 页。

笔者曾在《论中唐文人词的词体特征》中对刘白词有过论述:"刘禹锡与白居易的词作与其诗歌相对比则已经出现了明显的词本体女性化倾向。刘禹锡、白居易词作较多,从内容上看可以分为男女相思、人生感慨、风俗景物、怀乡忆旧几种。这些题材在诗中亦经常表现,体现了诗词融合过渡期的特征。"①

1.《竹枝》《杨柳枝》的创作情况

我们先从词牌角度考察刘禹锡、白居易的词体创作,且以中唐时期流行的词牌《竹枝》《杨柳枝》为例。《竹枝》《杨柳枝》都是唐教坊曲名,《竹枝》本出于巴渝,《杨柳枝》源于汉乐府《折杨柳》曲。唐人则以七言绝句的形式加以创新,并作曲倚声填词。刘禹锡曾经自道创作《竹枝》的缘由:

> 四方之歌,异音而同乐。岁正月,余来建平,里中儿联歌《竹枝》,吹短笛击鼓以赴节。歌者扬袂睢舞,以曲多为贤。聆其音,中黄钟之羽。卒章激讦如吴声,虽伧伫不可分,而含思宛转,有淇澳之艳。昔屈原居沅、湘间,其民迎神,词多鄙陋,乃为作《九歌》,到于今荆楚鼓舞之。故余亦作《竹枝词》九篇,俾善歌者扬之,附于末。后之聆巴俞,知变风之自焉。②

从中可知,刘禹锡把创作《竹枝》词比作屈原作《九歌》改变沅湘间迎神曲辞的鄙陋,有着雅化的倾向。里中联歌《竹枝》

---

① 孙艳红、李昊:《论中唐文人词的词体特征》,《古籍整理研究学刊》2013年第4期。
② (唐)刘禹锡著,瞿蜕园校点:《刘禹锡全集》,上海古籍出版社1999年版,第197—198页。

有"激讦"的特征，而刘禹锡在创作《竹枝》词时有意识地减少了激烈昂扬的内容，增加了含蕴婉转的部分，使民歌在雅化的同时也与词本体的女性化婉转柔美特征更为接近了。刘禹锡共创作十首《竹枝》词，兹录两首如下：

山桃红花满上头。蜀江春水拍山流。
花红易衰似郎意，水流无限似侬愁。①

杨柳青青江水平。闻郎江上唱歌声。
东边日出西边雨，道是无晴还有晴。②

第一首词以女性口吻进行言说，全词情思优柔婉转。正如俞陛云《诗境浅说》续编所说："前二句言仰望则红满山桃，俯视则绿浮江水，亦言夔峡之景。第三句承首句山花而言，郎情如花发旋凋，更无余恋。第四句承次句蜀江而言，妾意如流水流不断，独转回肠。"③俞先生可谓一语中的，对词中的抒情主人公的情感变化捕捉得非常到位。词中写景与抒情融合完美，女主人公心中虽然对"花红易衰"的郎意充满无限哀怨，也因之而带来伤感忧愁，但在表现上却遵循了中国传统诗学"怨而不怒，哀而不伤"的传统，以水流无限来喻心中之愁，言短情长，无一句慷慨激昂的愤激之语，只有低回婉转，恰恰契合词体的表现特征。

第二首与第一首一脉相承，也是以女性口吻来表情达意，写

---

① 曾昭岷、曹济平、王兆鹏、刘尊明：《全唐五代词》，中华书局 1999 年版，第 57 页。

② 曾昭岷、曹济平、王兆鹏、刘尊明：《全唐五代词》，中华书局 1999 年版，第 59 页。

③ 俞陛云：《诗境浅说》，天津人民出版社 2008 年版，第 185 页。

女子听郎踏歌,对其歌中无情有情之猜想,写得生动活泼。作者运用民歌中惯用的双关手法,表现了女性对情感独特的感受,猜疑中还有着几分自信,越是捉摸不定越是心向美好,那种缠绵甜蜜跃然纸上。也正是由于女性对此歌的认同,此歌词流传久远,至宋代胡仔《苕溪渔隐丛话后集》卷一二:"《竹枝歌》云:'杨柳青青江水平(略)。'予尝舟行苕溪,夜闻舟人唱《吴歌》,歌中有此后两句,余皆杂以俚语,岂非梦得之歌,自巴渝流传至此乎。"①

虽然《竹枝》词流传久远,但此时文人更热衷填作的是《杨柳枝》,有学者就此作过详细梳理:"中唐以前,杨柳已是文人注意的对象,咏唱杨柳的诗歌本已不少,仅《全唐诗》、《全唐诗补编》中以柳为题的诗歌就达八百余篇。而《杨柳枝》曲自隋代以来,经过初盛唐,不断翻新。大约在这时候,漫游风气很盛,离别成为经常的事,而人们也习惯于折柳送别,以至于柳成了人们经常歌咏的对象。到了中唐,《折杨柳》这一流行已久的曲调再次成为'新声',并流行起来,诗人竞相作词唱和,使之也成为中晚唐最为流行的曲调之一。"②

从诗词发展史来看,《杨柳枝》词的流行,主要是因为杨柳枝新声音韵动听可人③,而且《杨柳枝》词牌具有女性化的柔媚,适合女性歌舞。宋葛立方《韵语阳秋》云:"柳比妇人尚矣,条以比腰,叶以比眉,大垂手、小垂手以比舞态。"④ 明徐勃也有类

---

① (宋)胡仔纂集,廖德明校点:《苕溪渔隐丛话后集》卷一二,人民文学出版社1962年版,第91—92页。
② 董希平:《唐五代北宋前期词之研究——以诗词互动为中心》,昆仑出版社2006年版,第63页。
③ 《杨柳枝》,洛下新声也。洛之小妓有善歌之者,词章音韵,听可动人,故赋之。
④ 转引自张福勋《宋代诗话选读》,内蒙古人民出版社1988年版,第240页。

似的看法,其《徐氏笔精》中有云:"古人咏柳必比美人,咏美人必比柳,不独以其态相似,亦柔曼两相宜也。若松桧竹植,用之于美人,则乏婉媚耳。"① 兹录白居易的《杨柳枝》三首简析之:

红板江桥青酒旗。馆娃宫暖日斜时。
可怜雨歇东风定,万树千条各自垂。

苏州杨柳任君夸。更有钱塘胜馆娃。
若解多情寻小小,绿杨深处是苏家。

一树春风万万枝。嫩于金色软于丝。
永丰南角荒园里,尽日无人属阿谁。②

白居易的《杨柳枝》词虽吟咏本题,突出的是杨柳垂顺的形态与嫩软金丝的婀娜,除外在形态与女性相似,馆娃宫中的西施、钱塘的苏小小都是能够带来美艳联想的女性,将杨柳安排到这样一个人文环境中,相互辉映,不负近藤元粹《白乐天诗集》卷五"有情有色"的评价。而其中嫩软下垂柔顺的姿态,无疑是女性化的选择。杨柳枝词既适合音乐特征,又适合于歌女歌舞,也正因此才得以盛传不衰。

2. 婉曲含蓄的表达方式

从表达方式上看,刘白词作也由民歌的质朴直率向词本体女

---

① 转引自金沛霖《四库全书·子部精要》(中),天津古籍出版社、中国世界语出版社 1998 年版,第 842 页。
② 曾昭岷、曹济平、王兆鹏、刘尊明:《全唐五代词》,中华书局 1999 年版,第 67—68 页。

性化的婉曲含蓄过渡。刘白词中有些作品开始倾向于以要眇宜修之体，发其幽约难言之思。如白居易的《忆江南》词：

> 江南好，风景旧曾谙。日出江花红胜火，春来江水绿如蓝。能不忆江南。
> 江南忆，最忆是杭州。山寺月中寻桂子，郡亭枕上看潮头。何日更重游。
> 江南忆，其次忆吴宫。吴酒一杯春竹叶，吴娃双舞醉芙蓉。早晚复相逢。①

对这组词，木斋先生的论述可谓精当："白居易这组书写江南风景的词作，可以视为第一次成功的山水风景词作，为以后的柳永体、东坡体奠定基础；而词中视角以词人自我经历出之，更使以后的少游体有所本。"② 木斋先生将这三首词置于词体发展演变，突出强调了这组词的词史地位。从这组词中我们还可以看到这样一个写作现实，这三首《忆江南》，首章首句"江南好"概括尽江南风物之美，总领三章，第二首、第三首则分别歌咏杭州和苏州，起句又均上承首章"能不忆江南"。三章彼此贯通，而又自具首尾，显示了词人对词体的自如运用，从侧面证明了中唐时期词体的发展样貌。

刘禹锡的《忆江南》自注"和乐天春词，依《忆江南》曲拍为句"，说明是与白居易《忆江南》的唱和之作，其词云：

---

① 曾昭岷、曹济平、王兆鹏、刘尊明：《全唐五代词》，中华书局1999年版，第72—73页。

② 木斋：《论白居易曲词写作的词体发生史意义》，《新疆大学学报》（哲学·人文社会科学版）2009年第3期。

春去也，多谢洛城人。弱柳从风疑举袂，丛兰裛露似沾巾。独坐亦含颦。①

而刘禹锡写惜春之情，却借具有女性化气质的丛兰、弱柳，借具有女性化特征的举袂、沾巾等动作来写其对春的留恋，况周颐《蕙风词话》卷二论此词时说"流丽之笔，下开北宋子野、少游一派"②，其文笔的流丽、情思表达的婉曲与民间词的直书无隐、质朴真率的男性化特征已经大不相同。

白居易的词作是咏调名本意，而刘禹锡此词则已不是咏调名本意，其婉转深致的抒情风格、柔弱纤丽的格调，已经和词体成熟后的婉约风格颇多近似。这些词的女性气质和闺阁特征更突出了，比白居易的词在意境上更加词化，透露了词在文人手中自觉而迅速演进的痕迹。

如果说刘禹锡的这首《忆江南》已初具词本体特征的话，那么白居易的两首《长相思》，对于词史来说则更进一步，具有词体发展过程中的转型意义：

汴水流。泗水流。流到瓜洲古渡头。吴山点点愁。思悠悠。恨悠悠。恨到归时方始休。月明人倚楼。

深画眉。浅画眉。蝉鬓鬅鬙云满衣。阳台行雨回。巫山高，巫山低。暮雨潇潇郎不归。空房独守时。③

---

① 曾昭岷、曹济平、王兆鹏、刘尊明：《全唐五代词》，中华书局1999年版，第60页。
② 王兆鹏主编：《唐宋词汇评·唐五代卷》，浙江教育出版社2004年版，第74页。
③ 曾昭岷、曹济平、王兆鹏、刘尊明：《全唐五代词》，中华书局1999年版，第74—75页。

第一首为闺怨之词，将抒情主人公的愁怨婉曲地表达出来。在一个月明之夜，百无聊赖的女子因思念远游的爱人而登楼望远。词人将闺中女子的思念和忧愁付诸眼前的流水（汴水、泗水），因为这流水承载着女子与爱人的柔情蜜意，流到了江南吴山。词人想象最为奇妙处是将这点点吴山又化作了闺中女子的无限忧愁。这样山水相连，连绵不断，又恰似女子的思念与愁怨一样绵长不绝。

全词以写女性之思为主，但上景下情，以景寓情。"思悠悠、恨悠悠"则直言女主人公的闺愁如悠悠流水，婉转而含蓄。对这首词中的意象，词人运用了摧刚为柔的艺术表现手法，比如"山"在中国传统意象中具有男性化刚健之美，而词人却将之用"点点"来形容，并与具有阴柔美的"水"相边，又与"水"共同象征女子的"愁怨"，这种手法就消解了"山"本身的高大与刚劲，增加了几分柔媚之态，进而衍化成为女性思念忧愁的象征。词的尾句也具有这样的美学意蕴，"月明人倚楼"，女子高楼颙望，应该是看得更远，但词人却登高望远，目之所及而心不能及，不但未解女子心中愁思，反而进一步突出了女性对爱人的思念之深与盼归之切。杨海明曾经特别指出："词中又尤其喜欢选择与'水'有关的意象群来组合词境，因此词中就增添了如云似水的柔软质地和婉丽美感。"①

第二首词同样是女性题材，从女性的服饰妆容入笔，映衬出女性的美好。又借巫山神女云雨之事，写女性的相思意绪，表现出独守空房的女性特有的空虚寂寥及其哀怨情愁。这首词在写女性装饰时真切清晰，直写其眉之深浅和蝉鬓云衣，似乎没有什么

---

① 杨海明：《杨海明词学文集》，江苏大学出版社2010年版，第57页。

意旨和内涵,但词人通过暮雨潇潇和空房独守的环境烘托,将女性的思绪缠绵婉转地表现出来,这正是词本体女性化特质所追求的笔法。无怪乎这首词深受歌女喜爱,叶申芗《本事词》卷上记载:"吴二娘,江南名姬也,善歌。白香山守苏时,尝制《长相思》词云:'深画眉(略)。'吴喜歌之。故香山有'吴娘暮雨潇潇曲,自别江南久不闻'之咏,盖指此也。"①

此两首词的共同特点是以描写女性形象为主体。词人以女性视角切入,写尽倚楼女子眼中的汴水泗水、吴山巫山和明月暮雨等景物,同时又以抒发女性情思为主线,抒尽女主人公心中郎不归之"思"和守空房之"恨"。这种方法,正是由早期文人词向花间词转型的根本特质所在。

刘禹锡和白居易在词史上地位较高。龙榆生先生曾在《词学十讲》中赞扬了刘禹锡、白居易在词体发展过程中的地位,他说:"倚声填词要文字和曲调配合的非常适当,必须经过长期的多数作家的尝试,才能逐渐做到,而且非文士与乐家合作不可。这种尝试精神,不能寄希望于缺乏群众观念的成名诗家;而且运用五、七言近体诗的平仄安排,变整齐为长短参差的句法,也非经过相当长期诗人和乐家的合作,将每一曲调都搞出一个标准格式来,是很难顺利发展的。由于无名作家的尝试,引起诗人们的好奇心,逐渐改变观念,努力促进长短句歌词的发展,这不得不归功于'依忆江南曲拍为句'的刘禹锡、白居易。"②吴熊和先生在论述文人词的兴起问题时,也认为刘、白二人"以诗坛耆宿的身份,依曲拍作小词,这对中晚唐诗人们重视和创作这种新体歌

---

① 王兆鹏主编:《唐宋词汇评·唐五代卷》,浙江教育出版社2004年版,第86页。
② 龙榆生:《词学十讲》,北京出版社2004年版,第218页。

词,是有推动作用的"①。刘、白二人能够依照词体的要求作词,并突出诗词之别,突出词本体的女性化特征,对中唐文人词的创作有直接的推动作用。

除刘禹锡、白居易,中唐文人还有以《竹枝词》《欸乃曲》《浪淘沙》等词牌作词的,如元结的"千里枫林烟雨深,无朝无暮有猿吟。停桡静听曲中意,好是云山韶濩音"(《欸乃曲五首》其三),烟笼枫林,猿吟断续无已,渔人欸乃之曲,好似纯和的韶濩之音,此词声调悠扬婉转,巴蜀湘鄂江山空濛幽静之状如在目前。

第三节 中唐词词体过渡性特征的成因

从中唐词的整体创作来看,无论是王建的宫词还是中唐文人词,都呈现出诗体向词体的过渡性特征。具体原因有二。

一 从词体本身发展来看

从文体本身来说,中唐时期词尚处于过渡阶段,未形成自己独特的文体特征。"唐初歌辞,多是五言诗,或七言诗,初无长短句。自中叶以后,至五代,渐变成长短句。"② 吴梅在《词学通论》中论及白居易的词,就曾说:"余细按诸作,惟《宴桃源》与《长相思》为纯粹词体。余若《杨柳枝》、《竹枝》、《浪淘

---

① 吴熊和:《唐宋词通论》,浙江古籍出版社1989年版,第27页。
② (宋)胡仔纂集,廖德明校点:《苕溪渔隐丛话后集》卷三九,人民文学出版社1962年版,第323页。

沙》，显为七言绝体。即《花非花》、《一七令》，亦长短句之诗。不得概目之为词也。"① 论及刘禹锡的词时说，刘禹锡有"《杨柳枝》十二首、《竹枝》十首、《纥那曲》二首、《忆江南》一首、《浪淘沙》九首、《潇湘神》二首、《抛球乐》二首。中惟《忆江南》为词"②。可谓词作颇丰，但吴梅先生认为"中惟《忆江南》为词"。我们再看张志和的《渔歌子·西塞山前白鹭飞》，此词共五句，除了三、四两句为三字句，其他三句都为七字句，看起来几乎和七言绝句没有差异。吴梅先生就认为："此词为七绝之变，第三句作六字折腰句。……唐人歌曲，皆五七言诗。此《渔歌子》既与七绝异，或就绝句变化歌之耳。"③ 我们今天虽然根据音乐与文学的关系，把《杨柳枝》《竹枝》等词亦认定为词，但其与绝句的相合、过渡的性质是显而易见的。

二　从词本体特征形成来看

"从词本体女性化的角度来看，此时的词作内容广泛，均为男性在诗歌中着力表现的题材，尚未走向狭深的道路，其风格与表达技巧也与诗歌无异，不过是以长短句的形式出之而已。从整体上看，没有明显的女性化特征。然而从女性化的角度来考察，此期词的内容摒弃了纯粹男性化的建功立业的豪情和对社会黑暗反映与批判的担当，与社会危机、民生疾苦、政治斗争等重大问题无关。表达的是隐逸退让的文人情思，柔弱无奈的处境，以及

---

① 吴梅：《词学通论》，复旦大学出版社2005年版，第38页。
② 吴梅：《词学通论》，复旦大学出版社2005年版，第38页。
③ 吴梅：《词学通论》，复旦大学出版社2005年版，第37页。

深藏于内心深处的女性化的情思。体现了在题材内容上由诗向词、由男性向女性过渡的特征。"① 关于这一点,董希平在《唐五代北宋前期词之研究——以诗词互动为中心》中有过相关论述:"中唐词多简洁明快,其产生虽然多在流连光景、陶写性情的歌酒环境之中,但是却多未沾染酒色之气。贬谪之悲、出尘之想,是中唐词经常涉及的内容和咏叹的主题,虽然是歌词,但是中唐词在歌舞之中保存了纯净的传统诗旨,基于此,在词境、词情、词中形象等许多方面,中唐词保有了诗歌的大气和显豁,与敦煌曲子词一样显示出开创期歌词的原始与拙朴。"② 中唐虽然已不是词体的初创期,但在文体特征上还是没有定型,仍旧保有诗体的特质。这一过渡应该是一种新兴文体的必经阶段,是词史发展的必然。

刘扬忠在《唐宋词流派史》中也指出了此时词体尚未形成独立特征:"晚唐以前的早期文人词(主要指唐玄宗至唐宣宗之间的诗人之词),多是诗人们在诗歌创作之余暇偶尔试作的小词,是地地道道的'诗余'(余绪、余波),尚未能成为一种独立自足的体式。这些数量稀少、形式短小的词,体式介于近体诗与民歌之间,内容较简单,技巧还基本停留在绝句和律诗的范围之中,词的长短句式的特点尚未充分发挥,还没有形成为词的所独有的风格体貌。"③

从上述分析可以看出,中唐文人在进行词体创作的过程中,有意识地将之与诗体区分开来,而且表现手法上多一些婉转与柔

---

① 孙艳红、李昊:《论中唐文人词的词体特征》,《古籍整理研究学刊》2013年第4期。
② 董希平:《唐五代北宋前期词之研究——以诗词互动为中心》,昆仑出版社2006年版,第45页。
③ 刘扬忠:《唐宋词流派史》,人民出版社1999年版,第60页。

媚。因为中唐文人还是在捍卫中国传统"诗言志"的写作规范，对于儿女之情等私闱之事不能公开言明，即便是刻骨铭心的爱恋也不会公然表达。或许正是由于诗体的写作规范对男女之情的避讳，才使得词体得以大放光彩。中唐文人词由于小试牛刀，在创作风格上与敦煌曲子词更为接近，具有自然活泼、流丽婉转的艺术特点。而词至晚唐，则发生很大改观，晚唐文人对词体驾驭得更为纯熟，同样是写女性形象，晚唐文人则更为雕琢，表现更为深细，尤其是对女性的心理刻画，更为富于深婉缠绵的特点。从词史发展上看，晚唐文人词已经没有曲子词俚俗质直的特点，显示了词在文人的自觉创作中艺术上更见成熟、情趣上趋于雅化的特点。

"总的看来，中唐时期，除王建延续了李白应制词中的女性题材外，并没有直接形成鲜明的女性化特征。主要原因是在中唐时期，随着词这一文体的吸引力的增强，那些没有宫廷生活经历的文人也加入进来，借词表达自己的心志，因此，题材也不再是宫女嫔妃的宫怨相思、女性的歌舞玩乐，而以男性文人自我的情感为主。比如张志和的《渔父词》为文人自唱，反而流行宫中，甚至远传至日本，是抒情言志传统的遗风。然而，中唐时期同时也是词本体的女性化形成过程中的过渡期，题材内容虽然没有集中在女性相思别恋上，但也开始有了表现柔化内容的倾向，并且有意识地与男性化的贫富悬殊、阶级矛盾、政治斗争、社会危机等问题相疏离。在艺术表现上也由质朴真率向女性化的婉转含蓄发展。"①

---

① 孙艳红、李昊：《论中唐文人词的词体特征》，《古籍整理研究学刊》2013年第4期。

第四章　晚唐西蜀的宫廷文化与词体定型

大唐王朝在经历了安史之乱后，内忧外患，大唐江山摇摇欲坠。不但无法找回昔日盛唐气象的风采，反而国力日益衰退，国家奢侈之风极度盛行。世人大多重视感官愉悦，沉溺于游玩享乐。这在《旧唐书·穆宗纪》中有所记载："国家自天宝已后，风俗奢靡，宴席以喧哗沉湎为乐。而居重位、秉大权者，优杂倡肆于公吏之间，曾无愧耻。公私相效，渐以成俗。"① 整个中晚唐时期，人们常常流连于观花、游宴、乐舞等声色之乐，无心国事。李肇《唐国史补》也称"长安风俗，自贞元侈于游宴"。②

中唐"元和中兴"③ 结束之后，伴随着国势的日益衰微，时代精神已渐由初盛唐的雄壮豪迈转为潜沉内敛。至唐末五代，更是干戈四起，乱象如沸。战乱中的文人士大夫之族无力改变现

---

① （后晋）刘昫等撰：《旧唐书》，中华书局1975年版，第485—486页。
② （唐）李肇撰：《唐国史补》，上海古籍出版社1957年版，第60页。
③ 元和中兴，是指唐朝唐宪宗在位时因治国有方，国家政治一度回到正轨的时代，视为中兴之局。唐宪宗是个奋发有为的皇帝，他即位后，"读列圣实录，见贞观、开元故事，竦慕不能释卷"，他把"太宗之创业""玄宗之治理"，都当作效法的榜样。为了纠正朝廷权力日益削弱、藩镇权力膨胀的局面，他提高宰相的权威，平定藩镇的叛乱，致使"中外咸理，纪律再张"，出现了"唐室中兴"的盛况。

状，更无法安顿自己的内心，便纷纷走向花间尊前，在歌儿舞女的陪伴下，过着醉生梦死的生活，试图以之寻求片刻的精神慰藉。而且此风气愈演愈烈，后来竟至"以不耽玩为耻"，文人士大夫之族的家国情怀几乎丧失殆尽。而各地的藩镇在取得政权之后，亦是穷奢极欲，肆意行乐。

晚唐的文人们在狎妓冶游的生活中，不仅抛开了兼济天下的宏图壮志，而且摆脱了男女授受不亲的儒家教义，也不再顾及红颜祸水的世俗眼光，他们尽情地在温柔乡里寻求情感的慰藉，创造出了很多才子佳人式爱情佳话。文人与歌妓成了晚唐社会中一道亮丽的人生风景，他们之间有心灵知音的共鸣，更有惺惺相惜之感。正是在这样的环境氛围之下，花间词的创作才蔚为大观，迎来了词体的定型期。

蜀词的产生及兴盛主要和前、后蜀君臣醉生梦死的享乐生活密切相关。张唐英《蜀梼杌》中多处载有前蜀后主王衍游宴之事：

> （乾德）二年八月，衍北巡……至汉州，驻西湖，与宫人泛舟奏乐，宴饮弥日……三年三月，衍还成都。五月，宣华苑成……衍数于其中为长夜之饮……五年三月上巳，宴怡神亭，妇女杂坐，夜分而罢……四月游浣花溪，龙舟采舫，十里绵亘……①

可想而知，王衍作为皇帝如此昏聩无度，全国上下上行下效之间，游宴之风大盛。

---

① （宋）张唐英撰：《蜀梼杌》，《全宋笔记》第一编第八册，大象出版社 2004 年版，第 44 页。

第四章 晚唐西蜀的宫廷文化与词体定型

奢侈淫靡虽然不是词体发展的唯一条件,但却是词体发展过程中必不可少的支撑条件。词作为享乐文学、宫廷宴饮文学,不仅可以娱上娱人,也有自娱自乐的因素在其中。

五代前期的词坛重镇——西蜀词坛最盛,除花间词人,还有后蜀丞相欧阳彬、前蜀重臣庾传素、前蜀末代皇帝王衍等。究其原因,除了蜀中社会较安定,政治经济和文化较发达等社会因素,还有一个更为直接的原因,就是晚年入蜀为相的韦庄闯入西蜀词坛,起到了引领作用。西蜀词坛之盛,也是对晚唐词的继承,唐末的牛峤、牛希济、毛文锡等中原诗人词客纷纷涌入西蜀,也大大地充实了词人队伍,壮大了蜀中词苑的实力。

历史证明,不管是战乱年代还是和平年代,上层统治者的好恶,直接影响到文学审美创作的价值取向。王建作为蜀国之主,虽然他能够礼贤下士,重视文人学士,但是对文人以诗文议政还是严厉禁止的,所以当时入蜀的文人作家多怀"触阕"之惧,甚至改变创作方向,有很多史料记载了相关史实。如在孙光宪的《北梦琐言》卷六中有记载云:"蜀相韦庄应举时,遇黄巢犯阙,著《秦妇吟》一篇,内一联云:'内府烧为锦绣灰,天街踏尽公卿骨。'尔后公卿亦多垂讶,庄乃讳之。时人号'《秦妇吟》秀才'。他日撰家戒,内不许垂《秦妇吟》障子,以此止谤,亦无及也。"[①] 陈寅恪在《寒柳堂集·韦庄秦妇吟校笺》中详考其历史背景后说:"端己之诗,流行一世,本写故园乱离之惨状,适触新朝宫门阃之隐情,所以讳莫如深,志希免祸。"[②] 再比如《鉴诫录》卷四中记载了张道古因诗被诛一事:"昭宗之代,张拾遗道

---

① (宋)孙光宪:《北梦琐言》,上海古籍出版社1981年版,第47页。
② 陈寅恪集:《寒柳堂集》,生活·读书·新知三联书店2001年版,第140页。

古因贡《五危二乱表》，叙兴废之事，遂黜于蜀……及太祖（王建）登极，每思其贤，遣使诏之，屡征不起，复上章疏，词旨是非，帝遂诛之，瘗于五墓之地。"① 从这些记载中可以看出，王建统治时期文网森严，文人稍有不慎便有性命之忧。韦庄等比较识时务，为了投上所好，只能改弦易辙，由诗而词。除了文字狱影响，加之晚唐西蜀的统治者文化修养不高，对俚俗情色之类的作品特别偏好。比如前蜀主王建，"先世故为饼师。建少年无赖，以屠牛、盗驴、贩私盐为事，里人呼之'贼王八'"②。王建年少时是泼皮无赖，后来从军，以骁勇善战赢得机会，并成为前蜀的开国之帝，但他却一直"目不知书"。这样的统治者自然而然地会欣赏与声色密不可分的词，也愿意参与享乐之词的创作，而且王建之子王衍还是一个极善寻花问柳的词家里手。

从地源来看，巴蜀之地原本就是唐代的曲词盛地之一，民间流行甚广的曲调有《竹枝》《八拍蛮》等。如前文所述，中唐文人刘禹锡《竹枝》词就是取自民间，镇西川的韦皋则进献了《奉圣乐》曲。不仅文人如此，当时的名妓灼灼善歌《水调》。以上种种情形，表明作词在唐代上层社会已然成风。至前蜀后主王衍更出自纵情享乐的需要，热衷于曲词，大力倡导曲词创作，还经常自制自歌，并与狎客后妃以艳词交相唱和。在这种作词风气的强烈刺激之下，朝野文人自然不甘寂寞，纷纷参与到花间酒边，以词来娱乐消遣。

有了帝王大臣们的引导和推动，词体的兴盛也就成了历史的

---

① （五代）何光远：《鉴诫录》（上）卷四，知不足斋丛书，古书流通处影印。
② （清）吴任臣撰，徐敏霞、周莹点校：《十国春秋》卷三五，中华书局1983年版，第481页。

必然。上行下效，牛峤、牛希济、薛昭蕴、李珣、尹鹗等在词体创作中有过之而无不及，将艳情词的创作推进到色情泛滥的境界中。我们试以牛峤为例来感受一下花间词的香艳之风。

牛峤今存词三十二首，均见于《花间集》中。在花间词人中，牛峤仿效女性声口，明显略胜他人一筹。他的词风介于温、韦之间，更多地属于温词风格，但他又不太学习温词的华贵，或者说是由温词对宫廷器物的描摹，更多地转入对一般女性的神态描写，甚至时有近乎色情的词作，譬如其《菩萨蛮》词中的"须作一生拼。尽君今日欢"，若单论此两句，似乎是纯情写作，若看全词，则可视为柳永词之先河。这首《菩萨蛮》为：

玉炉（一作楼）冰簟鸳鸯锦。粉融香汗流山枕。帘外辘轳声。敛眉含笑惊。柳阴烟漠漠。低鬓蝉钗落。须作一生拼。尽君今日欢。

这是一首典型的艳情词。词极尽小词之能事抒写艳情，语言秾丽，大胆泼辣，毫无隐晦。这一点，也可算是牛峤的风格。上片起笔便用"玉炉""冰簟""鸳鸯锦"等意象渲染女子室内陈设的华美，也是词人为情人幽会铺设出的特定环境。尾句的"须作一生拼。尽君今日欢"过于狎昵，"作艳词者无以复加"（彭孙遹《金粟词话》）。这首词在表现上是典型的花间笔法，但也有所创造。比如温庭筠善于运用"玉炉冰簟"等女性器物、女性生活空间来暗示男女情事，到了牛峤笔下，则衍化为"粉融香汗"等性爱场景的直接描写，这种大胆的情爱描写，虽然后来并未被花间体接受，也更不为整个词本体所接纳，但之于当时，是花间词体内部的尝试性的突破。"帘外辘轳声。敛眉含笑惊"两句，运用细节描写男女性爱，大胆真切，着实为诗词中少见之笔。

总之，牛峤作词可以视为花间词中的变异，与北宋的柳永词紧密相承。当然，仅仅是在某些方面与柳永相似而已。比如《更漏子》二首：

>星渐稀，漏频转。何处轮台声怨。香阁掩，杏花红。月明杨柳风。挑锦字，记情事。唯愿两心相似。收泪雨，背灯眠。玉钗横枕边。
>
>春夜阑，更漏促。金烬暗挑残烛。惊梦断，锦屏深。两乡明月心。闺草碧，望归客。还是不知消息。辜负我，悔怜君。告天天不闻。

这两首词充分体现出了花间词人写情的极致。词中的抒情主人公心思细致入微，表现出的是小女儿心态、小女儿情状，如"挑锦字，记情事"的一段描摹和"辜负我，悔怜君"的一段告白，直接开启了北宋初期柳永词中女性的俗艳深挚之美。

词之兴盛于蜀，除了帝王奢靡，还有着特定的历史因素。唐末五代初期，国家四分五裂，仁人志士有志难伸，而且社会动荡导致士人"猜忌相寻，动多触阂"。这样的社会环境，导致文人士大夫之族感时伤事的情怀不敢随意而发，文学反映社会现实的属性受到了冲击。文人士大夫之族为了保全自己，无可奈何之下只能将情感寄托于酒席樽前的侧艳之词，逍遥沉醉，趋时自遣。晚唐西蜀时期，文人们受诗言志传统的影响，作诗便会关涉社会政治，为了避祸，他们便避诗就词，借词来表现心灵深处的微妙情感和政治隐情，因为词能言诗之不能言者，而且词旨也具有寄托无迹的特点。上层统治者对俚俗享乐情有独钟，对声色犬马的偏好与赏识，引导文人追求艳词书写，更是刺激侧词艳句进一步泛滥流行。"西蜀词人在经历了乱世的强烈震荡之后，心灵世界已由惧祸怕死、无可奈何而转入趋时顺势，歌词创作也由寄托心声渐入声色迷离之境。所谓'花间词风'的艺术位置，在王建时期已被完全确立，西蜀词的创作环境和作者的创作心态已基本成熟。"①

花间词诞生于晚唐五代，是中国词史上的重要事件，标志着词体正式登上了文学舞台，不再是登不了大雅之堂的"诗余""小道"。

花间词派以五代西蜀词人为主体，众多词人中最有影响的是温庭筠和韦庄，二人并称"温韦"，是花间词派的领袖。温庭筠的词更能够代表花间词派的词体特征，后世多效仿之。"韦庄词虽有自己的独创性，但很大程度上韦庄词仍旧受着温庭筠词的影响。"②

第一节　宫廷文化与温庭筠词的勃兴

温庭筠（812—870），原名岐，字飞卿，太原祁县（今属山西）人。温庭筠为唐初宰相温彦博后裔，是一个没落贵族。他为人放浪不羁、恃才傲物，经常讥讽权贵。坎坷一生，流落而亡。温庭筠是唐代第一位专力于"倚声填词"的诗人。其词多以贵族

---

① 张兴武：《乱世情怀渐入词——王建时期的西蜀词》，《西北师大学报》（社会科学版）1998年第2期。
② 孙艳红：《论温庭筠词的女性化词体特征》，《山西大学学报》（哲学社会科学版）2013年第6期。

或宫廷女性为主人公，多抒写她们的离别相思之情。温庭筠作词刻意求精，注重文采和声情，成就在晚唐诸人之上，为"花间派"首要词人，被尊为"花间派"之鼻祖，是中国词史上一位举足轻重的人物。在词史上，与韦庄齐名，并称"温韦"。其词今存七十余首，收录于《花间集》《金荃词》等书中。

关于温庭筠的生平经历和创作情况，有诸多史料记载。比如《旧唐书》本传中说他"士行尘杂，不修边幅，能逐弦吹之音，为侧艳之词。……咸通中，失意归江东，路由广陵……既至，与新进少年狂游狎邪"。[①]《玉泉子》中也记载他"初从乡里举，客游江淮间。扬子留后姚厚遗之。庭筠少年，其所得钱帛，多为狎邪所费"。[②] 又有"搅扰场屋""虞候争夜"等传说，可见其并非循规蹈矩、以儒家兼济之志自守的人。同时，他又好游狎邪，以"逐弦吹之音，为侧艳之词"的才能投身词的创作之中，自然会较少儒家言志的拘碍，以"游戏的人、娱乐的人、交际的人，纵歌狂舞于'尊前'、'花间'的人"[③]的身份去发现和使用词这一文体去表现女性的世界。

温庭筠从小就接受优越的诗书教育，成年后更是才华横溢。他曾经四处游历，与很多身居要职的官员交好，希望在仕途上有一番作为。但同时他恃才傲物，得罪权贵，导致屡试不第，最后官终国子助教。加上晚唐社会腐败，帝王耽于享乐，人民也过起了骄奢淫逸的苟安生活。在自身原因与社会因素共同作用下，温庭筠的词秾艳华美且带有浓厚的宫廷文化色彩。

---

① （后晋）刘昫等撰：《旧唐书》，中华书局1975年版，第5079页。
② （唐）阙名撰，（南唐）刘崇远撰：《玉泉子》，上海古籍出版社1958年版，第11页。
③ 王昆吾：《唐代酒令艺术》，东方出版中心1996年版，第5页。

第四章　晚唐西蜀的宫廷文化与词体定型 ✧✧✧

一般说来，唐五代宫廷词，主要是指帝王、后妃等皇室贵族成员及宫廷文人所创作的歌词。① 随着唐五代宫廷音乐的兴盛和享乐之风的盛行，对歌词的需求越来越大，所以出现了很多宫廷大臣或文人来应声填词，温庭筠就是其中之一。夏承焘先生对温词有过评价："温庭筠出身于没落贵族家庭，虽然一生潦倒，但是一向依靠贵族过活。他的词主要内容是描写妓女生活和男女间的离愁别恨的。许多词是为宫廷、豪门娱乐而作，是写给宫廷、豪门里的歌妓唱的。为了适合于这些唱歌者和听歌者的身份，词的风格就倾向于婉转、隐约。"② 从夏先生的记述中可以看出温庭筠词的创作内容和创作风格，也一语中地指出了温词具有宫廷文化书写的特点。温庭筠的词大多为宫廷应制词，其中不同程度地反映了晚唐宫廷文化的某一个侧面。可以说宫廷文化是温庭筠词的主要内容，宫廷文化促成了温庭筠词的勃兴。具体表现在两个方面。

一　温庭筠词的宫廷应制属性

夏承焘先生说温庭筠的"许多词是为宫廷、豪门娱乐而作，是写给宫廷、豪门里的歌妓唱的"，此言不虚，孙光宪在《北梦琐言》中明确记载了温庭筠词的创作动机："宣宗爱唱《菩萨蛮》词，令狐相国假其新撰密进之，戒令勿他泄，而遽言于人，由是疏之。"③ 从这段话可以看出，温庭筠与皇帝身边的上层显贵之间关系密切，他是借助这些达官显贵接触到宫廷文化的。宣宗偏好

---

① 刘尊明、甘松：《唐宋词与唐宋文化》，凤凰出版传媒集团、凤凰出版社 2009 年版，第 90 页。
② 夏承焘：《唐宋词欣赏》，百花文艺出版社 1980 年版，第 19 页。
③ （五代）孙光宪撰，贾二强点校：《北梦琐言》，中华书局 2002 年版，第 89—90 页。

于应制填词，为了投其所好，温庭筠进献词有两个目的，一是希望展示自己过人的才华，二是期盼借此得到帝王的赏识。温庭筠的十四首《菩萨蛮》，从其创作目的和接受对象来看符合应制的性质。李白的应制词、王建的《宫词百首》，已经带有明显的词本体的女性化特征，温庭筠隔空回响，这十四首词也明显地带有宫廷文化印迹和词本体的女性化特征。

首先，描摹对象皆为宫廷贵族女性。其中有一首比较典型的是描写宫怨的：

> 竹风轻动庭除冷，珠帘月上玲珑影。山枕隐秾妆，绿檀金凤凰。两蛾愁黛浅，故国吴宫远。春恨正关情，画楼残点声。

此词写的是一位幽居深宫的女子，在一个清冷的夜晚，纵然浓妆艳抹，守着华美的首饰与精致的器物，也掩盖不住内心的凄凉。她思念远方的故土，更漏残点之声更是带着无尽的愁思。这首宫怨词主要描写的是女子幽禁于深宫大院，引发了她的思念故乡之情和对青春空逝的命运感慨，展现了残酷的后宫生活，带有明显的宫廷文化气息。

另外十三首中的女主人公也都是贵族女性，从词中的具体衣着服饰描写可以推断出来：如"双鬟隔香红，玉钗头上风"（《菩萨蛮·水精帘里颇黎枕》）、"翠钗金作股，钗上蝶双舞"（《菩萨蛮·蕊黄无限当山额》）、"凤凰相对盘金缕，牡丹一夜经微雨"（《菩萨蛮·凤凰相对盘金缕》）等，无论是发饰还是衣服上的装饰，皆是金玉满眼，彰显着女主人公的贵族身份。

其次，词中的场景通常为室内场景，有十三首都提及了室内场景及器物。如"水精帘里颇黎枕,暖香惹梦鸳鸯锦"(《菩萨蛮·水精帘里颇黎枕》)、"蕊黄无限当山额,宿妆隐笑纱窗隔"(《菩萨蛮·蕊黄无限当山额》)等句中"水精帘""颇黎枕""鸳鸯锦""蕊黄""宿妆"等,展现的都是女性的妆容与女性化的器物和空间,表现出的是女子独特而隐秘的内心世界。

最后,这些词都是女性代言体,正如刘熙载所言:"温飞卿词精妙绝人,然类不出绮怨。"① 温庭筠借女子之口叙写春愁秋怨,相思别恨,借以表达自己怀才不遇的悲凉。尽管如此,温庭筠的词受应制特定命题和写作用意的限制,便带有了浓厚的女性化特征和宫廷文化色彩。

二 温庭筠词的宫廷文化书写

由于创作动机所限,温庭筠词中的书写内容以宫廷文化为主体,主要描写对象有宫廷器物、宫廷建筑、宫廷人物等。

(一) 宫廷器物书写

翻开温庭筠的词集,满目都是金凤宝钗、水晶翠帘、绿檀凤凰,让人应接不暇。温庭筠的词是装饰化的,袁行霈先生说过:"温庭筠的词富有装饰性,追求装饰效果,好像精致的工艺品。其中引人注目的是斑斓的色彩、绚丽的图案、精致的装潢,以及种种令人惊叹的装饰技巧。"② 无论是词中的服饰还是器物,给人以强烈的装饰美之感,这些装饰又十分精致华丽,与宫廷文化富贵豪华精致的审美特征相契合。

---

① 王兆鹏主编:《唐宋词汇评·唐五代卷》,浙江教育出版社2004年版,第118页。
② 袁行霈:《中国诗歌艺术研究》,北京大学出版社1987年版,第32页。

温庭筠描写宫廷器物时，词中经常用"凤""凤凰"之类的词语作为宫廷器物的点缀。凤凰是一种中国古代传说中的鸟，有百鸟之王的美称，同时又是封建皇权的象征，经常与龙一起使用，龙代表天子，也就是帝王，凤从属于龙，多用于皇后及嫔妃。更有三国和东晋时期的帝王以凤凰为年号的先例，可见凤凰在宫廷文化中独特的地位，在温词中"凤"的出现高达十次。或是用金丝在衣服上绣的凤凰于飞的图案，或是绘有彩凤的金篦首饰。

温词中还有一个比较典型的宫廷器物是"辇"。在《通志200卷》中记载："或曰夏后氏末代制辇，名曰余车，商曰胡奴车，周曰辎车即辇也，王妃辇车组挽有翟羽，盖秦为人君之乘，汉因之。"① 秦汉之后辇特指天子所乘之车。温词中对"辇"的描写比较有意味："上阳春晚，宫女愁蛾浅。新岁清平思同辇。争奈长安路远。"（《清平乐》其一）词人用细腻的笔法写出了宫女的惆怅，既想又怕与君王同辇而行，在希望与失望中痛苦挣扎。词中的"辇"已经不单是天子的出行工具，它是天子远去的方向，是宫女与天子同行的一种渴望，更是一种象征、一个符号。由是观之，"凤"与"辇"的宫廷文化属性就非常鲜明了。

温庭筠词中的一部分装饰器物，也带有非常明显的宫廷烙印。他的词中有一部分描写色彩的装饰性词语，虽然没有直接与宫廷相关，但是都透露出了宫廷文化富丽堂皇的色彩美。据笔者统计，温庭筠词中的"金"出现了二十九次，"翠"出现了十一次，在这里"金"与"翠"有时指一种简单的颜色，更多的是指金制与玉制的头饰或器物。还有晶莹剔透的水晶帘、雕花缕金的青锁、镶嵌银丝的屏风等，这些无不体现出一种富贵豪华气度，也只有古代皇宫

---

① （宋）郑樵撰：《通志200卷》（卷四八器服略第二），清文渊阁四库全书本。

贵族才会拥有这些饰物,是宫廷文化的一种变相书写。

(二)宫廷建筑书写

宫廷建筑大多是规模宏大、气势磅礴的建筑物,是帝王为了巩固统治、彰显皇家威仪,同时满足自己的物质生活和精神享乐而建造的。为了突出皇室的中心地位,工匠们从布局规划到材料装饰可谓费尽心机,可以说每一朝代的宫廷建筑都体现了当时建筑艺术的巅峰,是宫廷文化的另一种表现。

据笔者统计,在温庭筠的词中共有十一处写到了宫廷建筑,具体有馆娃宫(也称吴宫)、宜春苑、兴庆宫、六宫、邺城、九重宫、景阳楼、上阳宫和南苑。其中两次写到馆娃宫:

两蛾愁黛浅,故国吴宫远。(《菩萨蛮》)
馆娃宫外邺城西,远映征帆近拂堤。(《杨柳枝》)

馆娃宫(也称吴宫)是春秋时期吴国的宫名。上述两首词都借用了西施入吴的典故,表达了宫女对故国的思念之情。

还有两次写到了兴庆宫:

南内墙东御路旁,须知春色柳丝黄。(《杨柳枝》)
晚来更带龙池雨,半拂栏干半入楼。(《杨柳枝》)

词中的"南内"代指兴庆宫,是唐玄宗的故宅。南宫内苑,东墙路旁,是天子走过的地方,纵然柳丝已经泛着点点鹅黄,但仍然最伤情。"龙池"是兴庆宫内的池塘,此处是以"龙池"代写兴庆宫。晚风徐徐,为龙池带来了绵绵的细雨,细雨牵惹春愁,词人自然而然地写宫女愁倚栏杆愁更愁的状态。

温庭筠在写宫廷建筑之时还为读者展示了美好的宫廷春色:"宜春苑外最长条,闲袅春风伴舞腰。"(《杨柳枝》)将随风摇曳的柳丝比喻成了舞女柔弱纤细的腰肢。"景阳楼畔千条路,一面新妆待晓风。"(《杨柳枝》)御路旁的春柳万千,好似少女姣好的容颜,接受晨风的爱抚。

温庭筠词中所描绘的宫廷建筑,更多的是宫女嫔妃们用以怀念的场所和对象,是词人借题发挥的触媒。不过这些古老的宫廷建筑也向我们展示了当时辉煌的建筑成就,同时又是能工巧匠们艺术才能的展现,从另一个层面为我们展示了丰富的宫廷文化。

(三)宫廷人物书写

宫廷人物也是组成宫廷文化的核心之一,它主要包括帝王、后宫嫔妃、王公大臣、伶官侍人等。他们的日常活动和内心情感构成了宫廷生活的主要内容。温庭筠写过几首以宫怨为题材的词,除了重在描摹女性的外貌,还揭示宫廷女性内心的隐秘世界。之所以创作闺怨词,笔者认为主要是两个方面的原因:一方面词至五代,已经渐渐开始转为一种人的内在需求,人们开始重视自我情感的抒发,让词渐渐脱离音乐的附属而萌发出自己独立的思维与生命。那些缠绵动人的相思别恨、男欢女爱,更加打动贵族阶级的心。尤其是后宫生活,是隐秘而不为人知的,这样的神秘经历不仅会激起作家的创作欲望,也能吸引读者,激起读者的阅读兴趣。另一方面怨妇与弃才在某种程度上存在着同质同构,他们有着相同的遭际,怀着相同的悲哀,都是不被他人赏识,所以词人为女性立言也是抒发自己怀才不遇的感伤。

温庭筠纵然才华盖世,却纵酒放浪形骸,讥讽权贵,以至于

第四章 晚唐西蜀的宫廷文化与词体定型

仕途之路坎坷，一生穷困潦倒。他无处施展的才华正如宫女等待不到帝王的临幸一般，所以他的词反复写宫中女性的爱恨交织，其实是一种异质同构，在绮靡华丽的外表之下，又有着隐约而细腻的忧伤。如他的《杨柳枝》其四：

> 金缕毵毵碧瓦沟，六宫眉黛惹香愁。
> 晚来更带龙池雨，半拂栏干半入楼。

这首词写的是宫女望丝丝金柳而生出的愁怨。皇宫中的垂柳已经泛起了点点嫩黄，惹起了宫女无限的愁绪。柳叶枝条尚且能受到龙池雨的滋润，空倚栏杆盼君无期的宫女怎能不忧愁呢？词人将宫女内心的忧伤借助金柳这一物象淋漓尽致地表达出来，也从侧面表达了词人自己不被赏识的无奈。

温庭筠写宫女愁怨的词还有《清平乐》其一：

> 上阳春晚，宫女愁蛾浅。新岁清平思同辇，争奈长安路远。凤帐鸳被徒熏，寂寞花锁千门。竟把黄金买赋，为妾将上明君。

词中所写的是暮春时节，上阳宫中的春色已凋残，恰如宫女的容颜在时光的流逝中逐渐暗淡消逝。新年将至，宫女们特别期盼与君王同行，但怎奈长安路远。独宿于凤帐鸳被之中，难耐孤独寂寞，只能用黄金买赋来寄托无限的相思，并以此希冀能与君王相见。这首词中明确写到了君王与宫女，是非常典型的宫怨词。后宫佳丽三千，君王不能做到雨露均沾，便有不少宫女嫔妃在深宫幽禁之中虚度了自己的一生。这也是特殊的宫廷制度下所产生的现象。温庭筠词为我们揭示出宫女的寂寞生活,正是宫廷文化生活中一个重要的组成部分。

花间词虽然也是文人词,但它不同于中唐时期的文人词,它的产生就先天地刻下了宫廷文化的印记:女性特征、香软华贵。[①]而温庭筠词的宫廷文化书写,虽然并非宫廷生活的全貌,但我们仍然可以从这些优秀的词作中去领略唐末宫廷文化。从某种意义上来说,正是宫廷文化促成了温庭筠词的定型与后世影响。

第二节 韦庄词的宫廷文化书写及其独创性特征

韦庄(836—910),字端己,长安杜陵(今陕西西安)人。韦应物第四世孙。韦庄举试不第,功名不遂。天复元年(901),在蜀依附于王建,后劝王建称帝,辅之定开国制度,为吏部侍郎兼平章事。韦庄诗词兼善,诗歌方面有《浣花集》十卷。《花间集》存其词四十七首。另有《浣花词》辑本,存五十五首。

在词史上虽然"温韦"并称,实际上二人年龄相差甚远,韦庄比温庭筠小二十多岁。韦庄以中原名士入蜀,年辈高且官居相位,在西蜀文坛上是执牛耳的地位,具有承上启下的重要作用。

一 韦庄由诗到词的创作转型

从中国诗歌发展史来看,齐梁宫体诗的特点是关注对女性的

---

① 木斋:《论初唐近体诗形成的宫廷文化属性》,《江西师范大学学报》(哲学社会科学版)2013 年第 1 期。

吟咏，而且当时的文人士大夫之族之审美取向也是以女性为美，齐梁的社会风气更是弥漫着以女性心理为标准的审美气息。尤其是皇室贵族以及与之相关的宫廷御用文人，他们的审美风尚更是以女性的香艳为美，宫廷中的香艳女性成了他们的审美标本。在词史发展过程中，词体的产生、发展到定型，也明显受这一审美风气的影响。李白、王建、温庭筠的应制词中宫廷文化的书写直接而充分地证明了这一点，刘禹锡、白居易作词虽然没有直接触及宫廷女性，但他们作词也是沿着词本体艳科属性进行的。韦庄词的书写也是如此，他身居高位，平素的歌舞宴饮生活与宫廷关系密切，词中虽然直接书写宫廷文化的并不多，但其艳词创作中所呈现出来的审美因素，也是宫廷文化的余脉。

关于韦庄在西蜀词坛的地位及文学变迁问题，胡可先曾经有过探讨："王建入蜀后，西蜀在文学上的成就最高的是词，这与西蜀的文化环境相一致。也是因为有了韦庄，才使词体文学在西蜀异常发达……中原战乱，而蜀地偏安，文人士大夫以追逐放纵享乐为能事，整个社会趋向对女性美的内在追求与外在的欣赏。由是，特别适应这种氛围的词体文学，便畸形地成长起来了……蜀后主王衍曾选唐诗为《烟花集》，'集艳诗'二百篇，五卷……韦庄入蜀后，官至宰相，而文学创作，则由感慨深沉一变而为浅斟低唱。"[①] 韦庄的这一变化和他的人生经历和西蜀的社会风气密切相关。

关于韦庄前、后期创作的转型问题，木斋先生也进行了精当的论述："曲词原本是宫廷文化的产物，是盛唐以来帝王音乐歌舞的主要消费形式，一直到晚唐五代乃至宋初，曲词都还一直携

---

① 胡可先：《唐代重大历史事件与文学研究》，浙江大学出版社2007年版，第620页。

带着宫廷文化的胎记印痕。换言之，不是韦庄当上了宰相就发生了文学风格的转换，而是由于他身居高位之后所带有的宫廷文化性质，从根本上制约了他的文学创作，从以前的诗歌写作转向了曲词写作，并且，他的词作也就从以前的真实情爱写作，转向了带有宫廷气息的艳科曲词。"① 木斋先生的这一论述让我们看到了韦庄文学创作由诗到词的发展变化过程，韦庄接受儒家文化，以杜甫作为自己的人生榜样，他走过杜甫诗史式的人生经历之后，不仅有宦海沉浮的心灵之痛，更多了一分对权力地位的执着。位居宰相后的生活改变了韦庄的审美创作取向，倾心于词的创作，并与温庭筠并驾齐驱，成为花间词派的代表人物，共同撑起了花间词派的一片天。

二 宫廷文化的余脉与韦庄的艳词创作

韦庄晚年其人生发生重大转折，由屡试不第的怀才不遇转为位极人臣，官高权重，其生活自然也随之发生了巨大变化。西蜀宫廷文化的浸染使之由诗而转向当时正流行的曲词创作，在词体创作上，韦庄吸纳温庭筠词的艳科特质，在曲词的宫廷文化属性上和温庭筠产生共鸣，词作中一改诗中的重大题材，转而大多关涉女性艳情。韦庄的艳词创作比较有代表性的是《江城子·恩重娇多情易伤》：

    恩重娇多情易伤，漏更长，解鸳鸯。朱唇未动，先觉口

---

① 木斋、祖秋阳：《论韦庄入蜀前后的词体写作》，《湖南大学学报》（社会科学版）2013 年第 2 期。

脂香。缓揭绣衾抽皓腕,移凤枕,枕檀郎。鬌鬟狼藉黛眉长,出兰房,别檀郎。角声呜咽,星斗渐微茫。露冷月残人未起,留不住,泪千行。

这是花间集中颇为典型的一首艳词,更是韦庄词中最为露骨的一首。全词满眼尽是写女性的艳美之语和男女欢娱之事,不论是女性的朱唇皓腕、口脂香还是欢娱时的绣衾凤枕、鸳鸯带,可以说这只是词人大胆露骨地描述男欢女爱的场景、过程,而无半点寄托。由此可以看出,韦庄的艳词是直承温庭筠的宫廷应制词而来,注重女性艳情的描写,而且较之温庭筠是有过之而无不及。

如果说韦庄艳词仅此一首的话,我们可以看作闲情逸志的一时流露,率性为之而已,其实不然,我们再读其《酒泉子》:

月落星沉,楼上美人春睡。绿云倾,金枕腻,画屏深。子规啼破相思梦,曙色东方才动。柳烟轻,花露重,思难任。

这首词虽然不像上首《江城子》那般香艳,但词境仍旧与温庭筠词如出一辙。词人纯从客观物象出发,词的内容也不是很丰富,着力表现的只是从夜至晓时间流逝过程中美人的春睡相思之苦罢了,写作视野还仅仅局限在闺帏之中。不过韦庄毕竟是有过杜甫诗史式的人生追求和诗歌境界,投射在词体中也略见一斑。虽然是写相思艳情,但语言清丽、自然流畅,不似温庭筠词那般浓艳馨香。和上首《江城子》比的话,此词在境界上已相对舒展深厚了许多,而且多了一些写景之语,在某种程度上冲淡了女性相思的艳情主题,使词体不至于流入艳情泥淖,俚俗不堪。

韦庄不仅创作了单纯的艳情词,还有以词体写宫怨相思的作品,如《小重山》:

> 一闭昭阳春又春。夜寒宫漏永。梦君恩。卧思陈事暗消魂。罗衣湿,红袂有啼痕。歌吹隔重阍。绕庭芳草绿,倚长门。万般惆怅向谁论。凝情立,宫殿欲黄昏。

这是一首宫怨词,具有鲜明的宫廷文化色彩,是韦庄词宫廷文化书写的代表之作。词中的"昭阳""长门"都是汉代的宫殿名,"宫漏"则明确标明宫中之物,"重阍""宫殿"也是宫廷建筑。词人借对有意味的宫廷建筑的书写和广为流传的汉宫故事,抒写失宠宫女的寂寞幽怨,进而表达词人自身的落寞情怀。汤显祖读此词时对其结句感触很深,认为结句是"何等凄绝!宫词中妙句也"(汤显祖评:《花间集》卷二)。董其昌先生则将此词与王昌龄《长信秋词五首》其三①相提并论:"宫词有云:'玉颜不及寒鸦色,犹带昭阳日影来',所谓怨而不怒,最为得体者。"②董其昌之所以将韦庄词和王昌龄诗联系起来,显然是从宫词重含蓄、温柔敦厚的风格特征来审视这首词的。

由于韦庄与温庭筠并称,并且同是花间词派的领军人物,学界经常将二者共同审视评价:"一般都认为温词丽密,开后来格律一派;韦词清淡,开后来疏俊一派。实则这是同中求异的说法,反过来,温词中如《更漏子》的'玉炉香'首,《酒泉子》

---

① 王昌龄《长信秋词五首》其三:"奉帚平明金殿开,暂将团扇共徘徊。玉颜不及寒鸦色,犹带昭阳日影来。"
② 董其昌评:《新锓订正评注便读草堂诗余》卷三,万历三十年(1602)乔山书舍刊本。转引自王兆鹏主编《唐宋词汇评·唐五代卷》,浙江教育出版社2004年版,第215页。

的'楚女不归'首,《河传》的'江畔'首之类,也清淡似韦;韦词中如《清平乐》四首,《河传》三一首之类,也丽密似温。"①此言甚确,与温庭筠词相同的是,韦庄的艳词中亦有"熏香掬艳,眩目醉心"的一面,比如经常会用到"金"字,如金缕、金杯、金井、金钿、金扉、金针、金线、金凤、金榜、金翠羽、金额、金雀、金罾等;也多用"玉"字,如玉容、玉盘、玉佩、玉笼、玉鞭、玉楼、玉蝉、双羽玉、玉华君、娇娆如玉等。亦有"红楼""绣阁""锦衾""流苏帐""凤枕""翡翠屏""翠帘""画帘""罗幕"等。据笔者统计,韦庄词使用"金"有二十七处,"玉"有十八处;温庭筠词"金"有二十九处,"玉"有二十处②。可见温韦大致相当。陈廷焯在《白雨斋词话》中说:"端己词凄艳入骨髓,飞卿之流亚也。"③ 在词体香艳方面,二人显然不分伯仲。

需要特别说明的是韦庄的艳词创作与温庭筠还是有所差异,韦庄词即便有艳情艳遇在其中,但更多的还是融入了词人自身的情感。且读其《菩萨蛮》其三:

如今却忆江南乐,当时年少春衫薄。骑马倚斜桥,满楼红袖招。翠屏金屈曲,醉入花丛宿。此度见花枝,白头誓不归。

词的上阕起笔就是追忆词人当年的江南艳遇:春衫少年,骑马倚斜桥,潇洒倜傥,引来红袖频招。下阕依旧是写艳语风流。

---

① 詹安泰著,汤擎民整理:《詹安泰词学论稿》,广东人民出版社1984年版,第416页。
② 孙艳红:《论韦庄词清丽疏淡的独创性特征》,《社会科学战线》2013年第9期。
③ 王兆鹏主编:《唐宋词汇评·唐五代卷》,浙江教育出版社2004年版,第184页。

翠屏掩映,把酒言欢,花丛醉宿,此生无憾。词的末句写到"不归",其实却是"归"意萦绕心间。俞平伯《读词偶得》也对该词有过评论,他说:"下片说出一种决心,有咬牙切齿,勉强挣扎之苦。……把话说得斩钉截铁,似无余味,而意却深长,愈坚决则愈缠绵,愈忍心则愈温厚。"① 在这首词中,前数句的艳语只是铺垫和背景,"此度见花枝,白头誓不归"两句才是词旨。词人表面上是及时行乐,贪乐不归,花前月下的风流自赏,而实际上是词人感叹现实处境的凄楚和无奈。关于韦庄词的这一特点在下文"故国之思的深切表达"中还会重点论及。

三 韦庄词的独创性特征

需要强调的是,韦庄作词虽然受到温庭筠的影响,进行艳词写作。但他同时又另辟词径,词中更多的是男性本色的自然流露。韦庄多塑造清丽爽朗的女子形象,抒写男性主人公真挚而热烈的情怀,逐渐改变了词写女性单相思的局面,在相思离别的恋情中表现了男性千回百转的情感,是一种婉媚清丽、疏淡明朗的词体特征。韦庄词除了带有花间艳词的风格,又有自己的特点。韦庄词以抒写个人的真情深意为主,少了温词的香软华贵之态,另有一种清丽疏淡之致,创花间词的另一风格。刘大杰在《中国文学发展史》中对此有过论述:"韦庄以情词闻名,但他所描写的内容,与那些专写歌姬妓女的有所不同,在他的生活过程中,确有一种情爱的葛藤,有实际生活的感受,这种感情,也真实地表现在他作品中。同时在修辞与表现的技巧上,脱离温庭筠的秾

---

① 俞平伯:《读词偶得》,上海书店1984年版,第14页。

艳,和张泌、欧阳炯式的轻薄。他运用清隽的字句、白描的笔法,再加以缠绵婉转的深情,使他在《花间集》中,卓然成为与温庭筠不同的风格。"①

韦庄有"秦妇吟秀才"之称,这与他关注现实、描写现实、反映人民疾苦的现实主义写作风格有关。但关于这类题材内容,韦庄主要用诗去表现。而在词体创作中,韦庄则尊重词体,有意识地呈现与女性化的柔情相关的内容。正如刘扬忠先生所说:"他的小词却绝不涉及任何重大现实题材,不抒写士大夫天下国家之情志。而自限于男欢女爱、离愁别恨与流连光景的小范围之内。他的词,虽不像温庭筠那样专为应歌而作,而能注重于一己情感的抒发,但所抒者也基本上是儿女柔情。"②

(一)女性形象的雅化及故国之思的表达

1. 女性形象的雅化倾向

韦庄词对于女性形象的描写最大的特征是对女性形象的雅化。虽然韦庄词中也有对女性形象的客观描摹,如:"眼如秋水鬓如云"(《天仙子》)、"绣衣金缕"、"云鬓坠,凤钗垂。鬓坠钗垂无力"(《思帝乡》)、"袅纤腰"(《诉衷情》)、"皓腕凝霜雪"(《菩萨蛮》)、"有个娇饶如玉"(《谒金门》)、"远山眉黛绿"、"纤纤手"(《河传》)、"露桃宫里小腰肢。眉眼细,鬓云垂"(《天仙子》)。韦庄词中所描写的女性大致是如此样貌,如果与飞卿词中的女性形象相比的话,韦庄的这种基于女性的外貌描摹已不是词体描写的主流,基本是淡化了女性的形貌体态。即便韦庄有"垆边人似月,皓腕凝霜雪"(《菩萨蛮》其二)的词句,也

---

① 刘大杰:《中国文学发展史》,复旦大学出版社2006年版,第130页。
② 刘扬忠:《唐宋词流派史》,中国社会科学出版社2007年版,第66页。

是以月喻人,通过月来赞美女性,虽然状写的是女子肌肤的白皙细嫩,但却脱尽俗意,融入了月意象的清冷与高洁。而《浣溪沙》中的"暗想玉容何所似,一枝春雪冻梅花。满身香雾簇朝霞",这三句以梅写人,通过写"雪冻梅花"及梅之"满身香雾"来突出女子的冰清玉洁,高雅不俗。正如唐圭璋《词学论丛·温韦词之比较》所言:"端己写人,不似飞卿就人一一刻画,而只是为约略写出一美人丰姿绰约之状态。"① 唐先生所言极是,韦庄词中的女性形象脱俗不凡,没有细致刻画,这正是韦词女性形象具有雅化之美的艺术倾向。

2. 故国之思的深切表达

整体上看,韦庄词的词体风格是比较哀婉、凄切的。在韦庄词中,"泪"意象出现十二次,直接言及"惆怅"的有九次,以"泪"言悲,其情可见。其他常见的字眼还有"凝恨""断肠""销魂""伤心""叹息""凝愁""含悲"等。韦庄在仕蜀期间所作的词,逢场作戏者有之,但大多数词的创作是由于家国沦落后不得已,只能是以赋清词艳曲来麻醉自己的身心,以此来寄托郁结于心的故国之思和乡关之恋。也就是说,韦庄词在创作本质上就决定了其含蓄隐秀的艺术品格。偶有故作旷达之作,其中也暗含着沉郁顿挫之悲和无法彻底排解的痛苦之情。像《菩萨蛮》其四:

> 劝君今夜须沉醉,尊前莫话明朝事。珍重主人心,酒深情亦深。须愁春漏短,莫诉金杯满。遇酒且呵呵,人生能几何?

---

① 唐圭璋:《词学论丛》,上海古籍出版社1986年版,第896页。

这首词是典型的酒宴樽前产生的曲词。吴世昌先生认为："此首似在席上为歌女代作劝酒词。唱者为歌女，'君'指客。歌女为主人劝客酒，故曰'珍重主人心，酒深情亦深。'是劝客饮，故曰：'莫诉金杯满'。"① 此论极是。从字面上看词人写的无外乎宰相府里的一场酒宴，席间大家相互劝酒，借酒言情，进而表现出词人不问世事、及时行乐的心态和人生苦短的悲凉意绪。词中"须""莫"二字用得比较传神，而且分别出现两次，从中可以体味出词人此时的凄凉况味。末句"遇酒且呵呵，人生能几何"在貌似旷达的推杯换盏之间，其实是强颜欢笑的苦痛和内心深处的绝望。韦庄词的这一特点实际上是和晚唐的末世情绪相契合的，也与韦庄本人的生世遭逢相关联。

韦庄虽然依蜀偏安，但他毕竟是想有作为的儒家知识分子，他不会像普通文人那样忘乎所以，沉醉于浮艳绮靡。尽管他贵至宰辅，过的是日日笙歌、夜夜酒交的富贵生活，可他的内心深处却是支离破碎的，是无法言说的家国之悲。这种复杂情感也在他的词中有所呈现。比如《浣溪沙》其五：

夜夜相思更漏残，伤心明月凭阑干，想君思我锦衾寒。咫尺画堂深似海，忆来惟把旧书看，几时携手入长安？

从词中的"相思""伤心""凭阑干""锦衾""画堂""携手"诸语来看，词中所写的是痴男怨女的相思之情，是一首思念"爱姬"之作。但从韦庄的人生经历和入蜀前后的心态变化来看，词中的"长安"可能是指韦庄故乡，也可能是指唐王故都。"想

---

① 吴世昌著，吴令华辑注，施议对校：《词林新话》，北京出版社2000年版，第96页。

君思我"之"君",一般是指男子,也可以看作是非曲直"君王"的代称。而且"咫尺画堂"正是宫廷常见的建筑,不仅可以看出韦庄词的宫廷文化书写,也构成隐喻暗示、意在言外的艺术效果。

韦庄词的这种手法比较常见。再比如《思帝乡》:

> 云髻坠,凤钗垂。髻坠钗垂无力,枕函欹。翡翠屏深月落,漏依依。说尽人间天上,两心知。

俞陛云《五代词选释》就直接指出此词"调寄《思帝乡》,当是思唐之作,而托为绮词。身既相蜀,焉能求谅于故君?结句言此心终不忘唐,犹李陵降胡,未能忘汉也。"吴梅《词学通论》中指出:"端己《菩萨蛮》四章,倦倦故国之思,最耐寻味,而此词'南飞传意''别后知愧',其意更为明显。陈亦峰(廷焯)论其词谓'似直而纡,似达而郁',询然。虽一变飞卿面目,而绮罗香泽之中别具疏爽之致。"并指明韦庄的其他如《菩萨蛮》《应天长》诸词章"皆至蜀后思君之辞。是中原鼎沸,欲归未能,言愁始愁,其情大可哀矣"。也就是说,韦庄乃在绮丽婉媚的文字底下隐喻着不便明言而又舍之不去的"深情苦调"。这种"深情苦调"之深并不仅限于表达男女恋情的深挚缠绵,更多的还在于表现为拳拳故国之思的雄深高格。[①]

韦庄词虽词风与温庭筠有所不同,但其内容亦以女性化为主,以此来表现对词本质的体认。正如刘扬忠先生指出的那样:"(韦庄词)在抒写内容上亦不外男欢女爱、离愁别恨和流连光景

---

① 周世伟:《深情苦调托为绮词——韦庄"艳制"词别解》,《前沿》2010年第2期。

之类，基调也是'软性'的、宛曲柔美的，与温词无本质差别，同属'本色'曲子词。"①

（二）自我化的抒情模式

韦庄词往往不假借女性口吻，而直接以男性口吻叙写自己对女子的相思，使词衍化为叙写自己感情的抒情之作。

统观韦庄词，女性视角的有三十一首，占57%；男性视角的二十首，占37%。韦庄词即便是从女性视角切入，但在词中增加了自我抒情的成分。与温词相较的话，温庭筠专意为歌儿舞女写歌词，自然是恪守代言体的闺音表达，而韦庄词男性视角词的自我抒情，正是他在花间词外另辟的一条作词思路。即便是与温庭筠等相同女性视角的词作，也是同中有异。比如韦庄女性视角的名作《思帝乡》（春日游），是从纯情少女的内心视角来写的。又如《木兰花》（独上小楼春欲暮），虽然也是女性相思主题，却明显与温词不同，词中无关皇宫贵族女性，也不牵涉女性单纯出于生理欲望的相思寂寞，而是集中在写女性精神上的思念，提升女性的高雅韵致，为北宋晏欧一派的士大夫情爱词开了法门。

在韦庄词中，相思是男女双方的，既有女性对男性无怨无悔的相思，也有着男性对女性的刻骨怀念。一边是"咫尺画堂深似海，忆来惟把旧书看，几时携手入长安"（《浣溪沙》其五），一边是"空相忆。无计得传消息"（《谒金门》）；一边是"别来半岁音书绝。一寸离肠千万结"（《应天长·别来半岁音书绝》），一边是"花下见无期。相别。从此隔音尘。如今俱是异乡人。相见更无因"（《荷叶杯》）；等等。韦庄词中的女性相思不仅仅是幽闭空间阻隔所致，词人将其缘由转为社会阻隔，进而表现出男性

---

① 刘扬忠：《唐宋词流派史》，中国社会科学出版社2007年版，第53页。

也会由社会阻隔产生思念。这样韦庄词中的女性便不再给人以被动附庸、被遗弃的印象,从而在男女相思爱恋中拥有了平等的地位。与其他男性词人相比,韦庄词对这类相思爱恋之情的表现更为深挚,而且是不可替代的。

更难能可贵的是,韦庄赋予女性同样的思想,这在《天仙子》和《菩萨蛮》中有所表现,试录二词如下:

> 深夜归来长酩酊。扶入流苏犹未醒。醺醺酒气麝兰和。惊睡觉,笑呵呵。长道人生能几何。
> ——《天仙子》①

> 劝君今夜须沉醉,樽前莫话明朝事。珍重主人心,酒深情亦深。须愁春漏短,莫诉金杯满。遇酒且呵呵,人生能几何。
> ——《菩萨蛮》②

上述两首词中,《天仙子》是男性视角,写的是男性酒醉后的真言,《菩萨蛮》则是女性视角,记录的是歌妓劝酒所唱的游戏之语。尽管写作视角不同,但词中所表现的自然规律却是相通的,光阴流走,人生易老,不管是男性还是女性,都会有及时行乐的思绪,词人抓住此规律从不同视角表现出来。韦庄赋予歌妓与男性同样的思想境界,这在很大程度上提升了词体的品位。叶嘉莹先生评价韦庄时说:"韦庄的词不仅把词这种歌筵酒席之间没有个性的艳歌发展成具有个性的主观的抒情诗,更可注意的是他所抒写的

---

① 曾昭岷、曹济平、王兆鹏、刘尊明:《全唐五代词》,中华书局1999年版,第164页。
② 曾昭岷、曹济平、王兆鹏、刘尊明:《全唐五代词》,中华书局1999年版,第154页。

感情的深挚和专注,这是韦庄词的特色。他所写的虽也是男女之情,却有一种品格和操守,它可以从感情的本质上使人们得到一种品质上的提升……这种词的产生是五代时期词的又一步进展。"①

唐圭璋在《词学论丛·温韦词之比较》中也谈道:"及至五代之季,韦端己白描情感,秀逸绝伦,与飞卿一浓一淡,异趣同工。故世以温、韦并称。……端己词抒情为主,境系于情而写,故不着力于运词堆饰,而惟自将一丝一缕之深在内心,曲曲写出,其秀气空行处,自然沁人心脾,与飞卿词之令人沉醉者异矣。其写人、写境,又自与飞卿不同。飞卿写人多刻画,端己则临空。飞卿写境多沉郁凄凉,端己则有兴会闲畅之作。飞卿写情,多不显露,言下有讽;端己则深入浅出,心曲毕吐。"② 从词本体的女性化特征角度来看,温庭筠词以女性视角,男子作闺音,运用绮丽华美的语言,书写女性缠绵幽婉的情感,可以说是将词体的代言形式推向了极致。韦庄则不然,虽然也有男子作闺音,但韦庄坚守了自己的内心,不再是单纯的女性言说,而是融入了自我化的情绪表达,表现的是词人自己意念里的女性之美,现实的黑暗、人生的失志被有意识地删汰掉了。韦庄词中女性由意象化、虚构化走向了现实,韦庄不再过度铺叙女性的装饰与容貌,而是注重整体的象喻,倾注了真挚情感,表现出与女性平等的审视与交流,有雅化倾向,保持了纤柔与婉转的女性化特点,但是在纤柔中蕴含风骨、在婉转中显现个性化的深情,使词在定型化中确立了主观化抒情的女性化特征。

从词史演进来看,直接继承温庭筠词的是柳永,南唐词则有

---

① 叶嘉莹:《唐五代名家词选讲》,北京大学出版社2007年版,第63页。
② 唐圭璋:《词学论丛》,上海古籍出版社1986年版,第896—899页。

韦庄词的影子。刘熙载曾对此有过论述:"温飞卿词精妙绝人,然类不出乎绮怨。韦端己、冯正中诸家词,留连光景,惆怅自怜。"①还有学者谈道:"伶工之词创作目的是为她的,创作功能是应歌娱人、创作形式是代言体,因此审美状态是唯美而不动情的。"②

第三节 花间词与词体的定型

花间词产生于晚唐五代,社会政治经济已不复盛唐鼎盛时期的辉煌,当时社会动荡、藩镇割据、宦官专权、朋党相争,社会状况迅速滑坡,导致人们人生追求的转变。在丧失昔日的理想以后,文人们将投射到外部社会政治的目光转向人类的内在心灵,追求情感表达的丰富和感官感受的细腻。

晚唐五代时期中原大乱,民不聊生,但在南方的西蜀、南唐等则偏安一隅,形成了割据政权,而且相对稳定。西蜀、南唐的政权统治者,胸无大志,声色大开,苟且偷安。整日里及时行乐,穿梭于酒筵歌席之间。统治者尚且如此颓废,文人们自然也少了斗志,流连于舞榭楼台,沉溺于脂粉浓香,又与词体相遇。词体与晚唐五代时期的时代文化非常契合,文人们尽情地去描摹女性艳美的姿态,体会女性内心丝丝愁苦怨悱。文人们毅然决然地选择为女性代言,唱出女性心曲,词中书写的自然是浓情蜜意。

花间词与特定时代的书写完美结合,奠定了词作为一种新兴诗歌形态的体式规范,展示了词体独具的"女性气质",是中国诗歌上别样的美学价值。

---

① 唐圭璋:《词话丛编》第四册,中华书局1986年版,第3689页。
② 高锋:《花间词研究》,江苏古籍出版社2001年版,第147页。

一 花间词确立了词体"艳科"的女性化品格

从花间词的题材内容书写来看,其主体内容是女性题材,这是以往诗歌所不曾有的写作现象。这种现象在产生之初便受到关注,比如宋人林景熙曾言:"唐人《花间集》,不过香奁组织之辞。"① 林景熙一语道破了花间词的题材本质,但这"香奁组织之辞"到底有哪些呢?据刘扬忠先生统计:"《花间集》所收的500首词中,有411首是以女性为描写对象的,占总数的82%。"② 张静也有过补充性说明:词"与'载道'之文和'言志'之诗不同,词从《花间集》开始就集中笔力写美色和爱情,而且往往以女子的感情心态来叙写其伤春之情与怨别之思,内容抒写中出现了更多的女性。这样词就形成了一个以叙写女性情思为主的传统。"③ 从中我们可以看出温庭筠与其他花间词人在"词为艳科"方面的共同指向,进而从题材内容上奠定了词体的女性化品格。

从创作视角和抒情主体来看,花间词还奠定了词体创作的女性化视角主体。花间词中虽然也有男性视角之作,但比例较小。正如有学者所云:"《花间集》中的作品完全出自十八位男性词人之手,虽然他们并非有意追求'双性人格'的特美,但他们竟然在听歌看舞的游戏之作中,无意间展现了在其他言志与载道的诗文中所不曾也不敢展示的一种深隐于男性之心灵中的女性化的情

---

① (宋)林景熙:《胡汲古乐府序》,见金启华、张惠民等编《唐宋词集序跋汇编》,江苏教育出版社1990年版,第301页。

② 刘扬忠:《北宋时期的文化冲突与词人的审美选择》,《湖北大学学报》(哲学社会科学版)1998年第2期。

③ 张静:《性别视角下的文体特质——以词体美感问题为例》,见陈洪、乔以钢等《中国古代文学与文化的性别审视》,南开大学出版社2009年版,第91页。

思,这使词在发源之初就具有了由男性作者使用女性形象与女性语言来创作所形成的一种特殊的品质。"① 这段话生动地说明了花间词人"男子作闺音"的情状,也说明了词体创作视角和表现内容的女性化特征。用于绮筵侑觞的花间词,已经完全脱离了中国诗学传统,词体不再像诗体那样担负言志载道功能,词体虽然有缘情功能,但词中所抒之情大多是儿女私情,与社会政治发展、民众生活疾苦无大关联。词体由歌儿舞女主唱的特点,使词人书写时要符合女性的情思心理与生存境遇,代言体的男子作闺音现象成为词体的主要特色。花间词中除少数作品有词人的自我抒情,大多为"歌者之词",具有女性柔美的特点,不必追求"诗言志"的刚性之美。

二 花间词确立了词体"小巧"的女性化风范

花间词以小令为主,没有采用慢词长调,腾挪空间比较小,首先表现为意象狭深、精巧纤细的特点。每首词通常是一个具体而鲜明的画面,细腻委曲。词之能言人生情思意境之尤为细美者。词小的特质,中间虽有柳、苏之长调变革,比之于诗,仍然是短小的,而南唐、晏欧乃至秦观,都还是小词为主。故前人多以"小词"称之:"五代小词,虽好却小,虽小却好。"② 词体创作者留意事物的纤细之美,捕捉感官的所感所觉,感性思维式的词体表达,必然导致在声与色上细致入微、纤柔精细,加之女性主

---

① 张静:《性别视角下的文体特质——以词体美感问题为例》,见陈洪、乔以钢等《中国古代文学与文化的性别审视》,南开大学出版社2009年版,第96页。
② (清)刘熙载撰:《艺概·词曲概》,上海古籍出版社1978年版,第123页。

体的生活空间多为小景内景，使词体形成了文小、质轻的特点。

其次是小语致巧的特点。王世贞在《艺苑卮言》中谈到花间词时说："《花间》以小语致巧。"① 此中的"小语致巧"是针对词体辞工语丽的柔美特色而言的，这一特色的形成实际仍与词本体的女性化特征有关，即和词的主体内容与女性结缘有关。这里的"小语"如果结合况周颐的"重""拙""大"② 意象品格便好理解了。比如词中写雨，常常是微雨、细雨、毛毛雨等，而不会写暴雨倾盆、骤雨卷过等；词中写云，也会是淡云、薄云、疏云、断云，而不会写乌云密布、浓云席卷、墨云压来等；词中景物常常是柔美的芳草垂柳，而不会像诗中那样写壮美的青松翠柏；词中写水，常常是微波细浪的涟漪，而不会是惊涛巨浪的翻卷……诸如此类，不胜枚举。词体这种喜"小"喜"巧"的意象选择倾向，与词本体的女性化特征正相合，也是女性心理情感表现的重要载体。词中的小巧意象，普遍具有柔软质地和婉丽美感，这正是中国传统女性阴柔婉美的艺术呈现。

三 花间词确立了词体香软华贵的女性化词风

花间词中的女性题材具有狭而深的特点，在艺术表现上极精美，因此花间词在总体上呈现优美面貌而达阴柔之极致。花间词是"广会众宾，时延佳论"，是"举纤纤之玉指，拍按香檀。不无清绝

---

① 王兆鹏主编：《唐宋词汇评·唐五代卷》，浙江教育出版社 2004 年版，第 117 页。
② 语见（清）况周颐《蕙风词话》卷一："作词有三要，曰重、拙、大。南渡诸贤不可及处在是。"重，气格沉着凝重，与轻倩相对；拙，质拙朴老，与尖纤相对；大，境界开阔，托旨宏大，与细浅相对。况周颐以重、拙、大为词创作的三大要素，强调和追求静穆厚重、拙劲宽大的词学风格。

之词,用助娇娆之态"应歌娱人的产物。花间体词人大多都是宫廷贵族,其词自然而然地具有宫廷脂粉味道,具有香软华贵之气。

关于花间词的词本体特征问题,如同邓红梅所论:"'花间体格'之词,是指一种'男子而作闺音'的文学。而所谓的'闺音',又应该具有三方面的含义。第一,它是用'女声'歌唱,即以纤婉的风格来抒情,以便于取得缠绵婉转的抒情效果。第二,它在题材上以表现女性生活情感为主,而且按照传统诗学的标准来看,它还表现男子的近似于女性化(柔细伤感)的情感状态。第三,与以上两个方面相联系,它在语言材质上具有纤细优美的特征。"[①] 温庭筠的词基本奠定了缠绵婉转的抒情模式和以女性生活为主体的题材范式,但韦庄的贡献更为重要的是他将这种纤细优美的特征广泛地运用到词体的各种题材之中。譬如当他写作思乡之时,会有"垆边人似月"的女性陪衬,也会有"画船听雨眠"(《菩萨蛮·人人尽说江南好》)的凄美;在抒发"如今却忆江南乐"的情怀之时,会有"满楼红袖招"(《菩萨蛮·如今却忆江南乐》)的女性点缀。

就词史发展来看,温飞卿词直接开启柳永词,韦庄则与南唐词有着某种渊源关系。花间词的共同对立物,是苏轼代表的士大夫词,是诗人之词。就词体而言,花间体为正体,诗人雅词体反而是词体中的变体。如同王士祯所说:"谓苏、黄、稼轩为词之变体,是也。谓温、韦为词之变体,非也。"[②] 但"韦庄的意义,不仅仅是作为花间体的另一种方式存在,而且,花间体在经过韦

[①] 邓红梅:《女性词史》,山东教育出版社 2000 年版,第 3 页。
[②] (清)王士祯:《花草蒙拾》,见唐圭璋《词话丛编》第一册,中华书局 1986 年版,第 673 页。

庄体之后，才标志了飞卿体真正得到了士大夫的确认。不仅如此，还适时地将飞卿体的以表现女性生活情感为主的女声歌唱，注入了男子的近似于女性化的情感状态以及语言材质上的纤细优美的特征，这样，花间体才得以完备，方才成为词本体之所以区别于诗本体的别是一家之物"①。

花间词奠定了词体的缘情特征、抒情内容、抒情手法等特征，直接导致了宋人"词为艳科"观念的形成，使词发展成为与诗并峙的抒情文体。花间词是词体产生以来文人化有意写作的开始，也是对民间俗词的一次有意识的雅化改造。花间词奠定词的基本性质，影响深远。从某种意义上来说，没有花间词就没有后来的晏几道、欧阳修、柳永、秦观、李清照、苏轼、辛弃疾。

《花间集》的特质，包含着宫廷曲词的词统，从李白宫廷应制到飞卿《金筌集》间接为宣宗撰词，再到"广延众宾，时延佳论"的西蜀词人，三点一线，以宫廷为中心的词统延续线索是十分清晰的。② 以宫廷为中心的词体书写，主要是女性形象、女性视角、女性情思和女性环境，构成一个女性世界，促成词体具有浓艳婉媚、香软华美的女性化特征。花间词人在曼妙音乐的节拍里赏玩着女性，揣摩女性心理，刻画女性形象，表情达意含蓄隽永，颇有韵致，最后促成与"词为艳科"相对应的当行本色，对宋代婉约词具有引领、示范作用。

以温庭筠为代表的花间词，不仅迎合了宫廷宴饮娱乐消费的需求，而且让弱小的词体从强大的诗体中脱胎出来，使词体从此具有了自己的本体特质，促成了词本体的定型。

---

① 木斋、李松石：《论花间体及温韦之异同》，《天中学刊》2005年第1期。
② 木斋：《曲词发生史续》，中国文史出版社2014年版，第123—124页。

第五章　南唐宫廷文化与词体兴盛

南唐是中国历史上一个短命的王朝，但由于南方特有的自然人文环境，反而在文学上开出了灿烂的奇葩，取得了可观的文学成就。尤其是南唐二主及宰相冯延巳的词体创作，不仅代表了南唐词的创作成就，还促成了词的兴盛。从南唐词坛的词人构成及其题材内容来看，南唐词的兴盛主要源于南唐宫廷文化的发达，或者可以说南唐的宫廷文化催生了词体的兴盛。

这里所谈及的南唐宫廷文化，广义上讲是指南唐皇室贵族以及宫廷文人在特殊历史条件下形成的生活方式、情感世界、审美情趣及宗教信仰。南唐在历史上是个短命的王朝，历经三代皇帝，从立国到灭亡总共没有超过四十年。虽然命短，但在文化上却不可小觑，尤其在教育、文学、绘画等领域具有承上启下的枢纽地位，南唐文化既继承了唐型文化的卓越成就，又开启了宋型文化的近世辉煌。

南唐宫廷文化有着自身鲜明的特点，较之其他朝代则更为艳丽奢华，诗酒风流中更见文人雅趣。南唐的首都金陵地处中国商业繁荣之地，有着好歌舞、喜游乐的传统文化习俗，加之唐末战乱，人们看破红尘，及时行乐，浮靡享乐之风日益盛行。同样是奢靡享乐，南唐宫廷与西蜀宫廷仍旧有所区别。唐末战乱后一些饱学之士和名门贵族都追随唐朝皇族逃向了西蜀，使得西蜀政权承袭唐王朝的贵族气息，西蜀君臣的审美趣味和随之而生的宫廷文化气息，偏于俗艳淫靡。南唐则不然，不但少有名宦世家，而且更多的是失意落魄的文人雅士。加之南唐统治者崇文尚儒，喜好风雅，南唐的宫廷生活处处洋溢着一种文人的闲情雅趣，呈现出艳而不淫、雅俗兼济的艺术品位，由此也促成了南唐社会文化的繁荣局面。中主李璟时常和文人雅士以论词为乐，后主李煜更是运用文人的想象与心思的细腻将南唐的一些宫廷活动雅化为诗词歌赋了。

南唐时期在词体创作上盛行君臣唱和，在冯煦的《阳春集跋》中有所记载："南唐起于江左，祖尚声律，二主倡于上，翁（宰相冯延巳）和于下，遂为词家渊丛。"① 南唐君臣之所以热衷词体创作，个中原因正如有学者所言："繁乱危苦的境遇，使他们的心中普遍积郁着一种欲言而又难于直言的苦衷。同时南唐君臣不只是把词作为歌酒享乐的消遣品，而能视其为新声'乐府'，予以一定地位，以词言志的意念较强。"② 其实南唐二主和冯延巳，他们在词体演进发展过程中，作用各不相同。王国维在《人间词话》中论冯延巳词说："冯正中词与中主、后主词皆在《花间》范围之外。"③ 王氏虽然是针对冯延巳词评论的，但从总体上肯定了南唐词对花间词的超越。具体而言，冯延巳可以看作"正变之枢纽"，李璟虽然仅存词四首，但他的词学地位是处于冯延

---

① （唐）温庭筠等撰，曾昭岷校订：《温韦冯词新校》，上海古籍出版社1988年版，第405页。
② 贺中复：《五代词说——五代词的兴盛和发展》，《河北学刊》1994年第2期。
③ 王兆鹏主编：《唐宋词汇评·唐五代卷》，浙江教育出版社2004年版，第428页。

巳和李煜之间的中介。李璟词虽然与冯延巳的词最为接近，但在语言上又显得雅正晓畅，绝少铺陈和藻饰，更为清新明朗，与花间词的脂粉气相去甚远，可以看作李煜词的先声。词至李煜，是词史发展中的异军突起，打破词史发展的常规走向，创造了五代词的最高峰。其他文臣也都积极参与词体创作，多有词作传世，而且有的还数量可观，比如徐铉兹存词二十九首。南唐名臣韩熙载，精通音律，蓄养歌妓，广招宾客，沉醉于宴饮歌舞，虽然仅存词一首，但从他的生活行径来看，制曲填词绝非偶一为之。由是观之，可知南唐词坛相当活跃。

南唐词人的宫廷身份决定了南唐词的一大特色是以宫廷词居多。透过这些皇室贵族成员及宫廷文人创作的歌词，我们可以清晰地看到贵族阶级和宫廷文人特殊的生活环境、感情体验、审美品位以及宗教信仰，南唐的宫廷文化也可由此窥见一斑。南唐后主李煜及其侍臣纵情于宫廷安逸富贵的生活，在词中描写艳情，可以说是宫体文学的流变，也是宫廷文化促进词体发展繁荣兴盛的证明。

第一节 冯延巳词的宫廷文化书写

盛唐李白的应制词（《清平调》等）借咏花来表现盛唐气象和帝王后妃的唯美爱情，带有浓郁的宫廷文化性质。"如果说盛唐时代的宫廷文人词的创作还处于一种被动的、应酬的状态，那么到了晚唐五代，宫廷贵族的外在需求已逐渐转变为创作主体的内在需求，这不仅表现在作为统治阶级的帝王和宰臣等直接参与词的创作，而且表现为一批宫廷文人的响应与追随。"[①] 刘先生所

[①] 刘尊明、王兆鹏：《论唐五代宫廷词的发展》，《北方论丛》1996年第1期。

言晚唐五代的帝王和宰臣,主要是指南唐二主和冯延巳。南唐二主身为帝王,其词表现宫廷生活不足为奇,关于后主李煜词的宫廷文化书写我们在下一节将重点论述,下面我们要重点谈的是宰臣冯延巳词的宫廷文化书写。

一 冯延巳词的宫廷文化书写内容

冯延巳(903—960),字正中。安家于广陵(今江苏省扬州市),故史书称其为广陵人。仕于南唐烈祖、中主二朝,官至宰相。他的词多写闲情逸致,文人的气息很浓。有词集《阳春集》传世。

冯延巳作为南唐宰相,经常面对宫廷生活环境,加之与南唐二主的诗酒唱和,为其词体创作提供了丰富的宫廷生活素材。在冯延巳词中,不仅展现出了南唐宫廷生活画卷,也融入了词人对生命的理解和感悟。在一定意义上说,宫廷词是我们了解当时社会文化和时代风貌的钥匙。透过冯延巳的宫廷词,我们可以捕捉到南唐皇室贵族、宫廷文人的生活环境、情感状态和审美情趣,不仅深入了解南唐时期的时代风貌,还拓展了我们对唐五代文人词的观照视野。

冯延巳继承了花间词富艳华美的词风,他又是南唐宰相,长期生活在宫廷朝堂之间,其词自然而然地会歌功颂德、粉饰太平,带有鲜明的宫廷文化烙印。具体表现在以下四个方面。

(一)宫廷建筑的书写

宫廷建筑是反映宫廷生活的重要元素,最为直观地彰显着皇家的威严与气度。庄严华贵、气势磅礴的宫殿让人心生敬畏,也昭示着皇家建筑的神圣不可侵犯。皇宫中不同的地点是不同生活境遇的代名词，不同的建筑是不同人生的真实写照。冯延巳在词中常写的宫廷建筑有"凤楼""三殿""阶前""玉堂""昭阳殿""玉楼"等，词人借助这些宫廷建筑的书写，来表现抒情主人公的内心世界。冯词中的宫廷建筑有的富丽堂皇、威严壮观，俨然是皇恩浩荡，一派富贵景象，比如《寿山曲》（铜壶滴漏初尽）：

  铜壶滴漏初尽，高阁鸡鸣半空。催启五门金锁，犹垂三殿帘栊。阶前御柳摇绿，仗下宫花散红。鸳瓦数行晓日，鸾旗百尺春风。侍臣舞蹈重拜，圣寿南山永同。

  从词作的内容来看这是一首宫廷应制词，是为皇上祝寿所作。词的首句以"鸡鸣半空"来状写皇宫的高大、宽阔和威严。"五门""三殿""阶前""仗下"，有力地渲染了贺寿场面的宏大排场，更是表现了皇家的赫赫声威。"鸳瓦数行晓日，鸾旗百尺春风"两句写得更是别有特色，刘毓盘在《词史》的第二章中说："冯延巳《寿山曲》词，按《蓉城集》曰：'鸳瓦二句有元和气象，堪与李氏齐驱。'即指此也。"[①] 刘先生所言的元和是唐宪宗李纯时期的年号，具体时间是从806年到820年，元和年间出现了短暂统一，促进了政治经济的发展，史称"元和中兴"。冯延巳的这首词从侧面表现了南唐此时的盛大安宁。宫廷之中君臣大礼的严肃隆重，正与这威严的皇宫建筑交相呼应，处处体现着词人作为臣子期望被赏识重用、期待被认可尊重的讨好心态。

  冯词中还写到了宫廷建筑的萧索凄清，间接地反映宫廷女子

---

① 王兆鹏主编：《唐宋词汇评·唐五代卷》，浙江教育出版社2004年版，第460页。

的孤寂悲凉。宫廷建筑的富贵和萧索往往是宫廷生活境遇的直接体现。宫廷女子一朝得宠就高处昭阳殿,一朝失宠便移居别馆。如《采桑子》(昭阳记得神仙侣)一词:

> 昭阳记得神仙侣,独自承恩。水殿灯昏,罗幕轻寒夜正春。如今别馆添萧索,满面啼痕。旧约犹存,忍把金环别与人。

词人通过昭阳殿独自承恩,寒夜如春和别馆萧索、满面啼痕的对比,表现了宫中女子的悲惨遭遇。宫女得宠与失宠的境遇,正与词人四立四废的仕宦经历相合。词人通过宫廷建筑的华贵与萧索的对比来写宫女失宠之事,其实也是词人借之表达自己内心深处无以言表的哀怨。

事实上,冯延巳作为人人侧目的宰相也有相似的境遇体会,正所谓伴君如伴虎,宫廷生活的宠辱仿佛就是一瞬间,宫廷建筑的华贵与萧索往往形成了鲜明的对比,得宠专宠与失宠也都在皇帝的一念之间。词人把自己的生活经历和内心情感都寄托在皇宫内院的生活地点、建筑的变化之中,显得格外意味深长。

综上,富贵华丽的宫廷建筑让我们深入了解宫廷生活的富贵气度;萧索冷清的宫廷建筑让我们深入走进宫廷人物的心路历程。皇家建筑是庄严神圣的,我们从中挖掘到很多宫廷人物、宫廷生活的点滴细节,为我们进一步了解冯延巳词的宫廷文化内涵打开了新的视角。

(二)宫廷器具的书写

南唐宫廷中的器具是富丽华贵且优雅的,所以冯延巳词中无论器物、饰品还是服饰，都用金、银、玉、贝等修饰。花间词人温庭筠喜用"金""玉""凤""辇"等意象来表情达意，比如"山枕隐秾妆，绿檀金凤凰"（《菩萨蛮·竹风轻动庭除冷》）、"手里金鹦鹉，胸前绣凤凰"（《南歌子·手里金鹦鹉》）等。冯延巳作词深受温庭筠的影响，其词中"金"出现34次，"玉"出现35次，"凤"出现11次，"鸾"出现7次，其中"凤"和"鸾"都有着鲜明宫廷文化属性，金凤宝钗、金笼鹦鹉、玉箸双垂、水晶翠帘等器物也生动地再现了宫廷生活的豪奢画面。

冯延巳对宫廷器具的书写，有的侧重华丽昂贵，比如"金环""玉柱""金扉""玉钩"等；有的突出精致优雅，比如"瑶琴""玉筝""细筝""鸾旗""半棋局"等，大量的金玉字面也与宫廷的富贵气象相契合。这些宫廷器具在词中起着点染烘托的作用，使抒情主人公的忧思更为缠绵悱恻，余音绕梁。比如《谒金门》：

  风乍起，吹皱一池春水。闲引鸳鸯香径里，手挼红杏蕊。斗鸭阑干独倚，碧玉搔头斜坠。终日望君君不至，举头闻鹊喜。

这首词可以说是冯延巳的代表作，根据《南唐书·党与传下·冯延巳》的记载：南唐中主李璟戏言"吹皱一池春水"干卿何事，冯延巳答：未若陛下"小楼吹彻玉笛寒"，君臣玩笑的对话中暗含了冯延巳长期生活在宫廷之中，因此其词创作一定深受宫廷生活、宫廷文化的影响。词中的"碧玉搔头"是指贵族妇女使用的首饰簪子，"斗鸭阑干"是指圈养斗鸭的木栅栏，这些器物都是宫廷或富贵人家才拥有的，由此我们可以推断词中的女性是宫廷贵族女性。这首词情景交融，情胜于景，尾句的望君不至、闻鹊报喜实际上写出了上层少妇矜持自遏，但是又有"手挼红杏""闲引鸳鸯"的孤寂难耐。词人的高妙之处在于写女性，但却不局限于写女性的形体面貌，而是着眼于女性的动作心理。词人专注描绘思妇漫步于芳径的柔美，逗引鸳鸯、搓揉花蕊时的娇态，继而写其独倚栏杆的愁思与情绪变化，她将碧玉簪随意斜插于头上，女为悦己者容，此时的她无人关怀，自然不必精细妆容，正当寂寞无聊时，却传过来喜鹊的鸣叫，自然逗引出她的欣喜。

　　冯词中这些精致优雅的器物、饰物反映了宫廷生活的一个侧面，优雅华贵的器物、饰物能让我们更深入地了解宫廷生活以及宫廷人物心情意绪。这些宫廷器物虽然是静态的、没有生命的，但是其间接地反映出的情绪状态以及人所处的环境境遇是真切的。冯延巳词作为我们呈现了宫廷生活的状貌和宫廷人物的心路历程，"冯词表面虽不失浓丽之态，而内里却颇具悲愁之情"①。冯词最大的一个特点是表面上继承了花间词的浓艳华美之态，但其内里却蕴藏着无尽的悲愁之情。这些悲愁之情正是通过这些华贵优雅的器具传递出来的。这些宫廷中的华贵器物在词中成为一种衬托，是词人借之表现宫廷文化生活以及生活在宫廷之中的王宫贵族和宫人们的心境遭遇的重要手段。词人把笔触深入主人公的内心深处，透过这些器具去找寻主人公的影子，表现主人公的心境。拉近了我们与宫廷人物的距离，加深了我们对其的了解，

---

① 周建华：《囿于花间又出于花间的冯延巳词》，《昭乌达蒙族师专学报》（汉文哲学社会科学版）2004 年第 3 期。

让我们更深入走进宫廷人物的内心世界，了解他们的所思所想。这是冯延巳对花间词风的继承中的突破。

（三）宫廷筵席的书写

词之初起承载着娱宾遣兴的功能，加之南唐作为江南偏安一隅的小国，良好的气候环境以及丰富的地理资源为达官显贵的宴饮娱乐提供了物质保障。南唐君主聚众宴饮，经常设宴群臣共欢畅饮，君主大臣都痴恋于纸醉金迷的生活。为充分满足统治者的感官需求，在酒席宴饮间美人、名花以及美景甚至是精美华贵的酒器皆不一而足。南唐王朝动荡不安、风雨飘摇，南唐文人即便心系家国却无力改变现状，只能借酒销愁，及时行乐，麻木不仁。南唐社会外在的直接动机加上冯延巳自身敏锐情思成为其创作宫廷宴饮词的根本原因，词作中描写了王公贵族子弟挥霍无度、奢靡成风、安于享乐的真实画面，成为词人委婉曲折地宣泄自己的惶恐不安情绪的重要载体。

冯延巳词中诗酒唱和、宫廷筵席的画面比比皆是，经常可以看到"酒""杯""醉""斗""罍""觞""金盏"等词语，表现了纸醉金迷、奢靡放纵的宫廷宴饮生活。比如《抛球乐》（年少王孙有俊才）一词中描写了君臣纵情声色、流连于歌舞酒席之间的生活风貌，词云：

年少王孙有俊才，登高欢醉夜忘回。歌阑赏尽珊瑚树，情厚重斟琥珀杯。但愿千千岁，金菊年年秋解开。

这首词开篇以"年少王孙有俊才"起笔，这些青年才俊应该大有作为，但词人没有按照常规思路续写，而是陡然转折，写其

"登高欢醉夜忘回",写其欢赏无度、玩物丧志的状态。这是南唐政权建立之初贵族子弟的生存状况,何以至此?傅玉兰在《南唐饮宴文化繁荣原因浅探》一文中有过深入分析:"南唐人士很清楚安定的暂时性和最终不可避免的覆亡命运,在当时主君首倡下,也便更多的追求及时行乐。"[①]

从冯延巳的人生经历来看,他是有中国传统文人士大夫的胸襟与抱负的,对南唐政治有深刻的忧患意识。面对南唐君臣放纵无度的享乐生活,甚至对南唐皇帝的不思进取,他无力改变现状,常常有一丝无奈无助的悲哀和忧虑。这在冯延巳的词中有所体现,比如《鹊踏枝》(几度凤楼同饮宴):

> 几度凤楼同饮宴,此夕相逢,却胜当时见。低语前欢频转面,双眉敛恨春山远。蜡烛泪流羌笛怨,偷整罗衣,欲唱情犹懒。醉里不辞金盏满,阳关一曲肠千断。

这首词冯延巳巧妙地运用宴饮欢会与盛筵必散的对比,含蓄地表达了郁结词人心中的家国情怀和忧患意识。词中的"凤楼"是暗用了萧史吹箫引凤的典故,同时也借之交代宴饮地点是在宫廷之中。酒席筵上金盏交错,此起彼伏,好不热闹。"几度""此夕""却胜",层层递进,交代了歌儿舞女从曾经"同饮"到再度"相逢"的无限美好。词人在此用反衬之笔,此时此刻的欢会取代不了曲终人散后无限怅恨,这满腔哀怨无法消解,只能买醉,借酒消愁,离歌响起,肝肠寸断。在这首词中,词人写宴饮欢会的盛大场面不是其真实的写作目的,词人意在借歌女的"双眉敛

---

① 傅玉兰:《南唐饮宴文化繁荣原因浅探》,《东南文化》2008年第5期。

恨"和酒席上的"蜡烛泪流"、羌笛之怨,表达词人无限的哀思。词人此时的心态,和他三度入相的政治生活有密切的关系。

在这空前盛大、宾朋满座的筵席之间,在这华贵奢靡的宴饮中,冯延巳寄予着自己无限的哀思,筵席之上的万般欢乐都会在筵席后化为万般孤寂落寞袭上心头。这种书写方式正是冯延巳宫廷宴饮词的与众不同之处,富丽繁华、盛大豪奢的场面铺排之后,词人展现了参与歌舞酒宴的人的情感态度,揭示了局中人的深刻思考,这一笔法使其词由俗入雅,丰富微妙,既不失词体的委婉缠绵,又能发人深省。

娱宾遣兴的宫廷筵席是冯延巳词作的重要组成部分,冯延巳以宫廷宴饮为视角切入宫廷生活,不仅展示出了宫廷享乐生活的一个侧面,更让读者感受到词人矛盾复杂、悲喜错综的心绪,总是在赞叹生命美好的同时让我们感受离别的痛楚、感受曲终人散的悲凉。这种悲喜交错的情感形成了冯延巳词独特的创作风格。

(四)宫廷人物的书写

宫廷人物是宫廷文化的重要核心,描写闺情宫怨也是冯词创作的重中之重。冯延巳词作的描写对象包括帝王、宫女、王公大臣等,走进这些人物的生活以及内心世界有助于我们深入了解宫廷生活的真实状态。同时女子的患得患失、孤寂难耐仿佛是君臣关系的缩影,得宠的女子随时可能失宠,正所谓伴君如伴虎,宫中女子的闺怨和文人士大夫的怀才不遇有着惊人的相似之处。冯延巳博览群书,"其学问渊博,文章颖发,辩说纵横,如倾悬河暴雨(而)听之不觉膝席之屡前,使人忘寝与食"[①]。丰富广博的

[①] 王兆鹏主编:《唐宋词汇评·唐五代卷》,浙江教育出版社2004年版,第419—420页。

见识让他有更敏锐的情思，也使得其词作更耐人寻味。

冯延巳词作中经常借艳情词托喻寄托个人情感，比如反复出现"行云""云雨"的意象，借用楚王神女的典故暗喻君臣关系，其实宫女苦苦等待帝王的认可和怜爱与臣子渴望被重用理解的心情是一样的，冯延巳借闺情宫怨描写自身的情绪，使得其词作的宫廷文化内涵更深邃。

冯延巳身处宫廷政治文化的中心，目睹宫廷生活的爱恨离愁，也将自己的所思所感寄托其中。比如上文提到的《采桑子》（昭阳记得神仙侣）一词，词中的"神仙侣"特指宫女，昭阳指深受君王宠爱的嫔妃，这首词描写宫怨，上阕写宫女深受皇恩如神仙般一枝独秀，下阕笔锋一转写宫女失宠，移居别馆，终日以泪洗面。这与冯延巳四上四下的仕途经历有异曲同工之妙。冯延巳的这种情绪在其另一首《采桑子》（西风半夜帘栊冷）中也有所呈现：

> 西风半夜帘栊冷，远梦初归。梦过金扉，花谢窗前夜合枝。昭阳殿里翻新曲，未有人知。偷取笙吹，惊觉寒虫到晓啼。

词作中"昭阳殿"意象的使用直接点明描写对象是宫廷之中的宫娥妃嫔。词的上阕描写梦境，梦中是窗前合欢的画面。下阕描写梦醒，表达离情，而这种离情未有人知，只能"偷取笙吹，惊觉寒虫"，宫人怨悔怅惘之情溢于言表。

冯延巳词中的这种写法很多，比如"粉映墙头寒欲尽，宫漏长时，酒醒人犹困"（《鹊踏枝》），其中的"宫漏"特指宫中记时的仪器,直接表明词创作于宫廷之中。皇宫深夜之中月光与女子的闺房交相辉映,时间悄然逝去,闺中女子夜不能寐的复杂心绪跃然纸上。宫女满面啼痕,登楼远望心上人却杳无音信,只看到"重檐山隐隐",留下一片未知与苍茫。

冯延巳词中的女性还有一些虽然没有明确交代是宫中女性,但从其所表现的内容来看,也是与宫廷有着密切联系的,或者是王公贵族女性,比如《虞美人》(画堂新霁情萧索):

> 画堂新霁情萧索,深夜垂珠箔。洞房人睡月婵娟,梧桐双影上朱轩,立阶前。高楼何处连宵宴,塞管吹幽怨。一声已断别离心,旧欢抛弃杳难寻,恨沉沉。

从词中的意象铺设我们可以判断词中的抒情主人公为贵族女子。"画堂"为装饰华丽的居所,"珠箔""朱轩""高楼"等意象,词人虽没有直接表明女子深处宫廷之中,我们能从中感受到属于宫廷特有的富贵气象。词作中画堂雨过天晴、满眼萧索,女子虽身居华贵居室但是却满怀凄苦,深夜立于阶前,幽怨的胡乐声传入耳际,此情此景,回忆起当初离别带来的悲伤,如今留下的只有沉沉的怨恨。

这首词是典型的代言体,词人运用草美人之喻,女子失恋与才子不遇两相呼应,词中所描写的曲终人散带来的离别苦痛,引发了词人夜阑更深的怅然回忆。由此可见,词人把自己官场的进退得失寄寓其中,失恋女子的痛苦心声正是词人的官场境遇和失意心态的体现。

因此,冯延巳的宫怨词一方面描写宫中女子的荣辱得失,另一方面寄托了自己对政治生活的感悟、效忠君王的态度以及患得患失的忧思。冯延巳只能通过闺情宫怨，借他人的情绪含蓄地表达出来。邓乔彬曾指出："以兴孤凄寂寞、谁适为容之情。"① 冯延巳表达宫中女子的悲伤情绪与自身的宦海沉浮有密切的关系，冯延巳的宫怨词融入了词人对生命的理解和感悟。毕竟冯延巳历经过南唐的盛世和灭亡，加上其文人士大夫的敏锐情思，导致其词中总是笼罩着挥之不去、拂之又来的愁思与忧伤。冯延巳笔下的宫怨之所以耐人寻味，是因为冯延巳将宫廷生活中少妇的离愁别绪、文人士大夫的惴惴不安生动再现出来，"这是因为宫女的'望泽希宠之心'与文人的渴求知遇之情，宫女的见嫉失宠之怨与文人的怀才不遇之悲，有着一定程度的'同质同构'关系，古人将'怨女'与'弃才'并称，也正是因为这个原因。这种联系从很早的时候起就在古代文人的文化心理中凝积下来，并在他们的创作和批评中表现出来"②。

综上所述，冯延巳的词作表现出鲜明的宫廷文化色彩，宫廷建筑、器具饰物、筵席以及宫廷人物都成为冯延巳词作的描写对象，这为我们了解当时的时代风貌以及宫廷生活打开了一个新的视角。

二 冯延巳词宫廷文化书写的词史意义

（一）对温庭筠香艳绵密词风的继承和开拓

晚唐时期君臣上下享乐成风，狎妓宴饮、歌舞享乐成为君臣

---

① 邓乔彬：《唐宋词艺术发展史》，河北人民出版社2010年版，第122页。
② 刘尊明：《唐五代宫廷词的文化内涵》，《中国韵文学刊》1996年第2期。

百姓的日常生活。此期的花间词注重描写感官享乐体验，浓重艳丽的色彩与之相协，歌女的侑酒佐乐充斥于词体当中，成为花间词的主要特征，奠定了"词为艳科"的整体基调。

上文我们已经分析了温庭筠词的宫廷文化书写，这对冯延巳的词作影响很大。黄进德在《冯延巳词新释辑评·序》中提到："待到冯延巳出，扬温、韦之所长，力避两人之所短，别开生面，以'深美闳约''堂庑特大'著称，下开北宋一代风气。"① 郭素霞在论述冯延巳词史地位时也谈道："冯延巳以其士大夫文人的敏感和宦海浮沉的经历，率先将家国之思、人生之慨融铸于词，率先言寄托于原本'缘情而绮靡'的词的创作，以美人香草闺中愁情体现其忧患意识，并以蕴藉含蓄的艺术手法把词提高到'堂庑特大'三境界，一洗花间之脂粉而开南唐之闳约，于'倚丝竹而歌之，所以娱宾而遣兴'的清音中抒发若隐若现的郁闷、痛苦与执着，真正开始了从花间到南唐的质的飞跃。"② 从这些记述中，我们更能体会到冯延巳词中的宫廷文化书写与花间词之间的承继关系。但冯词中的宫廷文化色彩既有花间词的影子（继承），又有对花间词的超越。冯延巳的词在书写宫怨之时，能够引发读者的深刻思考，实现了词体由花间词风向南唐词体的质的飞跃，为后主李煜词的到来作了铺垫。

温庭筠在描写宫廷器物饰品时金玉满眼、遣词造句的华丽艳美，使其词作色彩斑斓、俗艳绵密，宫廷生活的奢靡富贵可见一斑。冯延巳继承其词风，其词作中也经常出现"金""玉"字面，但冯延巳不作过多的铺陈雕琢，没有浓重的脂粉气息，宫廷器物

---

① 黄进德：《冯延巳词新释辑评》，中国书店2006年版，第2页。
② 郭素霞：《论冯延巳词的历史地位》，《铁道师院学报》1997年第3期。

的描写只是一笔带过,即便是"金""玉"修饰,往往将其与自然清丽之景相融合,比如"春日""柳""梅""琴"等,清新高雅的意境和情景交融的手法运用,相比温庭筠词作的浓妆艳抹、刻意雕琢,冯词则更为含蓄蕴藉、典雅清丽,明显是略胜一筹。

  温、冯二人都有宫怨词创作,温庭筠笔下的闺情宫怨范围是相对狭窄的,仅仅局限于闺阁帘幕之间,不能过多地关注外界事物、景物的变化及联系,其笔下的宫廷女子更多程度上是男子赏玩的对象,没有主观的情思和独立的思维。但是相比而言,冯延巳词作表现出"堂庑特大"的理性思考,有对生命时间的追问,有对相逢离别的感怀,更有对宫女命运的忧思,等等。冯延巳不再专注于女性外貌描写,而是刻画女性的心境情绪。在女性生活空间营造上,能够走出宫中女子的帘幕之间,意境开阔深远。而且冯延巳词中的女性有一定的独立意识,即便被弃,心中满是绝望与忧思,但是始终不放弃对美的追求,"和泪试严妆"。换言之,冯词的宫怨,不是简单地代言,而是融入了词人的省思。这种理性思考基于冯延巳对生命的理解和感悟,其间寄托着对飘摇家国的忧患和对曲折仕途的不安等种种复杂情绪。冯延巳的闺情宫怨词是有所寄托的,其中不仅仅局限于闺阁中的狭窄天地,"南唐小国一直受邻近大国要挟,灭亡之命运随时可能降临,而南唐君臣们又不理国事、苟且偷安,不惜向大国称臣纳贡。冯延巳作为用世之心极强的南唐两朝元老,自居宰相高位,注定他要负荷南唐的重重苦难"。[①] 冯延巳将自身对家国飘摇的无助绝望,对仕途经历的曲折波澜、如履薄冰付诸笔端。

---

  ① 张毅:《冯延巳词对花间词的发展》,《龙岩师专学报》(社会科学版)1997年第2期。

因此冯延巳在一定程度上继承了温庭筠的词作风格，但是又在这个基础上有自己的革新和创造。这一革新，使得冯延巳的宫怨词更真挚感人，也对后世词人的创作产生了重要影响。

（二）对后主李煜凄婉纯真词风的导引

冯延巳对李煜的词风有一定的导引和开启之功。李煜的人生经历和冯延巳几度罢相的政治生命有相似之处。李煜前后期的词作书写内容的变化也是其人生大起大落所致，家国沦丧，自己沦为阶下，屈辱哀怨，痛彻心扉，字字泣血。但是无论经历了怎样的变故，作为一代帝王，特殊的生活环境导致其词作始终带有鲜明的宫廷文化特征。

李煜作为一代君王，宫廷生活是他唯一能接触到的生活环境，描写对象必然是宫廷的人物、事件，因其词作不可避免地表现出宫廷文化色彩，而冯延巳作为南唐宰相，与李煜生活的年代相隔很近，同时又接触和李煜相似的宫廷生活环境，因而冯延巳的词创作在一定程度上是对李煜词的引领。

在冯延巳的词作中我们也能感受到宫廷生活的富贵华丽。同时冯延巳的很多词作都侧重描写宫中歌女、宫女的心境感受，对比映衬，悲喜错综。李煜前期词纯真坦率，题材内容狭窄，除了宫中女性和宫廷生活的豪华富贵，别无他事，"奢侈耽声色"，他笔下的情爱离愁更多的是缠绵情谊和幽会调情之作，有一种"为赋新词强说愁"的意味。李煜后期词以回忆南唐宫中生活往事为主体，将南唐灭亡的屈辱写入词中。这与冯延巳的悲喜错综的无奈和忧虑如出一辙。李煜词作中能够找到冯延巳词的影子，细细品读，其表达方式和表现的内容又有所不同，这正是冯延巳对李煜词的导引之功。

冯延巳词的宫廷文化书写，虽有花间词的闺阁情调，但又与花间词风俗艳不同，有柔婉的尚雅倾向。冯词不再局限于狭窄的闺阁亭台之间，而是走向自然现实，"堂庑特大"，开阔了词境。上承花间，下启李煜，又对北宋的晏殊、欧阳修的宫怨词创作产生了深远的影响。

第二节　李煜词的宫廷文化书写

李煜（937—978），初名从嘉，字重光，号钟隐，南唐中主第六子，世称李后主，其词主要收在《南唐二主词》中。李煜"性骄侈，好声色，又喜浮图，为高谈，不恤政事"①。但他性格率真，文学修养极高，陈廷焯《云韶集》卷一中对此评价道："风流秀曼，失人君之度矣。"② 有"千古词帝"美名的李煜，对后世词坛影响极大。李煜词不仅有对花间词体传统的继承，更有对词体的创造。李煜能通过具体可感的意象，揭示社会现实生活中具有一般意义的某种意境，提升了词的艺术品位，扩大了词的表现领域。

作为南唐后主，他一生都与宫廷紧密联系，深受南唐宫廷文化的浸润，南唐宫廷文化有着奢中求雅、浪漫清丽、儒中求佛的特点，其词的创作更是根植于南唐宫廷这片土壤之上，词中处处体现出宫廷文化书写的印迹。李煜词，前期以宫廷奢靡生活和男女情爱等外在描写为主，后期由于家国变故，扩展到

---

① （宋）欧阳修撰：《新五代史》卷六二《李煜世家》，中华书局1974年版，第779页。

② 王兆鹏主编：《唐宋词汇评·唐五代卷》，浙江教育出版社2004年版，第533页。

了对家国命运隐忧的书写和自身心灵的内在体验。词风也在父辈的基础上，进一步摆脱宫廷词的艳俗而走向清雅和空灵。李煜词的创作深深地打上了南唐宫廷文化的烙印，具体表现在以下几个方面。

一 宫廷器物的书写

古代器物有很多复杂门类，但李煜极具文人气息，又贵为君主，久居深宫，其词中的器物描写多是宫中特有的日常生活器具。

李煜长于深宫，且少于游历，在他的生活里只见过宫廷器物，平民世界如牛车之类的物品均与他无缘。这正是李煜词中满眼皆精致华美的宫廷贵族器物的主要原因。试列举一二如下。

《浣溪沙·红日已高三丈透》中的"红锦地衣随步皱。佳人舞点金钗溜"中的红色锦缎制成的地毯、金头钗，何等富贵；

《采桑子·辘轳金井梧桐晚》中有"百尺虾须在玉钩"，其中的"玉钩"是何等奢华；

《谢新恩·樱花落尽阶前月》中有"象床愁倚熏笼"，其中的"象床"是指用象牙雕饰的床，何等稀有；

《南歌子·云鬟裁新绿》中的"趁拍鸾飞镜，回身燕飏空"，其中的"鸾飞镜"即鸾镜[①]，化妆时用的镜子，何等名贵；等等诸如此类。

李煜前期是皇子、皇帝，过的是特别优渥的宫廷生活，词笔

---

① 据南朝宋范泰《鸾鸟诗》序中记载："昔罽宾王结罝峻祁之山，获一鸾鸟，王甚爱之，欲其鸣而不致也。乃饰以金樊，飨以珍羞。对之逾戚，三年不鸣。夫人曰：'闻鸟见其类而后鸣，何不悬镜以映之？'王从言。鸾睹影感契，慨焉悲鸣，哀响中霄，一奋而绝。"

中尽写宫廷器物的奢美，这点不足为奇。但李煜后期沦为阶下囚，仍旧没有机会接触平民生活，因此其词中的器物书写还是以宫廷器物为主体。在被囚禁的三年生活中，他心中充满了对故国、家乡的深深思念，词作中仍旧是对昔日宫廷生活中的器物描写。且看：《虞美人》中有"雕栏玉砌应犹在"，其中精雕细刻的栏杆、玉石砌成的台阶代表的是南唐故宫；《破阵子·三千里地山河》中有"凤阁龙楼连霄汉，琼枝玉树作烟萝"中的"凤阁龙楼"；《浪淘沙·往事只堪哀》中"金锁已沉埋，壮气蒿莱"的"金锁"，"想得玉楼瑶殿影，空照秦淮"中的"玉楼"；《望江南·多少恨》中的"还似旧时游上苑，车如流水马如龙"的"上苑"（皇帝的花园）赏春；等等。

在李煜词中，关于宫廷器物书写方面值得一提的还有大量有关香料和熏香用具的描述。焚香不仅会使室内充满芳香，还能驱散蚊虫，减少疾病的传播。在我国古代，焚香是生活品质的象征，在什么场所焚什么香是很有讲究的。在李煜的宫中，光用来焚香的器具就多达几十种。李煜词中不但写到了焚香，还提到很多奇妙的用香方式，比如铺于地面的尘香、藏于身上的香囊、生活器具中的暗香等。试例析如下。

《浣溪沙·红日已高三丈透》中的"金炉次第添香兽"，其中的"金炉""香兽"，是指焚香的器具和香料，铜质的香炉及匀和香料制成的兽形燃料；

《木兰花·晓妆初了明肌雪》中的"临春谁更飘香屑"[1]，词人写的是掌香宫女四处洒落的香屑在风中飘荡；

---

[1] 香屑即香粉，香的粉末。一说指花瓣，花的碎片。如许昂霄《词综偶评》："疑指落花言之。"

《谢新恩·樱花落尽阶前月》中的"象床愁倚熏笼",其中的"熏笼"是用来熏香取暖的专用熏炉;

《采桑子·亭前春逐红英尽》中的"绿窗冷静芳音断,香印成灰"①,其中的"香印"是指用多种香料捣成末调和均匀并打上印制成的。

从李煜词中关于"香"的描写就可以看出南唐宫廷生活的奢侈,但其中也透射出一种文人生活的高雅情致。

二 宫廷宴饮生活的书写

五代十国战乱不断之时,南唐相对稳定。南唐建都金陵,所谓"江南佳丽地,金陵帝王州"(谢朓《入朝曲》)。都市繁华,世俗享乐之风渐起。帝王不仅有享乐需求,更重要的是帝王权利无上,有满足群臣享乐的能力。举行宫廷宴饮是统治阶级满足享乐需求的重要途径,整个南唐宫廷都沉浸在歌舞升平之中。李煜天生秀逸绝伦又浪漫多情,流连于貌美多姿、娇羞可人的后妃宫女之中实属正常。李煜身为帝王却毫不伪饰,盛大欢愉的宴会场景都记入他的词中,把自己的快乐和所见所感很好地表达出来。

当然,宫廷宴饮不止于满足统治阶级享乐的私闱宴饮,还有粉饰太平、歌功颂德、宣扬国威的各种朝廷庆典的盛大宴饮。李煜是一个无心朝政的文人帝王,这种庄严的庆典都只是个形式而已,与什么治国理政无关。所以在李煜的词中,只有自身的审美

---

① "香印成灰"是指香烧成了灰烬。香印,即印香,打上印的香,用多种香料捣成末调和均匀制成的一种香。王建《香印》诗中有句:"闲坐印香烧,满户松柏气。"可见,"香印"与"印香"同义。古时富贵人家为使屋里气味芬芳,常常在室内燃香。

关注，并无丝毫政治意味。如《浣溪沙·红日已高三丈透》：

红日已高三丈透，金炉次第添香兽。红锦地衣随步皱。
佳人舞点金钗溜，酒恶时拈花蕊嗅。别殿遥闻箫鼓奏。

唐圭璋在《唐宋词简释》中写到"此首写江南盛时宫中歌舞情况"，揭开了南唐宫廷内景的面纱一角：宫女们络绎不绝地添着金炉的炭火，各种"香兽"点燃时散发着袭人的香气。"金炉香兽""红锦地衣"都突出了鲜艳的色彩，在视觉和嗅觉上让读者为之一振。全词写后主李煜醉舞狂欢的宫廷生活，真实地再现了宫廷生活的奢华无度。又如《玉楼春·晚妆初了明肌雪》：

晚妆初了明肌雪，春殿嫔娥鱼贯列。
笙箫吹断水云间，重按霓裳歌遍彻。
临春谁更飘香屑，醉拍阑干情味切。
归时休照烛花红，待放马蹄清夜月。

关于这首词的本事，在《词苑丛谈》中有所记载："李后主宫中未尝点烛，每至夜则悬大宝珠，光照一室如日中。尝赋《玉楼春》宫词曰：'晚妆初了明肌雪，春殿嫔娥鱼贯列……'。"[①] 这段记载不仅交代此词的创作环境——宫廷夜宴席上，更让读者领略到了南唐宫廷之奢华。词中写到晚妆初成的宫娥，个个肌肤白如雪，她们在春殿前依次走过。酒宴上的笙箫声响彻云间，传

---

① （清）徐釚：《词苑丛谈》卷六，丛书集成初编本，中华书局1985年版，第91页。

得很远。霓裳艳曲唱了一遍又一遍,好不乐乎!到处飘散着迷人的香气,这是多么欢快愉悦的场面。更是彻夜欢歌的帝王歌舞纵乐生活的真实写照。

还有《子夜歌·寻春须是先春早》则写到宴会中美人劝酒,李煜与美人"同醉""闲评"饮酒赋诗的宴饮场景。

由是观之,李煜词中的宫廷欢会宴饮虽然表现了统治者铺张无度的奢华,但却奢而不俗、艳而不腻。李煜在书写过程中,有对歌舞伎的形貌妆容的描写,也有对酒筵排场的铺陈,但他更为关注的是自己身在其中的享受与欢乐,而与艳情无关,更不关涉颓废无奈的消极情绪。这与冯延巳的宫廷宴饮大不相同,或许是李煜特殊的帝王身份所决定的吧。

三 宫廷人物的书写

李煜身为皇帝,与宫廷有着千丝万缕的联系,他的词中毫无疑问会出现身边的宫廷人物。他"生于深宫之中,长于妇人之手",这种环境使李煜性格极具女性特质。李煜天性善良、宅心仁厚,对政治权力没有过多奢求,悠然自在的王子生活,使他内心纯净,惜美爱美,真心实意地在宫中享受生活。他对"政治人物"并不上心,反而对宫中女性有着特殊的情感。李煜情真意笃,后宫中的后妃宫娥,他都能以诚相待。宫中女性成了他日常生活的重要组成,甚至是他的审美对象、审美追求。李煜用词来表现他生命生活中的这些美好。

在李煜用生命写成的词里,女性人物形象虽然很多,但有两个形象是不可替代的,即大小周后。大周后名娥皇,娥皇十九岁与后主结婚,婚后夫妻恩爱。乾德二年(964)的初冬,娥皇不幸因病去世,享年二十九。大周后与李煜的结合,给李煜的生活带来了无限的活力,《南唐书·昭惠传》中记载:娥皇"通书史,善歌舞,尤工琵琶,能创为新声"[①],史书中明确记载了大周后的"国色",李煜也被大周后的"国色"美貌折服。李煜对大周后的才情则更为赏识。天性放浪的李煜,在与大周后成婚后更是伉俪情深,他们共同谱曲作乐,夫妻二人沉浸在神仙眷侣的快乐之中。李煜在词中多有记录与大周后的点滴快乐,笔触细腻、情感真挚。如《一斛珠·晓妆初过》:

> 晓妆初过,沉檀轻注些儿个。向人微露丁香颗,一曲清歌,暂引樱桃破。罗袖裛残殷色可,杯深旋被香醪涴。绣床斜凭娇无那,烂嚼红茸,笑向檀郎唾。

这首词有人说写的是一个歌女,有人说写的是大周后,也有人认为是泛写佳人。但詹安泰在《李璟李煜词·前言》中说:"这一首词自开头至煞尾没有一句离开了作品主人公的活动——早上梳妆好了,注了些沉檀,向人微微露出舌尖,张开小口唱了歌;唱完了歌喝喝酒,酒沾了罗袖污了口,酒喝多了就娇困地靠在绣床上,嚼嚼红茸,笑向心爱的人吐了去。把作品主人公的形貌、情态、声音、笑容乃至撒娇、唾绒的细微末节都活灵活现地在读者跟前搬演着。这样的精刻细致而又具有戏剧情趣的描写,正是作者深入地体会了这样的生活,发现到所描写

---

① (宋)陆游撰:《南唐书》卷一六《后主昭惠国后周氏列传》(丛书集成初编本),中华书局1985年版,第355页。

对象的个性特征，把作品的重心集中在这种个性特征上，极其明朗地把主人公的一切活动描绘出来的一种高度的艺术手法的表现。"① 即便是李煜常常与歌儿舞女一起享乐，但能把歌女观察得如此细致还是不符合正常人的生活逻辑的。据此笔者支持此词中的主人公是大周后一说。词人以欣赏的眼光，放大了一幅生活场景，突出了美娇妻给丈夫带来的生活美好与幸福感。还有一些虽没有直接写大周后，但也是记录与大周后共同生活的场景。如《玉楼春》一词写的就是李煜与大周后一起欣赏新编排的霓裳舞衣曲。

爱妻病逝后，李煜悲痛不已，据《玉壶清话》记载，李煜为大周后"悼息病伤，悲哽几踣绝者四，将赴井，救之获免"，以致"哀苦骨立，杖而后起"。他有很多悼念亡妻的词，如《谢新恩五首》其三：

秦楼不见吹箫女，空余上苑风光。粉英金蕊自低昂，东风恼我，才发一衿香。

琼窗梦回留残日，当年得恨何长。碧阑干外映垂杨，暂时相见，如梦懒思量。

词的上片写睹物思人的惆怅，"秦楼不见吹箫女"是借用弄玉吹箫引凤的故事暗指所念之人——大周后娥皇。"空余上苑风光"则直写人去楼空的场景，表达心中的无限惆怅和孤寂。"粉英金蕊自低昂"写花儿在风中随意起落飘摇，表达了词人对花无人观赏、自开自落的叹惋。"东风恼我"是从李商隐的"东风无

---

① 王兆鹏主编：《唐宋词汇评·唐五代卷》，浙江教育出版社2004年版，第533页。

力百花残"中化出,把对亡妻的怀思与痛惜一并付诸了东风。"才发一衿香"借初放之花的凋谢写爱妻的英年早逝,表达词人的惋惜痛悼之情。词人独自百般感伤,无由倾诉。却怨及东风,无理之处更见情深。下片写梦中情事。伊人永失,遗恨何限。生死相隔,只能在似幻似真的迷梦中解脱自己的相思之苦。"懒思量"以反语写真情,达观之处更见相思刻骨的无奈和心事成灰的伤痛。面对生命的离去,词人感到非常的无力和无助,可以说这首词写尽了因爱妻的早逝给词人留下的无限伤痛。

从《谢新恩》词中我们读到了后主李煜与大周后"天长地久有时尽,此恨绵绵无绝期"(白居易《长恨歌》)的旷久思念和痛楚。另外,还有两首《长相思》,表达的也是词人对亡妻的深切思念,思念之余,词人是无比的孤独惆怅。

小周后是大周后的妹妹,她陪伴李煜走过了人生最艰难的后半段,也是李煜人生悲苦屈辱中的最后一点温暖。李煜词中对自己和小周后的幸福生活少有记录。在他被囚的三年里,小周后也常常按例随命妇入宫,他为不能保护妻子而深深自责却又无可奈何。我们试读《喜迁莺》:

  晓月坠,宿云微。无语枕频欹。梦回芳草思依依。天远雁声稀。啼莺散,余花乱。寂寞画堂深院。片红休扫尽从伊。留待舞人归。

我们看到的是一个为等妻子望眼欲穿、无法入睡的丈夫形象,抒发词人盼望妻子的焦灼无奈的迫切尽情。李煜初识小周后时确是满心欢喜的,欧阳修撰《五代史记注》记载,小周后"警敏有才思,神采端静"①。这样年轻美好的生命对于李煜来说充满了吸引力,词人把和小周后幽会的场景也写入词中,比如《菩萨蛮·花明月黯笼轻雾》:

> 花明月黯笼轻雾,今霄好向郎边去!刬袜步香阶,手提金缕鞋。画堂南畔见,一晌偎人颤。奴为出来难,教君恣意怜。

这首词代女性立言之作,描绘的是后主李煜与小周后偷偷幽会的场景。词笔细腻,狎昵真切,写尽了小周后的期待、惊慌、羞怯,结尾"奴为出来难。教君恣意怜",充分表现了小周后追求爱情的大胆直白。又如《菩萨蛮·蓬莱院闭天台女》:

> 蓬莱院闭天台女,画堂昼寝无人语。抛枕翠云光,绣衣闻异香。潜来珠锁动,惊觉银屏梦。脸慢笑盈盈,相看无限情。

这首词是以男性视角切入的,词的上片写的是李煜潜进画堂看小周后午睡,词人以无限欣赏的目光描写了小周后的睡态;下片写惊醒佳人后两人相看生情的暧昧场景,两人相看无语却又柔情无限。"脸慢笑盈盈,相看无限情"和"奴为出来难。教君恣意怜"(《菩萨蛮·花明月黯笼轻雾》)如出一辙,写尽了小周后的缱绻缠绵、婉约多情。

此外,李煜前期词里还有许多宫女、歌妓的形象,如《南歌子》刻画出一位"云鬟""霞衣""待歌凝立"的舞姿轻盈的舞女形象,《玉楼春》中有"晚妆初了明肌雪"的"嫔娥"形象,

---

① (宋)欧阳修:《五代史记注》(卷六二下之上),清道光八年刻本。

《子夜歌》中拥有如"玉柔"般双手的劝酒美人形象,《蝶恋花·遥夜亭皋闲信步》中"在秋千,笑里低低语"的宫女形象,等等,不一而足。

李煜后期词中女性形象都是他回忆中所思所想的故宫中的粉黛。如《浪淘沙·往事只堪哀》"独自莫凭栏,无限关山,别时容易见时难,流水落花春去也,天上人间"写对往日宫女的思念;《乌夜啼·林花谢了春红》"胭脂泪,相留醉,几时重?自是人生长恨水长东",写与宫女的离别之恨;等等。

李煜词的宫廷文化书写与"花间词"有相通之处。花间鼻祖温庭筠词就充满了宫廷富贵气象,惯用金玉修饰各种意象,来渲染宫中女性的富贵艳丽。这一点在李煜词中有所继承,李煜在描绘宫中女性时也特别注重她们精美的服饰和身边器物,如"刬袜步香阶,手提金缕鞋"(《菩萨蛮·花明月黯笼轻雾》)中的"金缕鞋","佳人舞点金钗溜"(《浣溪沙·红日已高三丈透》)中的"金钗","云一緺,玉一梭,淡淡衫儿薄薄罗"(《长相思》)中的梭形玉簪,"罗袖裛残殷色可"(《一斛珠·晓妆初过》》中的"罗袖","抛枕翠云光,绣衣闻异香"(《菩萨蛮·蓬莱院闭天台女》)中的"绣衣",等等,这些华美精致的物象都是为了烘托人物而精心选取的,有助于刻画宫廷人物的富贵形象。虽然与温庭筠的笔法如出一辙,但李煜词比温词多了几分自我的体验,温词所写的是范型化的宫廷贵族女性,而李煜所写的是自己作为皇子和皇帝的真实经历,正如杨敏如在《南唐二主词新释辑评》中所指出的,李煜"恋情词有逼真的情景,美丽的形象,深沉的心态描写等独特之处,所以高出《花间》,询为上品"[1],确为的评。

---

[1] 杨敏如编著:《南唐二主词新释辑评》,中国书店2003年版,第45页。

温词是极力铺写环境，渲染女性衣物之富丽，李煜则是在自己入主的南唐宫廷中悠闲地罗列身边的华丽景象，绝不仅仅在于"春殿嫔娥鱼贯列"的奢华气派，而更在于"归时休照烛花红，待放马蹄清夜月"的俊逸风雅、顾盼神飞。

宫廷生活贯穿了李煜的一生，无论是前期南唐宫廷里的快乐时光还是后期北宋宫廷里的悔恨追思，都是他词作的来源。宫廷里的声色犬马造就了他前期的"伶工之词"，宫廷里的追忆痛楚成就了他后期的"士大夫之词"。总之，李煜之词是根植于宫廷文化之上的。

第三节　其他五代词的宫廷文化书写

五代时期虽然灾难深重，战祸连年，但教坊始终存在，尤其是五代时期的帝王享乐成风，都酷爱曲词，时不时地就会有进献新曲的需求。据《旧五代史·契丹传》记载，后唐宫廷乐官高达上千人，长兴四年（933）还有《敦煌曲谱》产生。后晋则法典盛行，皇帝和大臣们经常以蕃歌相唱和。后唐庄宗李存勖的词散播于并、汾一带，后晋宰相和凝的词盛传于汴、洛之地，由此不难看出五代时期宫廷曲词创作盛行，为五代词的兴盛提供了深厚的社会基础。

一　歌功颂德式的书写

五代词中大多是对宫廷富贵承平现象的书写。五代时期的宫廷活动更为盛大铺排，这就需要音乐歌舞来娱情助兴。宫廷宴饮娱乐活动是五代皇室贵族享乐需求的直接表现形式,他们是宫廷宴饮娱乐活动的中心主导。能够参与其中的王公大臣或御用文人,既可以满足他们的享乐需求,更是他们的莫大荣幸,因而在言语举止上唯皇帝之命是从,而且借机在皇帝面前表忠心、唱赞歌,粉饰太平以博得皇帝的欢心。

综合来看,唐五代宫廷文人的歌词往往是应制、应酬之作,不是主观意愿驱使下的主动创作,受到当时创作环境的制约,带有明显的功利化特征。王公大臣也好,侍从文人也罢,他们的应制创作表达的往往不是真心实意,他们大多是借此机会歌功颂德,向皇帝或主子邀宠献媚。如和凝的《小重山·春入神京万木芳》:

> 春入神京万木芳,禁林莺语滑,蝶飞狂。晓花擎露妒啼妆,红日永,风和百花香。烟锁柳丝长,御沟澄碧水,转池塘。时时微雨洗风光,天衢远,到处引笙簧。

和凝(898—955),字成绩,郓州须昌(今山东东平)人。幼聪敏少好学,博览群书。后梁贞明二年(916),进士及第。后唐时拜殿中侍御史,累迁翰林学士。后晋时为礼部侍郎,拜端明殿学士,后晋天福五年(940)升为宰相。后汉建立后,册封鲁国公。显德二年(955)七月卒,年五十八。著有《疑狱集》两卷和《宫词》百首。长于短歌艳曲,多为粉饰太平之作,风格浮艳。

关于这首词的创作背景,俞陛云对此词也有过评价,他说:"和凝当石晋全盛之时,身居相位,此作乃承平雅、颂声也。"[①]

[①] 俞陛云撰:《唐五代两宋词选释》,上海古籍出版社1985年版,第42页。

这一评论直接点明了和凝当时的身份地位、写作这首词的目的和其宫廷文化创作背景。

这首词的上片主要描绘了京都的明媚春色。首句"春入神京万木芳"直接点明时令、地点,继之用"木""林""花""露""红日""柳丝""碧水"构成了一幅春景画,又用"莺语滑""蝶飞狂""和风",为春日静景图增添动态美感。"滑""狂"二字用得很形象,可以闻声睹形,又与"晓花擎露""百花香"相融,声色兼备,尤其词人拟人手法用得妙,"晓花擎露"比拟成少女含泪之态,细腻入微,又形象生动。词的下片写宫墙内外的美好春光:柳丝如烟,御沟池塘的水波澄碧清澈,微雨过后更是一尘不染,景象清丽。结句的"天衢远,到处引笙簧",把宫廷内外的自然景色与"笙歌飞扬"、天下太平的社会气象有机结合在一起,虽有粉饰之嫌,但也不乏表达之高妙。

整首词妙声艳色,符合应制而歌的具体场景,但境界明朗却是词人颂赞之妙境,正如杨慎《词品》中所评:这首词"藻丽有富贵气"①。这"富贵气"恰为宫廷气象的展现。晋相和凝作词擅于用艳丽辞藻、工笔细描来表现女性的春思情态,词中多富贵之象而绝少凄苦之音,和凝以"长于短歌艳曲"而名扬四海。

后唐庄宗李存勖(885—926),小字亚子,应州金城县(今山西应县)人,沙陀族人,晋王李克用之子。李存勖文武双全,随父征战四方,功勋卓著。天祐五年(908),袭封晋王。同光元年(923),于魏州(今河北邯郸)称帝,建立后唐,定都洛阳(今河南洛阳)。在位前期政绩颇丰,后期则沉湎声色,重用伶人宦官,纵容皇后干政,横征暴敛,以致百姓、藩镇和士卒都离心

---

① 李冰若:《花间集评注》,人民文学出版社1993年版,第148页。

离德。同光四年（926），为乱兵所杀，时年四十二。

庄宗虽然一生短促，没什么大的成就，但他也染指于词曲创作，今存词不多，仅有四调四首。词笔洒脱，一任自然，有帝王气势。其《一叶落》为自度曲，词境颇有飞卿词之韵味。

二 以词咏史咏物的突破

五代词人除了用词表现宫廷富贵气象，在词的题材及功用方面也有更高的追求。比如毛文锡，其词大多是应制供奉内廷之作，创作内容以歌舞冶游为主，宫廷文化气息极为浓厚。但他曾试图拓展开发词的题材表现领域，以词咏史、咏物、写景、记游，比如《甘州遍》二首：

> 春光好，公子爱闲游。足风流。金鞍白马，雕弓宝剑，红缨锦襜出长楸。花蔽膝，玉衔头。寻芳逐胜欢宴，丝竹不曾休。美人唱、揭调是甘州，醉红楼。尧年舜日，乐圣永无忧。
>
> 秋风紧，平碛雁行低。阵云齐。萧萧飒飒，边声四起，愁闻戍角与征鼙。青冢北，黑山西。沙飞聚散无定，往往路人迷。铁衣冷、战马血沾蹄，破蕃奚。凤凰诏下，步步蹑丹梯。

第一首"春光好"能够看出词人用笔细腻，词人借描写大好春光，来歌咏太平盛世，题材上未出富贵承平的谀世之态。但"秋风紧"一首则另辟蹊径，描写边塞征战："青冢北，黑山西。沙飞聚散无定，往往路人迷。铁衣冷、战马血沾蹄。"意境凄厉苍茫，场面宽阔辽远，开后世边塞词之先声。

毛文锡一生几乎在馆阁中度过，其词或颂圣，或敷衍题意，题材狭窄，大多浅率庸腐之作而较少疏朗豪健之词。正如近代词评家李冰若《栩庄漫记》所云：李冰若对文锡词："文锡词在花间旧评均列入下品。然亦时有秀句如'红纱一点灯'、'夕阳低映小窗明'，非不琢饰求工，特情致终欠深厚，又多供奉之作，其庸率也固宜。"① 但这两首词词境开阔，气格不弱，一扫花间绮靡柔婉之风，描写的边塞景象，给人以苍凉悲壮之感。从词的内容来看，词中还暴露边地将帅邀功献媚之态，与传统的花间词的婉约艳丽相比，可谓独树一帜。

　　综合来看，在五代时期，词较之诗文等其他文学样式相比的话堪称"独胜"（王国维《人间词话》）。五代词虽然在题材内容上没有什么大的突破，仍以宫廷、宴饮娱乐为主体，但从词作数量上看是唐词无所及的。据曾昭岷等的《全唐五代词》，其中的五代词人有四十多位，存词却高达七百余首。像南唐后主李煜是中国词史上第一位杰出词人，更是中国词史上独特的存在。

---

① 李冰若：《花间集评注》，人民文学出版社1993年版，第118页。

结 论

　　文体学是中国文学研究领域的重要组成部分。"中国古代有着丰富而深厚的文体学思想,而且成熟相当早,《文心雕龙》的文体学已经相当精深而有体系,此后一直到清代,文体学久盛不衰。"① 其实中国文体学在曹丕的《典论·论文》中就已经提出"四科八体"②之说,晋陆机《文赋》列叙了十种文体③,分别指出它们的不同风格特点。而刘勰《文心雕龙》则对文体进行了更为详尽的论述。郭英德先生曾经强调:"中国古人对文体进行自觉的、系统的分类,并且形成特定的文体分类观,大致始于魏晋时期。但是,从先秦时期开始,中国古人就对文体的分类进行了许多实践的操作和理论的思考,从而逐渐形成中国古代文体分类学的雏形。"④ 正是因为我国古代有这些文体学方面的论述,我们

---

① 吴承学:《建设具有现代意义的中国文体学》,《文学评论》2015年第2期。
② 《典论·论文》中专门讨论了文体问题,文中说:"夫文本同而末异。盖奏议宜雅,书论宜理,铭诔尚实,诗赋欲丽。"
③ 陆机在《文赋》中提出十种文体:"诗缘情而绮靡,赋体物而浏亮。碑披文以相质,诔缠绵而凄怆。铭博约而温润,箴顿挫而清壮。颂优游以彬蔚,论精微而朗畅。奏平彻以闲雅,说炜晔而谲诳。"
④ 郭英德:《中国古代文体学论稿》,北京大学出版社2005年版,第29页。

在研究学习过程中才更为关注各种文体的源流与发展。但"目前关于诗词曲起源问题的探讨,不少是基于一种预设立场,即文体是独立孕育、发展的,且从开始就具有一个确定不移的本质性特征,这种特征具有唯一性与排他性。事实上,无论诗词曲还是其他文体,从来都没有这样一个确定不变的本质特征,只有相对的时代标准或文类划分"①。基于此,我们在讨论词的起源问题时才出现了多种说法,甚至至今仍是千古谜案。

在绪论中我们已经探讨了关于词的起源的多种说法,也深知词的起源问题不是一个简而化之的问题。黑龙江大学的陶尔夫先生在《论宗教与词体的兴起》一文中,将词体赖以产生的"文化大市场"归结为四个层面:"一是宫廷行为,二是文人雅集,三是民间传播,四是寺庙梵唱。"②陶先生从四个层面探讨词体起源问题,也充分说明这个问题的复杂性。词的起源问题虽然复杂,但也是有所遵循的,诚如陶东风所言:"文体演变既有文学话语自身的规律,也受作家心理、接受者心理以及文化背景的影响。"③由此看来,文体学不单单是与作家和授受者有关,社会政治和特定文化与文体的产生与兴衰有着紧密的关联,这为我们探讨隋唐时期的宫廷文化与词的起源及发展问题提供了支撑。而且陶尔夫先生还进一步强调,寺庙梵唱中的道调、道曲的创作动机与宫廷有关,他说:"这些道曲是不折不扣的宫廷行为,是宫廷统摄扶植的产物,带有明显的颂圣内蕴。"④陶先生认为词体起源与道曲

---

① 李飞跃:《诗词曲辨体的文艺融通与史论重构》,《中国社会科学》2019年第1期。
② 陶尔夫:《论宗教与词体的兴起》,见陶尔夫、刘敬圻《说诗说稗》,黑龙江教育出版社1997年版,第2页。
③ 陶东风:《文体演变及其文化意味》,云南人民出版社1994年版,第14页。
④ 陶尔夫:《论宗教与词体的兴起》,见陶尔夫、刘敬圻《说诗说稗》,黑龙江教育出版社1997年版,第11页。

有关,而这些道曲又是宫廷文化的产物,陶先生的观点也是我们探究宫廷文化与词的发展关系的铁证。

词与乐(尤其是宫廷音乐)有着不解之缘。曲词的发生是初唐宫廷诗在盛唐的延续和嬗变的结果。① 词体的发展经历了"应制—应歌—应社"的过程,其中应制填词促成了词体的宫廷文化书写,比如李白、温庭筠等。宫廷是政治生活、经济、文化发展的中心,也是唐五代文人词创作的重要沃土。

纵观唐五代词的创作及发展过程,作者层是以帝王及宫廷文人为主,他们的词作数量较为可观,质量也可谓上层。这批宫廷词人既是唐五代词创作集体中不可缺少的一员,又因其独特的身份赋予了唐五代词特殊的文化内涵,使唐五代词具有鲜明的宫廷文化属性。宫廷文化为唐五代词人的创作提供了不竭的动力源泉,宫廷器物、宫人服饰、宫廷建筑、宫廷人物以及宫廷宴饮娱乐等成了唐五代词的创作题材,而且唐五代宫廷贵族阶级的审美情趣也得以在词体创作中艺术地呈现。

唐五代时期,宫廷是词体产生、演唱和传播的重要场所。任半塘先生在《唐声诗》上编第八章《杂歌与声诗》《歌谣》中有云:"《一斛珠》等调之始辞,俱是宫体诗。"② 任先生从词调产生角度强调了词体与宫廷文化的关系;王世贞在《艺苑卮言》中有云:"词者,乐府之变也。昔人谓李太白《菩萨蛮》、《忆秦娥》,杨用修又传其《清平乐》二首,以为词祖。盖六朝诸君臣,颂酒赓色,务裁艳语,默启词端,实为滥觞之始。"王世贞先生不仅支持词源于乐府一说,还特别强调六朝诸君臣的"艳语"是

---

① 木斋:《宋词体演变史》,中华书局2008年版,第7页。
② 任半塘:《唐声诗》,上海古籍出版社1981年版,第419页。

"默启词端,实为滥觞之始",王世贞所说的六朝"艳语"指的是六朝的宫体诗,其表现内容与词体一致,而且其创作精神也与词颇为一致。细思原因,主要是因为六朝宫体诗与词的共同性都是建立在宫廷文化之上的。

隋代初唐时期虽然在文学文化上有很多先进之处,比如隋炀帝主张文学上要存雅体、归典制,提倡儒家的文学教化传统,但在他统治的后期,一味追求享乐、宫廷音乐变革,催生很多侧艳之歌,与齐、梁、陈时期的宫体艳性诗如出一辙。总之,南朝和隋代文学中的艳语艳声,多与宫廷文化相关,尤其是宫廷宴饮娱乐,创作上具有君臣唱和的特点。

唐人词也与宫廷文化密切相关,具有由帝王出,也由帝王终的特点。唐太宗李世民在历史上是一代文化的帝王,他的可贵之处在于当大唐盛世辉煌无人能比时,他所想到的是军事上的强大不是真正的强大,他开始着手文化上的建设。他不但聚书立馆,大力提倡文化建设,而且亲自折节"补课",以弥补当年"躬亲戎事""不暇读书"之憾。

唐太宗李世民在文学上的主张亦如其《帝京篇序》所说,是"以尧舜之风,荡秦汉之弊"。走进李世民的诗歌创作,《破阵乐》的慷慨、宫体诗的柔媚、山水诗的清新、咏怀诗的激情……李世民那瞩望现实、展望未来的丰富心态一览无余,我们感受到的李世民是一个霸王胸襟与儿女情怀的完整结合,这才是一个真正的李世民。

但是六朝诗的妩媚对初唐有一定的影响,作为一个血性男儿的李世民,在政治上他有海纳百川、大略雄图的胸襟,这完全是出于一种政治的需要。当他真正地面对自己心灵世界的时候,他又常常掩饰不住自己对宫体诗的倾睐。他对宫体诗的华美很是倾慕，加之君臣宴集的宫廷生活颇多，还有那些宫廷诗人的应制、奉和之作，在富丽堂皇之外，又多柔靡绮艳之篇。虽然他能理性地思考出"纵情昏主多"的道理，但在感情上他还是无法摆脱六朝那些柔歌艳曲对他的诱惑，他时常自觉不自觉地尝试去写宫体诗。在《唐诗纪事》卷一中曾有记载：太宗"尝作宫体诗，使虞世南赓和"。虽说太宗时期的宫廷之作不可等同于梁、陈、隋，但由于宫廷文化的共同性，也使得闻一多《唐诗杂论》从宫体诗的角度共观之。

由词与宫廷文化的关系的研究展望，词作为音乐文学，关于词的起源还要在词与乐的关系上进一步探究。这要追溯中国文学的源头，中国文学原本就是诗乐舞的结合体。纵观诗与乐的发展，其结合的方式主要有三种：一是"由声定辞"；二是"由辞定声"；三是"选辞配乐"。这里的"辞"实际上包括诗、词、曲三种文体样态。对于词体来说，如果没有诗和曲作为参照，词之本质特征也就无从界定。同样，没有词之"别是一家"（李清照《论词》），诗、曲的本体特征也是笼统甚至模糊的。

关于词与乐（尤其是宫廷音乐）的关系问题，我们在第二章已经详细论述过。而且五代流行的曲子词，其创作风气的直接起源在欧阳炯在《花间集序》中有过追述，"对于了解唐五代词发生的音乐与娱乐的背景及其作为一种特定的歌词艺术的性质是十分重要的"[1]。从《花间集序》中我们可以看出，唐代的词是一种新兴文体，是一种适应音乐新声的需求所配的歌辞。从所配之乐来看，这种歌辞产生之初首先是在宫廷中流行，然后传播到贵族

---

[1] 钱志熙：《古今词体起源说的评述与思考》，《北京大学学报》（哲学社会科学版）2017年第4期。

富豪之家的家乐，甚至于传到了青楼楚馆的伎乐之中。从词体的创作来看，词某种程度上是文人们主动配合乐工与歌女而创作的，既要合于乐，又要便于歌妓演唱。而且其产生环境又决定了词以崇尚绮丽为创作目的，完全是一种新声歌词，而后发展为流行曲词。这恰恰是词与中国传统诗歌体裁的重大区别，随着宫廷音乐的发展变革，词与初盛唐流行的声诗也区别开来了。前文我们提到，唐声诗是乐工取文人诗作的入乐演唱，是先有诗，后配乐，并非文人主动配合乐工歌妓之作，这是诗与词的本质区别。盛唐李白的宫廷应制词和中唐王建的宫词创作体现出了宫廷文化对词体的催生作用。而中晚唐时期（尤其是晚唐）文人与乐工歌妓紧密配合，文人有意为歌妓写词，这明显是诗体创作的一种新形式，也是唐代文人的一种新选择。明初李东阳在探讨诗乐关系问题时曾言：

> 诗在"六经"中别是一教，盖六艺中之乐也。乐始于诗，终于律。人声和则乐声和，又取其声之和者以陶写情性，感发志意，动荡血脉，流通精神，有至于手舞足蹈而不自觉者。后世诗与乐判而为二，虽有格律而无音韵，是不过为排偶之文而已。使徒以文而已也，则古之教何必以诗律为哉？[①]

李东阳认为诗乐分离与格律有关，诗乐分离导致诗歌成为有格律而无音韵的"排偶之文"。李东阳所说的"音韵"不是通常意义的平仄黏对之类外在的声律，而是指"陶写情性，感发志意，动荡血脉，流通精神"的音声节奏。李东阳的这一论说对于

---

① （明）李东阳：《麓堂诗话》，见丁福保辑《历代诗话续编》，中华书局1983年版，第1369页。

我们了解诗乐分离之后声情并茂的词体产生提供了佐证。

"从词史发展角度看，词作为新兴的文学样式，因受宫廷文化影响和推动，在艺术风貌和审美追求上发生了一系列变化。唐五代词的宫廷文化书写，可以见出皇室贵族和宫廷文人特有的生活环境、情感世界、审美情趣和艺术表现，还可丰富对唐五代社会文化的整体认知，拓展对唐五代文人词的观照视野。"① 宫廷文化不仅催生了词体，还有力地促进了唐五代词的发展定型与繁荣兴盛。

到了宋代，词体进入了兴盛的黄金期。虽然词体文学风行于市井之中，但宋代的宫廷文化仍旧是宋词创作的渊薮之一。宋代很多帝王喜爱文艺，有的还精通音律，能够亲自创作歌曲。据《宋史·乐志》记载，宋仁宗洞晓音律，"每禁中度曲，以赐教坊，或命教坊使撰进，凡五十四曲，朝廷多用之"②。而宋神宗亲自作词赞美所宠幸的宫女："武才人出庆寿宫，色最后庭，裕陵得之。会教坊献新声，为作词，号《瑶台第一层》。"③ 宋徽宗不仅精通文学艺术，又耽于享乐。他设立了大晟府，形成了以大晟词人为代表的宫廷词人群，迎来了宋代宫廷词创作的高潮。据唐圭璋《全宋词》统计，宋代宫廷词有四百六十余首，书写主体是节序、游宴、寿圣和郊庙祭祀等题材内容。④ 宋代宫廷词不仅拓展了词体的表现领域，也大大提升了词体的社会文化功能。由此可见宫廷文化对词体发展史的重要影响。

---

① 孙艳红：《唐五代词的宫廷文化书写》，《社会科学战线》2021 年第 11 期。
② （元）脱脱等撰：《宋史·乐志》，中华书局 1997 年版，第 3356 页。
③ （宋）陈师道：《后山诗话》，见（清）何文焕辑《历代诗话》，中华书局 1981 年版，第 305 页。
④ 关于宋代宫廷词的创作情况，可以参见甘松、刘尊明《论宫廷文化背景下的宋代宫廷词创作》，《齐鲁学刊》2008 年第 5 期；甘松、刘尊明《宋代宫廷词的文化内涵及词史意义》，《东方丛刊》2009 年第 2 期。

参考文献

（唐）白居易著，谢思炜撰：《白居易诗集校注》，中华书局 2006 年版。

陈匪石编著，钟振振校点：《宋词举》，江苏古籍出版社 2002 年版。

（宋）陈振孙：《直斋书录解题》，上海古籍出版社 1987 年版。

褚斌杰：《中国古代文体概论》，北京大学出版社 1999 年版。

（唐）崔令钦撰：《教坊记》，古典文学出版社 1957 年版。

［日］村上哲见：《唐五代北宋词研究》，杨铁婴译，陕西人民出版社 1987 年版。

邓红梅：《女性词史》，山东教育出版社 2000 年版。

丁福保辑：《历代诗话续编》，中华书局 1983 年版。

（唐）杜佑撰：《通典》，中华书局 1988 年版。

（唐）段安节撰：《乐府杂录》，上海古籍出版社 1988 年版。

方铭主编：《中国文学史》，长春出版社 2013 年版。

方智范、邓乔彬：《中国词学批评史》，中国社会科学出版社 1994 年版。

（唐）房玄龄等撰：《晋书》，中华书局 1959 年版。

傅璇琮：《唐代诗人丛考》，中华书局1980年版。

傅璇琮主编：《唐才子传校笺》，中华书局1987年版。

（明）高棅：《唐诗品汇》，上海古籍出版社1982年版。

葛晓音：《诗国高潮与盛唐文化》，北京大学出版社1998年版。

（宋）洪迈撰：《容斋随笔》，上海古籍出版社1996年版。

胡适选注：《词选》，中华书局2007年版。

（明）胡应麟撰：《诗薮》，上海古籍出版社1958年版。

胡云翼：《宋词研究》，中华书局1982年版。

（明）胡震亨：《唐音癸签》，上海古籍出版社1981年版。

（宋）黄昇辑：《花庵词选》，辽宁教育出版社1997年版。

（宋）计有功撰，王仲镛校笺：《唐诗纪事校笺》，中华书局2007年版。

况周颐：《蕙风词话》，人民文学出版社1960年版。

（唐）李白著，王琦注：《李太白全集》，中华书局1977年版。

李昌集：《中国古代曲学史》，华东师范大学出版社1997年版。

（宋）李昉等编：《太平广记》，中华书局1961年版。

李剑亮：《唐宋词与唐宋歌妓制度》，浙江大学出版社1999年版。

（南唐）李璟、（南唐）李煜撰，（宋）无名氏辑，王仲闻校订：《南唐二主词校订》，中华书局2007年版。

（唐）李濬撰：《松窗杂录》，上海古籍出版社2000年版。

（唐）李林甫等撰：《唐六典》，中华书局1992年版。

李泽厚：《美的历程》，中国社会科学出版社1989年版。

（唐）李肇：《唐国史补》，古典文学出版社1957年版。

（清）林大椿辑：《唐五代词》，文学古籍刊行社1956年版。

刘崇德：《燕乐新说》，黄山书社2003年版。

刘大杰：《中国文学发展史》，上海古籍出版社 1982 年版。

（唐）刘肃撰：《大唐新语》，中华书局 1984 年版。

（后晋）刘昫等撰：《旧唐书》，中华书局 1982 年版。

刘扬忠：《唐宋词流派史》，福建人民出版社 1999 年版。

刘尧民：《词与音乐》，云南大学出版社 1982 年版。

刘永济：《唐五代两宋词简释》，上海古籍出版社 1981 年版。

刘尊明、甘松：《唐宋词与唐宋文化》，凤凰出版传媒集团、凤凰出版社 2009 年版。

刘尊明：《唐五代词史论稿》，文化艺术出版社 2000 年版。

龙榆生编撰：《唐宋词格律》，上海古籍出版社 1978 年版。

（宋）陆游撰：《南唐书》，商务印书馆丛书集成初编本。

洛地：《词乐曲唱》，人民音乐出版社 1995 年版。

洛地：《词体构成》，中华书局 2009 年版。

（宋）马令撰：《南唐书》，商务印书馆丛书集成初编本。

马兴荣等主编：《中国词学大辞典》，浙江教育出版社 1996 年版。

（唐）孟棨撰：《本事诗》，古典文学出版社 1957 年版。

（唐）南卓撰：《羯鼓录》，中华书局 1958 年版。

（宋）欧阳修等撰：《新唐书》，中华书局 1975 年版。

（宋）欧阳修撰：《归田录》，中华书局 1981 年版。

（宋）欧阳修撰：《新五代史》，中华书局 1974 年版。

（清）彭定求等：《全唐诗》，中华书局 1960 年版。

［日］青山宏：《唐宋词研究》，程郁缀译，北京大学出版社 1995 年版。

丘琼荪遗著，隗芾辑补：《燕乐探微》，上海古籍出版社 1989 年版。

饶宗颐：《敦煌曲续论》，台北：新文丰出版公司 1996 年版。

任半塘、王昆吾：《隋唐五代燕乐杂言歌辞集》，巴蜀书社 1990 年版。

任半塘：《唐声诗》，上海世纪出版股份有限公司、上海古籍出版社 2006 年版。

任半塘：《唐戏弄》，上海世纪出版股份有限公司、上海古籍出版社 2006 年版。

任二北：《敦煌曲初探》，上海文艺联合出版社 1954 年版。

沈松勤：《唐宋词社会文化学研究》，浙江大学出版社 2000 年版。

（南朝·宋）沈约撰：《宋书》，中华书局 1982 年版。

施议对：《词与音乐关系研究》，中国社会科学出版社 1985 年版。

（唐）史虚白撰：《钓矶立谈》丛书集成本，商务印书馆 1936 年版。

（五代）孙光宪撰，贾二强点校：《北梦琐言》，中华书局 2002 年版。

孙康宜：《词与文类研究》，李奭学译，北京大学出版社 2004 年版。

（唐）孙棨撰：《北里志》，古典文学出版社 1957 年版。

唐圭璋：《词话丛编》，中华书局 1986 年版。

唐圭璋：《全宋词》，中华书局 1965 年版。

唐圭璋：《宋词纪事》，上海古籍出版社 1982 年版。

唐圭璋：《唐宋词简释》，上海古籍出版社 1981 年版。

（宋）王辟之撰：《渑水燕谈录》，中华书局 1981 年版。

（唐）王定保撰：《唐摭言》，上海古籍出版社 1978 年版。

王昆吾：《隋唐五代燕乐杂言歌辞研究》，中华书局 1996 年版。

王昆吾：《唐代酒令艺术》，东方出版中心 1996 年版。

（宋）王溥撰：《唐会要》，上海古籍出版社 2006 年版。

王易：《中国词曲史》，团结出版社 2006 年版。

王兆鹏：《词学史料学》，中华书局 2004 年版。

王兆鹏：《唐宋词史论》，人民文学出版社 2000 年版。

王兆鹏主编：《唐宋词汇评·唐五代卷》，浙江教育出版社 2004 年版。

王重民辑：《敦煌曲子词集》，商务印书馆 1956 年版。

（宋）王灼撰：《碧鸡漫志》，中华书局 1958 年版。

（唐）韦庄著，聂安福笺注：《韦庄集笺注》，上海古籍出版社 2002 年版。

（唐）韦庄撰，刘金城校注：《韦庄词校注》，中国社会科学出版社 1981 年版。

（北齐）魏收等撰：《魏书》，中华书局 1982 年版。

（唐）魏徵等撰：《隋书》，中华书局 1982 年版。

（唐）温庭筠等撰：《金奁集》，江西人民出版社 1984 年版。

（唐）温庭筠著，刘学锴校注：《温庭筠全集校注》，中华书局 2007 年版。

闻一多撰：《唐诗杂论》，上海古籍出版社 1998 年版。

吴梅：《词学通论》，中国书籍出版社 2006 年版。

（明）吴讷、（明）徐师曾著，于北山、罗根泽校点：《文章辨体序说 文体明辨序说》，人民文学出版社 1962 年版。

（明）吴讷撰：《文章辨体序说》，人民文学出版社 1998 年版。

（清）吴任臣撰：《十国春秋》，中华书局 1983 年版。

吴相洲：《唐代歌诗与诗歌——论歌诗传唱在唐诗创作中的地位和作用》，北京大学出版社 2000 年版。

吴相洲：《唐诗创作与歌诗传唱关系研究》，北京大学出版社 2004

年版。

吴熊和：《唐宋词通论》，浙江古籍出版社1989年版。

吴熊和主编：《唐宋词汇评》（两宋卷），浙江教育出版社2004年版。

（宋）吴曾撰：《能改斋漫录》，上海古籍出版社1979年版。

夏承焘：《唐宋词论丛》，古典文学出版社1956年版。

夏承焘：《唐宋词人年谱》，上海古籍出版社1979年版。

（南朝·梁）萧子显撰：《南齐书》，中华书局1982年版。

谢桃坊：《中国词学史》，巴蜀书社1993年版。

（元）辛文房撰：《唐才子传》，京华出版社2000年版。

（明）许学夷：《诗源辩体》，人民文学出版社1998年版。

（宋）薛居正等撰：《旧五代史》，中华书局1976年版。

杨海明：《唐宋词史》，江苏古籍出版社1987年版。

（唐）姚思廉撰：《陈书》，中华书局1982年版。

（唐）姚思廉撰：《梁书》，中华书局1982年版。

（宋）叶梦得撰：《避暑录话》，中华书局1985年丛书集成初编本。

（清）叶申芗撰：《本事词》，古典文学出版社1957年版。

（清）永瑢等撰：《四库全书总目》，中华书局1965年版。

俞陛云撰：《唐五代两宋词选释》，上海古籍出版社1985年版。

俞平伯：《唐宋词选释》，人民文学出版社1979年版。

袁行霈主编：《中国文学史》，高等教育出版社1999年版。

曾昭岷等编著：《全唐五代词》，中华书局1999年版。

章培恒、骆玉明主编：《中国文学史》，复旦大学出版社1996年版。

（后蜀）赵崇祚集：《花间集》，河北大学出版社2006年版。

（后蜀）赵崇祚辑，李冰若评注：《花间集评注》，人民文学出版社 1993 年版。

（宋）赵令畤：《侯鲭录》，中华书局 2002 年版。

赵敏俐主编：《中国诗歌与音乐关系研究》，学苑出版社 2005 年版。

（唐）郑处诲撰：《明皇杂录》，中华书局 1994 年版。

郑振铎：《插图本中国文学史》，人民文学出版社 1957 年版。

后 记

　　关于宫廷文化与词的发展问题，主要源于我的博士导师木斋先生的曲词发生史方面的相关研究。木斋先生先后发表了多篇论文，还出版了《曲词发生史》《曲词发生史续》两部著作，集中探讨了曲词发生问题。木斋先生的《略论词产生于盛唐宫廷——关于词的起源、界说和发生》（《学习与探索》2008 年第 5 期）和《论李白词为词体发生的标志》（《中州学刊》2009 年第 1 期）两文一出，豁然激起了我对词学问题的再度关注与审视，同时也引起了学界的大讨论。每次拜读木斋先生的那些观点，都会引发我无限遐想，进而继续苦思冥想词的起源问题。遗憾的是这一思考几经搁浅，断断续续伴随着我近二十年的教学与科研生涯。

　　早在我作《心灵的旅行——宋词的审美观照》（此书 2006 年由吉林人民出版社出版，并被选作吉林师范大学、通化师范学院、博达学院等校《宋词研究》课的参考教材，还在 2007 年获得了吉林省社会科学优秀成果著作类二等奖、吉林省优秀教材奖）时，对词体的特征就有过反思；作博士学位论文《宋词的女性化特征演变史》时，关于词的女性化特征成因问题中涉及了宫廷文化、女性文化等因素，但当时未将其与词的起源发生联系到一起。依稀记得关于这个问题还多次和木斋先生讨论过，也尝试撰写过国家社科基金重大项目的投标申报书。2013 年，我自己主持的国家社科基金青年项目《唐宋词的女性化特征演变史》顺利结项，结项成果鉴定等级优秀，最终成果于 2014 年在中华书局出版。在修改完善书稿的过程中，再度为宫廷文化与词的关系这一问题所牵绊、所吸引，一直无法释怀。

2014 年，我给古代文学专业的研究生上《唐宋词专题》讨论课，也谈到这一问题，我和我的研究生们开始动笔去研究唐五代词中的宫廷文化现象。我和张震同学一起完成了《温庭筠词的宫廷文化色彩》一文，发表在《古籍整理研究学刊》2015 年第 2 期；我又指导高婷婷同学作了《李煜词的宫廷文化色彩》，发表在《白城师范学院学报》2015 年第 3 期，指导李源同学作了《李白词的宫廷文化色彩》发表在《通化师范学院学报》2018 年第 2 期。另外，来旁听《唐宋词专题》课的文艺学专业的研究生们居然对这个问题很感兴趣，蹭课的学生反而特别放松，讨论积极，发言热烈，也写了这方面的作业与我们一起交流讨论，并小有收获。后来李昕阳同学写的《中西文论视阈中李煜词的"感慨遂深"》发表在《乐山师范学院学报》2018 年第 7 期，刘赫同学写的《雅俗兼济——论冯延巳词中的宫廷文化特征》发表在《名作欣赏》2018 年第 9 期。

经历三个循环的课堂讨论交流，让我们对宫廷文化与曲词发生的关系有了更为深刻的认识与理解。2017 年，我以《宫廷文化与唐五代词的发展史》为题申报了国家社科基金一般项目，虽然我们信心满满，论证无所不尽其能，但结果未能获批。虽有遗憾，可我们并没有气馁，继续思考该选题的学术史价值，找寻资料，还做了可行性分析。功夫不负有心人，我们赢得了一些学者对这一选题认同与期待，在2018年，该选题获得了吉林省社科基金项目的资助。

现如今，这个项目已如期完成研究工作，形成了13万余字的书稿。在整理核校书稿的过程中，我提炼出一篇论文，题为《唐五代词的宫廷文化书写》，投给了《社会科学战线》，经过三审三校，最后在2021年第11期上刊出，该论文还被上海师范大学主办的《高等学校文科学术文摘》2022年第1期学术卡片摘编。这对我来说是莫大的鼓励，更是对我们这个选题的终极认同！

关于宫廷文化与唐五代词的关系问题研究虽然还有不尽人意之处，但我们对这个问题进行了深入思考，为词的起源问题的再讨论提供了一个方向，更提供了大量的文献资料。

孙艳红

于吉林师范大学寓所

2022年8月8日